琉球警察

伊東潤

角川春樹事務所

目次

南西諸島概要図

地図制作：荻窪裕司

沖縄本島地図

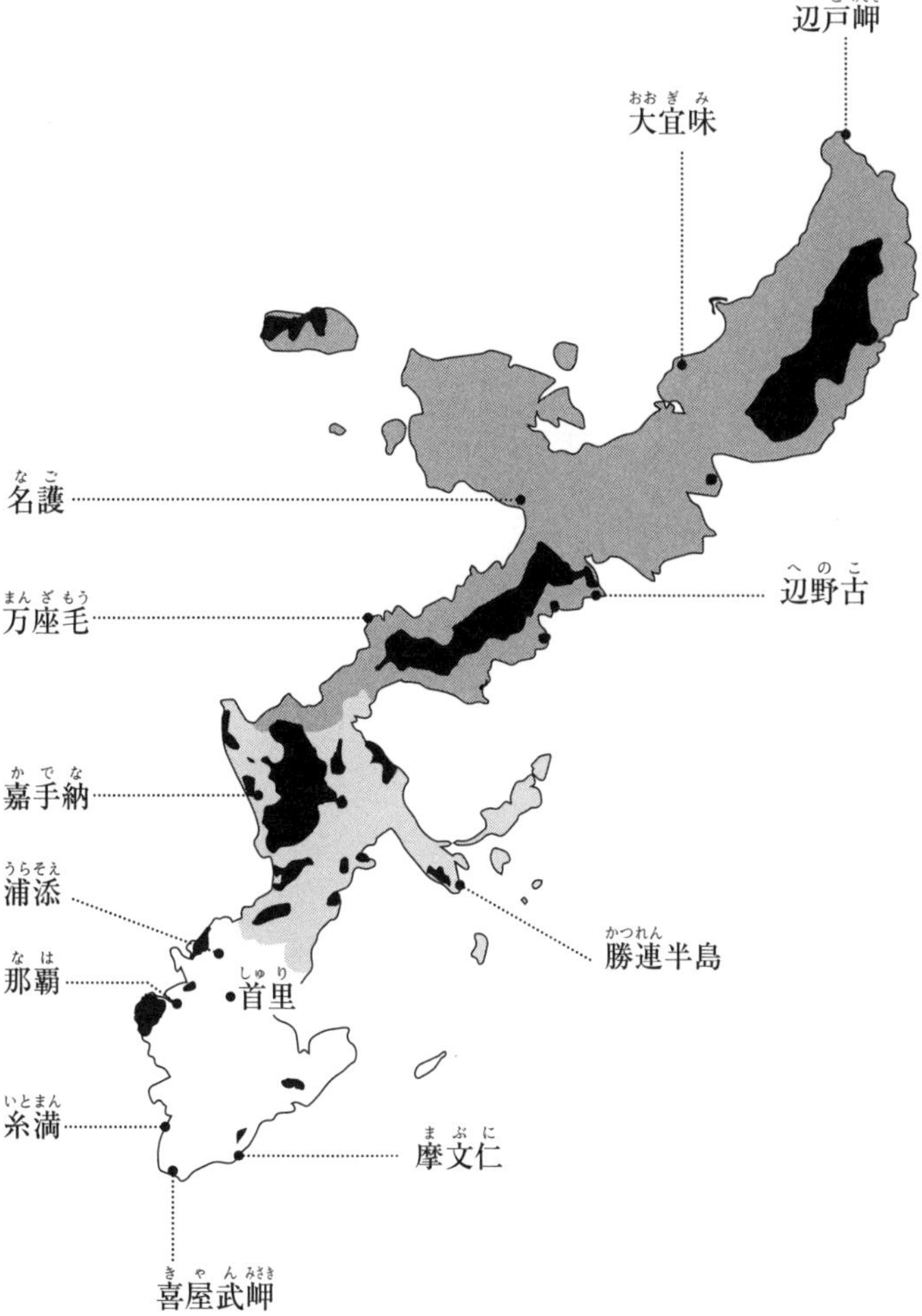

※黒い部分は返還前の基地の分布図

装画　西口司郎
装丁　荻窪裕司

琉球警察

プロローグ

家の前で、ジィ（祖父）やアン（祖母）と立ち話をしていた物知りのウジ（おじさん）から、「アメリカの軍艦が港に来ちゅん（来てる）」と聞いた東貞吉《ひがしさだよし》は、それが見たくて居ても立っても いられなくなった。

だが、ウジは貞吉の心を読んだかのように釘《くぎ》を刺した。

「こん島を支配するために、アメリカが乗ってきた船ど。近づいたらいかんど」

「なんでアメリカが来るわけ」と尋ねる貞吉に、ウジは物知り顔で答えた。

「日本が戦争に負けたからど」

日本が負けたことくらいは貞吉も知っているが、まさか徳之島《とくのしま》にまで、アメリカ人がやってくるとは思ってもみなかった。

「こん島を、アメリカに取られるちゅうことな」

ウジが皺《しわ》深い顔でうなずく。

「取られるど」

「なんで取られるわけ。ワキャ（俺《おれ》たち）は、誰《だれ》とも戦っとらんが」

「徳之島は戦っとらんば、日本が戦ったど」

奄美《あまみ》諸島の一つの徳之島が日本という国に属していることくらい、貞吉でも知っている。

「それで取られるわけな」

「うん、取られるど。身ぐるみ剝《は》がされて賭場《とば》から放《ほう》り出されるど」

徳之島にも漁師たちの賭場が立つ。そこで負けて支払う金がないと、皆に袋叩《ふくろだた》きにされて賭場から放り出される。放り出された者は、すすり上げながら「覚えとけよや！」と喚《わめ》くが、それは負け犬の遠吠《とおぼ》えに等しい。貞吉はその光景を思い出して怖くなった。

「だからアメリカの方に行ったらダメど。みんなで家におれば殺されんど」

悲しげな顔をしてそれだけ言うと、ウジは行ってしまった。おそらく別の知り合いに知らせに行くのだろう。

――それでも、軍艦というものを見たい。

一緒にウジの話を聞いていたジィやアンは「行ったらいかんど」と、ウジの言ったことを繰り返したが、貞吉はもう十二歳なのだ。本土に出稼ぎに行ったまま帰ってこられなくなっているアジャ（父）やアマ（母）に禁じられたのならまだしも、いつまでも老人たちの言葉に従っているわけにはいかない。だが一人で行くのも心細い。

「行かんど。山で遊んでくるが」と言って外に飛び出した貞吉は、目と鼻の先にある親友の恵《めぐみ》朝英《ちようえい》の家に向かった。

二人の家は、米軍の艦船が入った亀徳港《かめとくこう》から山一つ越えた内陸部にある徳和瀬《とくわせ》集落にある。珊瑚《さんご》の敷かれた真っ白な道を猿《ましら》のように走っていくと、家の前に佇《たたず》む朝英の姿が見えた。

「朝英、アメリカの軍艦が来とるのを知っとるな」

貞吉が息せき切って言ったが、朝英は落ち着いている。

「うん、聞いたど」

貞吉は少し落胆した。

「じゃ、見に行こう」

「いやど」

朝英は寂しげに笑うと視線をそらせた。

「何で」

「君子危うきに近寄らずど」

朝英が学校で習ったばかりの諺《ことわざ》を言う。

「そんなこと分かっとるが。だけど、ワン（俺）は軍艦を見たことない。だから見たいんど。行かんかったら、もう見れんかもしらん。で、ヤァ（お前）は軍艦を見たことあるな」

「ないど」

朝英が渋い顔をする。学校一の物知りの朝英にとって、自分の知らないことがあるのは、誇りを傷つけられたに等しいのだろう。

「だれば仕方ないやー。ワンが見たのを話してやるが」

「待ったい――」

朝英の顔に苛立《いらだ》ちの色が浮かぶ。いつも朝英の話を聞く立場の貞吉が、この件で話を聞かせる立場になることが許せないのだ。

「何を」

「それは――」と言いながら、朝英が家の方を見た。

「ムィー（兄）は、家におるな」

「おらん。漁に行っとる」

朝英の両親も貞吉の父母同様、本土に働きに行って不在だが、一家を支える漁師の兄は弟妹に厳しく、いつも朝英は顔色をうかがっていた。

プロローグ

戦前から戦後にかけて、奄美に住む者の多くが本土に出稼ぎに行った。京阪神地区には彼らのコミュニティがあり、そこで仕事を世話してもらえるからだ。しかし戦局の悪化に伴って船便は途絶え、帰島できない者たちが続出していた。

「ムィーがおらんのに、何心配しとる」

「心配なんかしとらん」

「じゃ、行こうど。もしかして、ヤァは怖いんじゃ」

「そんなことねんど！」

そう言ってはみたものの、朝英はなおも煮え切らない。

「もういいが。ワン一人で行くが」

貞吉が焦《じ》れたように言うと、朝英もようやく同意した。

「見るだけぞ」

「当たり前ど。ほかに何ができる」

「それもそうじゃ」

朝英の顔にようやく笑みが浮かんだ。

「よし、行くど！」

二人は港に向かって風を切るように走り出した。


亀徳港の近くに丘はないので、港の東側にあるなごみ岬《みさき》から港の方を眺めるしかない。二人は岬の南端を回り込み、道なき道を進んだ。

やがて樹林の間から港が見えてきた。そこにはウジの言った通り、米国の軍艦とおぼしき巨大な船が停泊していた。

「ハァイバァードォー（うわー凄《すご》い）！」

朝英が感嘆の声を上げる。

いつもは何の変哲もない亀徳港だが、軍艦が停泊しているだけで、まるで別世界のような緊張が漂っている。船の横腹からはおびただしい量の排水が流れ出し、それが海面に落ちる音だけが、人影もまばらな港の静寂を破っている。

「あれが日本に勝ったアメリカの船な」

「うん。だけど『子供の科學《かがく》』だと、あれでも小さい方みたいど」

朝英は学校の成績がよいだけでなく、世事にも長《た》けていた。尤《もっと》もその知識の大半は「子供の科學」や「少年倶楽部《クラブ》」といった雑誌からだった。そうした雑誌は、定期船の船員たちによって何カ月も遅れて島に運ばれてきたが、朝英はそれを暗記するまで読み込んでいた。

「あれでも小さいわけな」

「小さい。大きいのは、あれの倍以上あるらしいど」

そこに停泊している船は、駆逐艦よりもさらに小さい護衛駆逐艦という艦種だった。

「日本の軍艦も大きかったんかい」

「多分や。そうじゃないと、アメリカと戦えんど」

連合艦隊の艦船については報道管制が敷かれていたので、さすがの「子供の科學」や「少年倶楽部」でも詳しく取り上げられることはなかった。だが山のように大きな戦艦を日本が保有しているという噂《うわさ》は、徳之島まで流れてきていた。その戦艦とやらがどこに姿を消したのか、二人は知る由もない。

「あれは、何しとるんかい」

多くの水兵が船上を歩き回っているのが見える。その肩からは小銃が提げられ、そのてきぱきとした動きには緊張がみなぎっていた。

「ウジが言うには、アメリカはこん島を占領しに来たっち」

「だろーや。日本は戦争に負けたからや」

朝英が他人事《ひとごと》のように言う。

徳之島の人々にとって戦争とは遠い世界のことで、日本が勝とうが負けようが、自分たちを取り巻く環境が変わるとは思ってもいなかった。

「ちゅうことは、こん島はアメリカの島になるわけな」

「うん。全部アメリカのもんど」

二人は口をつぐんだ。米国に占領されるということが彼らの生活に何をもたらすのか、見当もつかないからだ。

その時、貞吉の直感が警鐘を鳴らした。

――悪い予感はたいてい当たる。

貞吉は自分の直感だけは信じていた。

「朝英、行くど」

「いや、もう少し近くで見ろう」

「フリムン（馬鹿たれ）。撃たれるど」

「ヤァは怖いわけな」

先ほど貞吉が口にした言葉を、朝英はそのまま返してきた。

「怖くない」

「怖くないなら来い」

「だんば（だけど）――」

貞吉が逡巡《しゅんじゅん》していると、朝英が冷たく言い放った。

「どうでもいいが。好きにせ」

朝英は貞吉に構わず進んでいく。

一瞬、躊躇《ちゅうちょ》した貞吉だったが、自分が誘った手前、ここで引き下がるわけにはいかない。貞吉はアダンの茂みをかき分けて、朝英の後を追った。

視界が開けてくると、桟橋や浜の様子も見えてきた。桟橋では出迎えの町役場の人々が、米軍将校らしき人物と何かを話していた。いつも威張り腐っている町役場の人々が頻繁に頭を下げているのを見て、少しいい気味だと思った。

しばらくするとそれも終わり、将校が船に向かって合図を送った。すると船から米兵がぞろぞろ降りてきた。

「おい、あれが見えるな」

朝英が桟橋の方を指し示す。

「米兵が持ってるのは自動小銃っちいってや、何発も連続で撃てるっちど」

だが貞吉は、銃などに関心はない。

「アンチュンキャ（アイツら）に、ワキャ島が占領さるんど」

「そうじゃ。もう教練もやらされんし、退役した老兵に叩かれることもない」

――何もかもが変わっていくのか。

これまで何の変化もなかった島に、新しい何かがもたらされる。それがよいものか悪いものかは分からない。だが変化は、悪いものばかりではないように思えた。

岬の下は岩場になっている。その岩陰まで行き、岩と岩の間を縫うようにして二人は進んだ。

その頃《ころ》、五十人ばかりの米兵は桟橋を渡りきり、浜で整列していた。それを見た貞吉は不安になってきた。

「アンチュンキャ、どうするつもりかい」

「島を管理下に置くんじゃ」

朝英が「管理下」という難しい言葉を使った。

「ちゅうことは、島中を米兵が歩き回るわけな」

「うん、銃や武器を隠しとらんか、ヤァの家もワンの家も家探しに来るど」

その時だった。米軍の船が警笛を鳴らした。次の瞬間、指揮官が何かを指示すると、整列していた米兵が走り出した。

「何かい」

「何か見つけたんかい」

朝英が首をかしげる。

「どこに行くんかい」

「分からん」

「こっちに向かって来とらんかい」

「そんなこと無いだろ」

だが米兵たちは、明らかに二人のいるなごみ岬の方に向かってきていた。

「ワキャ見つかったんかい」

「いや。あそこから見えらんど」

自信ありげな朝英の言葉にも、不安の色が漂い始めた。

「望遠鏡なら見えるど」

そう言っている間も、米兵は岬に近づいてきていた。走る速度が遅くなっているのは、こちらを用心しているからにほかならない。

「貞吉、逃げるど！」

朝英の顔は蒼白《そうはく》になっている。

岬の根本付近に達したのか、米兵の姿が見えなくなった。

驚く貞吉を置いて、朝英は猿のように岩場を駆け上り、樹林の間に身を隠した。慌てて貞吉もそれを追う。

その時、足が滑った。

――しまった。

足裏に痛みが走ったので、見ると出血している。アサグルの葉で作った草履《ぞうり》を履いてはいるものの、草履がずれると足裏が岩場に接して裂傷を負うことがある。

再び顔を前方に向けると、樹林の間を走り抜けていく朝英の姿が見えた。

学業成績では朝英に一歩も二歩も譲る貞吉だが、すばしこさにかけては大人たちからグルクンという渾名《あだな》を与えられるほど素早い。

グルクンとは本土ではタカサゴと呼ばれるスズキ目タカサゴ科の魚のことだ。暖かい海に生息する沿岸魚で、すばしこいことにかけては小魚にも劣らない。

プロローグ

貞吉は足裏の痛みに耐えられなくなってきた。

「岬の向こう出れば大丈夫ど」

樹林の中から朝英の声がした。その声音には多少の明るさが戻っている。

「朝英、待て。怪我《けが》したど」

だが朝英は何も答えず、遂《つい》にその姿も見えなくなった。

――捕まったらどうなる。

米兵に捕まれば、子供でも殺されると聞いたことがある。

突然、恐怖が頭をもたげてきた。

――死にたくない！

這《は》うようにして藪《やぶ》を抜け出した貞吉は、岬を回るようにして反対側に出た。

――これで逃げ切れる。

そう思った時だった。海岸沿いの道路に多くの足音が聞こえてきた。

「貞吉、回り込まれたど！」

姿は見えないが、朝英の声が必死さを増す。

「どうする」

「浜を走り抜け！」

砂浜に出た二人は懸命に走った。だが次の瞬間、空に轟《とどろ》くような銃声が聞こえた。

振り向くと、空に向かって威嚇射撃をする米兵の姿が見えた。

――ああ、殺される。

恐怖に足がすくむ。だが朝英は、尻《しり》に火が付いたかのように走り去っていく。

「待って。置いていかんでー!」

だが足を引きずる貞吉と朝英の距離は、瞬く間に広がっていった。背後から米兵のものらしき「Wait!」という声が聞こえてきた時には、朝英の姿は浜辺の漁師小屋の間に消えていた。

立ち止まった貞吉が振り向くと、銃を構えた米兵が近づいてくるのが見えた。

——もうだめだ。

貞吉は泣き出したい気持ちを懸命に抑え、両手を挙げて膝《ひざ》をついた。

日は中天にあり、ぎらぎらとした光を砂浜に放っていた。いつもと変わらぬ自分たちの徳之島が突然、見ず知らずの他人の島になったのだ。

——ワキャは戦争に負けたんだ。

貞吉の心に、それが実感として迫ってきた。

第一章　グルクンの海

一

昭和二十年（一九四五）四月一日、米軍が沖縄《おきなわ》本島への上陸を開始した。この時、武器弾薬が不足していた日本軍は組織的な抵抗ができず、後退に後退を重ね、最後は沖縄南部で玉砕した。この一連の戦い、いわゆる沖縄戦で、沖縄の一般市民約九万四千人が犠牲となった。

その後、本土決戦が叫ばれたものの、広島と長崎への原爆投下とソ連の参戦によって日本はポツダム宣言を受諾、連合国に降伏した。つまり直接戦闘で壊滅に等しい損害を受けた国土は、沖縄とその周辺の島嶼《とうしょ》群だけだった。

戦後、沖縄は米軍の支配下に置かれ、共産主義諸国から太平洋を守る戦略的要衝に位置付けられた。米国にとっての不沈空母・沖縄の誕生である。

こうした沖縄の悲劇は警察の運命も左右していた。

日本に近代的警察制度が導入されたのは明治維新直後で、それ以降、全国一律に警察制度が導入された。沖縄県警察も明治十二年（一八七九）に発足し、全国の警察と歩を一にしてきた。

しかし戦場となった沖縄は、日本の敗戦、そして米軍による占領というプロセスを経て、その警察も他県とは異なる道を歩まねばならなかった。

日本がポツダム宣言を受諾する昭和二十年八月十四日からさかのぼること約二カ月前の六月九日、現・糸満《いとまん》市の轟壕《とどろきごう》で沖縄県警察は解散を宣言する。

戦後、米軍の指導下で、沖縄諮詢《しじゅん》会保安部、沖縄民警察部、沖縄群島警察本部を経て、昭和二十七年（一九五二）、琉球《りゅうきゅう》政府警察局（略称：琉球警察）が創設される。発足当初の定員は一般職も含め約一千六百にのぼり、現場の警察官だけでも約一千人が誕生した。

同年四月一日、首里城《しゅりじょう》跡に設けられた琉球大学の大講堂において、USCAR《ユースカー》と琉球政府の職員、さらに各市町村の代表らが列席する中、琉球政府の創立式典が挙行された。

USCARとは琉球列島米国民政府の略で、琉球政府の上部組織として、琉球政府に米軍の意向に沿った政治を行わせるための機関のことだ。いわば琉球政府はUSCARの傀儡《かいらい》にすぎず、重要事項の決定はすべてUSCARが行っていた。この時、琉球警察の創設も宣言され、それまであった沖縄民警察学校も、琉球警察学校と改称された。

警察学校の場所は那覇市松尾《まつお》の旧沖縄県庁跡の西側部分を割り当てられ、そこに教室二棟、体育館、寮、事務室、炊事場などが米軍払い下げの資材を使って急造された。しかしこれだけでは、今後の警察官増員計画に支障を来すとされ、新校舎の建設が許可された。

新校舎建設の槌音《つちおと》が響く昭和二十七年十月一日、警察官に採用された東貞吉は、琉球警察学校の前に立っていた。

——俺《おれ》が警察官になるのか。

厳《いか》めしい書体で「琉球警察学校」と大書《たいしょ》された銅板を見つめつつ、十八歳の貞吉《さだよし》は感慨にふけっていた。

これまでの人生で警察官といえば、徳之島にいた駐在さんくらいしか思い浮かばない。しかしその彼とて地元の人間であり、親戚《しんせき》も同然の関係だった。

沖縄という大きな島で、警察官になるという実感が、貞吉には湧《わ》いてこない。

――少なくとも警察官になれば、食いっぱぐれることはない。

子供の頃《ころ》から警察官になりたいという夢や、この世から悪をなくすといった強い思いを持っていたわけではない貞吉は、日々の肉体労働から解放されることだけを願って警察に応募した。

唯一志らしきものと言えば、子供の頃から抱いていた「米軍に奪われたものを取り戻したい」という思いだ。もちろんそれが容易でないのは分かっている。だが貞吉の見てきた米兵の横暴は目に余るものがあり、沖縄に住む人々が安心して過ごせる日常だけでも、せめて取り戻してやりたいと思っていた。

「採用などされるわけがない」と思っていたが、案に相違して「採用可」という通知が来た。

それを見た時、喜びよりも戸惑いの方が大きかった。

琉球警察学校の入口には木製の簡易な門があり、その中に門衛の詰所らしきものがあった。詰所と仮校舎の屋根も外壁も、波板トタンでできたバラック造りだが、すぐ隣では、モルタル外壁の新たな建物を造っている。

「失礼します」

仮校舎の中に受付があると思い込んでいた貞吉は、頭を下げながら詰所の前を通り過ぎようとした。

「待て。何者だ」

「はい。新規に採用された者です」

「それなら、ここで名前を言え」

白いワイシャツの上にカーキ色の制服を着け、濃紺のつば付き帽をかぶった髭面《ひげづら》の男が居丈高に言った。階級章からすると警部補のようだ。

琉球警察の階級は、警察隊長、警視正、警視、警部、警部補、巡査部長、巡査の七段階で、警部補以上は肩章を両肩に付け、巡査部長以下は腕章を左肩下に付けていた。そうした知識は、肉体労働の仲間からすでに仕入れていた。彼らは取り締まり対象のヒロポンなどの違法薬物を所持しており、警察について詳しいからだ。

髭面の警部補に背を押されるようにして詰所に入った貞吉は、机に座った事務官らしき男に名を告げた。

「東《ひがし》貞吉と申します」

名を告げると、机に座って名簿のようなものを見ていた若い男が警部補に言った。

「ここに名があります。新規採用者です」

髭面が貞吉に問う。

「東か。奄美《あまみ》の出身だな」

「徳之島《とくのしま》です」

「やはりシマンチュ（奄美人）か」

その言葉には、軽侮の色があらわだった。

シマンチュとはウチナンチュ（沖縄人）と区別する言葉で、沖縄本島以外の諸島出身者のことだ。

——ここでも見下されるのか。

沖縄本島では、シマンチュは他所者《よそもの》として扱われ、ときに差別的な待遇を受ける。

「おい、何か文句でもあるのか」

「えっ、文句って——」

まさか制服を着た警部補の言葉とは思えず、貞吉は聞き返した。

「こいつ、気に食わんな」

警部補が貞吉の前に立つ。貞吉は唖然《あぜん》として声も出ない。身長百七十センチほどの貞吉に対し、警部補の背丈は優に十センチは高い。肉体労働で鍛えられている貞吉だが、腕力ではとても敵《かな》いそうにない。周囲にいる者たちは名簿に目を落としたり、何かを片付けたりしており、こちらを見ようとしない。

——ここでも力が物を言うのか。

怒りが沸々と湧いてくる。

——抑えるんだ、貞吉。ここで喧嘩《けんか》すれば採用は取り消される。

貞吉は怒りを懸命に堪《こら》えた。

「おい、その目つきは何だ」

警部補が貞吉の胸倉を摑《つか》む。顔が近づいたので、その口臭が鼻をつく。

「私は別に——」

「別に何だと。こん大島ドッコイが。性根を叩《たた》き直してやろうか！」

大島ドッコイとは、奄美出身者に日雇い仕事をする者が多く、工事現場の地固め作業などで、「ドッコイ、ドッコイ」と掛け声を上げながら仕事をしていたことに由来する。

——そこまで見下すのか。

胸底の怒りが焔《ほのお》と化してくる。

「な、なんだこいつ」

貞吉が本気で警部補をにらみつける。その眼光の鋭さに、警部補が気圧《けお》されているのが分かる。

その時、背後で声がした。

「何をやっている」

入ってきたのは、鷲《わし》と旭日章《きよくじつしよう》の帽章の付いた制帽をかぶった中年の男だった。

「これは警視――」

髭面が慌てて手を放す。

警視といえば琉球警察の幹部の一人で、その上は警察隊長（後の警察本部長）と警視正（後の警察本部次長）の二人しかいない。

「新規採用者か」

「はっ」と答えて警部補が数歩下がる。

「大城《おおしろ》、これからいくらでも鍛える機会はある。初日から揉《も》め事を起こしてどうする」

――大城という名か。

これで髭面の警部補の名が分かった。

警視は名簿をのぞき込んで言った。

「君は東という姓か」

「はい」

貞吉は戦中の教練を思い出し、直立不動の姿勢を取った。

「徳之島の出なんだな」

「そうです」

「私も島の出だ」

驚く貞吉に、警視は笑みをたたえて言った。

「俺は奄美本島の出だ。申し遅れたが、警視の泉勉《いずみつとむ》だ。警察学校長を仰せつかっている」

沖縄では十人に一人が奄美出身と言われているので珍しいことではないが、思わぬ同胞の登場に、貞吉は地獄で仏に会ったような気がした。

「よろしくお願いします」

「ここの仕事はきついが、やりがいはある。キバレンショレ」

「は、はい！」

泉警視は奄美弁で「がんばれ」と言ってくれた。

右も左も分からない中、島は違っても奄美本島出身の警視がいることで、貞吉は心強くなった。

沖縄も奄美諸島も終戦直後は米軍に占領され、その軍政下にあった。それぞれ独立した政庁が置かれていたが、この年の四月から、奄美群島政府は琉球政府傘下の奄美地方庁になった。

しかも米軍基地の建設ラッシュによって空前の好景気となった沖縄には、肉体労働の仕事ならいくらでもあり、奄美諸島から沖縄に出稼ぎに来る者が急増していた。

元々、奄美諸島の食料資源は豊富ではなく、芋や魚介類を食べられるならまだましで、不作になると、カエルやイナゴはもとより、ハブ、ネズミ、セミまで取って食べねばならないことさえあった。それらが取れない時は、蘇鉄《そてつ》から取れるでんぷんを粥《かゆ》にして食べるというぎりぎりの窮乏生活を強いられた。それゆえ農家の次三男は、十五歳を超えたら本土か沖縄へと出稼ぎに行くのが当たり前になっていた。

だが本土への出稼ぎの道が閉ざされた今、働き手は沖縄に行くしかなく、軍政下の沖縄への流入者は膨大な数に上っていた。流入のピークとなった一九五〇年から五二年には、毎月一千名近い働き盛りの男女が沖縄に向かい、その累計が五万余に達していた。最終的には、それが十万以上に膨れ上がる。

沖縄の全人口が七十万余なので、実に十人に一人が奄美人ということになり、多くの仕事を沖縄人から奪っていった。それが原因で沖縄人は奄美人を敵視し、それが差別へと変わっていった。

二

新規採用者はバラック造りの教室に集められた。

——思ったより数が多いな。

約四十人はいるだろうか。大半は二十代のようだが、中には三十代とおぼしき者もいる。半数ほどは真面目《まじめ》そうだが、残る者たちは一癖も二癖もありそうな顔をしている。採用基準が、優秀さよりもタフネスに置かれているのは明らかだった。

——それだけ警察官という仕事が危険で過酷だからだ。

沖縄には銃が蔓延《まんえん》している。しかも最近、戦果アギヤーと呼ばれている少年窃盗《せっとう》集団が組織化され、ヤクザまがいの活動をするようになった。それを取り締まる警察官は下手をすると命を失う、ないしは大怪我《おおけが》を負う覚悟をせねばならない。

戦果アギヤーとは「戦果を挙げる者」という意味の言葉で、米軍の倉庫などから食料などの物資を略奪する少年たちのことを言う。同じ沖縄に住んでいるとはいえ、物資豊富な米軍と明日にも飢え死にしかねない日本人の間には大きな生活格差があり、生きるためには盗まざるを得ないという現実があった。

教室の扉が開くと、先ほど大城と呼ばれた警部補が姿を現した。

「起立！」

大城の胴間声に、新規採用者たちが弾《はじ》かれたように立ち上がる。

「俺が貴様らの教育係長となった大城賢治《けんじ》だ。貴様らは今日から琉球警察の一員だ。だが、まだ現場に出すわけにはいかない。今から半年、俺が鍛えてやるから覚悟しておけ」

新規採用者たちににらみを利かせながら、大城が続ける。

「これから仲村兼信《なかむらけんしん》警察隊長の訓示がある。皆、聞き漏らさずに頭に叩き込んでおけ！」

続いて姿を現した初代琉球警察隊長の仲村兼信が壇上に上がる。仲村は身長が低い上に太り気味で、丸眼鏡にちょび髭を蓄えている。そのためか一見ユーモラスに見えるが、眼鏡の奥の眼光は鋭く、その背筋のピンと伸びた立ち姿にも迫力がある。

後に知ることになるが、仲村は大尉として沖縄戦に参加し、摩文仁《まぶに》の司令部が玉砕する直前、牛島《うしじま》司令官から前線への使者を託されたことで、九死に一生を得たという。

「諸君！」

仲村は胸を張って第一声を発した。

「この四月、琉球政府が発足し、われら警察機構も一新されることになりました」

戦後から今に至る沖縄政府と警察の歴史を、仲村が概括していく。

「それゆえ、これから琉球国は果てしなく伸びていく。米軍基地には多くの米兵が駐屯し、その落とす金も半端な額ではありません。おそらく本土よりも、この島は豊かになります。だが――」

仲村は一拍置くと、新規採用者たちを見回しながら続けた。

「この島が豊かになれば犯罪も多くなるでしょう。とくに、米軍の軍需物資の窃盗を繰り返す戦果アギヤーの取り締まりを強化してほしいという要請が、米国民政府から届いています」

米軍側も当初は生存権の見地から戦果アギヤーを大目に見ていたが、一九五〇年代に入ると戦果アギヤーの犯罪行為は目に余るものになり、琉球警察に取り締まりの強化を命じてきた。

初期の戦果アギヤーは食料中心に略奪していたが、昨今の彼らのターゲットは、高い値段で転売可能な洋モクや高級酒、さらにペニシリン（抗菌薬）、ダイアジン（淋病《りんびょう》の特効薬）、サントニン（腹中の回虫駆除薬）といった需要のある薬品類に及んでいた。それにより米軍兵士用の医薬品が不足する事態に直面したことも、取り締まりを強化せざるを得ない一因となっていた。

「戦果アギヤーの跳梁《ちょうりょう》は、琉球政府の恥だとまで主席は仰せになっています」

主席とは、琉球政府初代行政主席の比嘉秀平《ひがしゅうへい》のことだ。

「だが、これまで警察の人員は少なく、アギヤーたちを十分に取り締まれませんでした。そこで今年より採用人数を増やし、沖縄全土をくまなくカバーできるようにしました」

――それで俺のような者まで採用されたというわけか。

貞吉も、戦果アギヤーの噂《うわさ》は聞いたことがある。というより、アギヤーから安く手に入れた高級葉巻を労働者仲間からもらい、また高級ウイスキーの相伴《しょうばん》に与《あずか》ったことさえあった。

「よって、君らにかかる期待は実に大きい。全力で奮励努力して下さい」

仲村が訓示を終えると、再び大城の声が轟《とどろ》いた。

「起立！　礼！」

仲村とその取り巻きが去ると、続いて泉が一人で入ってきた。

「おっす！」

泉は気取った様子もなく、右手を挙げると落ち着いた口調で話し始めた。

「この『おっす』という挨拶《あいさつ》の仕方は、委託教養で東京の警察へ出向いた折に覚えた。警視庁の幹部は旧帝大出身者が多く、彼らは道で出会うと、こうした挨拶を交わしていたと聞いたからだ。旧帝大生らは同じ釜《かま》の飯を食い、青春時代を共に過ごしたことから、終生変わらぬ親密な付き合いを続けるという。それは、われら警察一家も同じだ」

日本国内では、昭和二十三年（一九四八）に警察法が施行され、地方分権色の強い国家地方警察と自治体警察による二本立ての警察制度が発足していた。

泉が笑みを浮かべて続ける。

「俺も君らも同じ警察官だ。兄弟のように考えてくれてもいい。兄が弟を助け、弟が兄を助ける。そうした関係を築かないことには、これからの過酷な道のりを歩んでいくことはできない」

泉の言葉は心に響くものだった。

「われわれは、これから命を張って仕事をしていくことになる。その意味は分かるな」

「はい」と皆が一斉に答える。

「その時、最も頼りになるのは同じ釜の飯を食った仲間だ。われわれは年も違えば地位や職責も違う。だが警察官という一点においては変わらない。われわれが警察官である限り、皆兄弟も同じなのだ」

「はい！」

「つまり互いに助け合っていく。それができない者は今すぐ立ち去れ」

もちろん出ていく者はいない。

「よし。その覚悟があるならよい。何があっても互いに反目せず、陰口を叩かず、諍《いさか》いを起こさず、ひたすら助け合っていく。それだけを心掛けていれば、君らは立派な警察官になれる」

「はい！」

「君らには――」

泉が両手を左右に広げる。

「この島を犯罪者から守り、治安を維持していくという重大な使命が託されている。その時、様々な誘惑もあるだろう」

――やはりな。

賄賂《わいろ》をもらって犯罪を目こぼしする悪徳警官がいることは、この島で仕事をしている者なら、誰《だれ》でも知っている。

「そうした誘惑を振り払い、ひたすら正義だけを貫くのだ。そして共に、この島から犯罪を撲滅《ぼくめつ》しようではないか！」

それで訓示は終わった。泉はその場にとどまり、再び壇上に大城が上がると、今後の教育日程などを話し始めた。それが終わると、事務官から部屋割りが渡され、皆で寮に向かった。

翌日から教練と机上の勉強が始まった。勉強はともかく、教練は厳しいものだった。教育係長の大城は、目を付けた者を徹底的にいたぶった。むろん貞吉もその一人だ。昼の教練で反抗的な態度を取った者など、夜中に起こされて外に連れ出され、大城とその取り巻きからリンチを受けた。

翌日、そのことを泉に上申した者は、昼の教練で倒れるまでしごかれた。

どうしたことか泉は、大城らのやることを黙認していた。そのためか、大城の貞吉へのしごきは日に日にひどいものになっていった。

目つきが悪いと言って倒れるまで校庭を走らせるのは日常茶飯事で、機嫌の悪い時は、皆の前で理由もなく制裁を受けた。そんな時、大城は腫《は》れやすい顔は避けたので、貞吉の体は痣《あざ》だらけになった。それでも貞吉は堪《た》えた。堪えることが大城への抵抗だと思ったからだ。むろん泉の存在があってこそ、堪えられたのは言うまでもない。

四十人の新規採用者の中には、貞吉と同じ奄美出身者が三人いた。彼らは互いにかばい合うように群れていた。そうした態度が、沖縄出身者との間に距離を生むことを知っていた貞吉は、あえて彼らと群れず、休憩時間などでは沖縄出身者と仲よくするようにしていた。

二カ月が過ぎる頃には、何人かが脱落していった。中には、琉球政府のほかの局に転属させてもらえた者もいた。琉球政府には、厚生局、郵政局、資源局、工務局、運輸局といった部署もあり、どこも人材が払底《ふってい》していたからだ。とくに奄美出身者への大城らのしごきはひどく、貞吉以外の三人は、いつの間にか転属願いを出して脱落していった。

貞吉にとって泉の存在だけが救いだったが、泉のような慈悲深い人間が、大城のような野蛮な人間を教育係長に任命した理由だけが分からなかった。しかし研修期間が終わる頃、その理由がようやく分かった。

——厳しい教練を施しておかないと、後で泣きを見るからだ。

噂で聞こえてくる警察の仕事は過酷そのもので、強い精神力がないと堪えられないようだ。

そのため泉は、あえて大城たちの蛮行を許しているのだ。それは夜間のリンチの黙認にまで及んでいた。

――配属後は、もっと厳しい現実と向き合うことになるのか。

それを思うと貞吉は暗澹《あんたん》たる気持ちになる。それでもほかに行き場のない貞吉は、堪え抜かねばならなかった。

――徳之島での生活や、本島に来てからの肉体労働の日々に比べれば、よほどましだ。

貞吉は過去に戻りたくないという一心で、大城らの過酷なしごきに堪えていた。


昭和二十八年（一九五三）三月、あとわずかで半年に及ぶ研修期間が終わろうという時、警察学校を訪ねてくる者がいた。

その名を聞いた時、貞吉は何かの間違いではないかと思った。

夕飯前の自由時間だったので、慌てて面会室に駆けつけると、その男は満面に笑みを浮かべて待っていた。

「貞吉、久しぶりだな」

「朝英《ちようえい》、よく来てくれたな。かれこれ一年半ぶりじゃないか」

「ああ、それくらいだ」

二人が固く握手を交わす。

恵《めぐみ》朝英は、すらりとした長身とよく日焼けした精悍《せいかん》な顔つきの青年へと成長していた。

「警察学校にいると聞いて驚いたぞ」

「ほかにいい仕事もないんでね。警察官なら安定しているからな」

「そうか。そんな理由で警察官になったのか。いずれにしても、よかったな」

「ありがとう」

一年半ほど会わない間に、朝英は口調まで大人びていた。

「それで貞吉、その後、島の方はどうだ」

「俺もこちらに来て一年になる。お前が警察官になったという話は、島で聞いたんじゃない」

「そうか。こちらにいる徳之島仲間から聞いたんだな」

「ああ、みんな驚いていたぞ」

「そうだろうな」

貞吉自身が驚いているのだから当然だろう。

「それで、今日はどうしたんだ」

「ああ、再会して早々だが、別れを言いに来た」

「別れって――」

「本土に行く」

そう言うと朝英は煙草《タバコ》を取り出し、手慣れた仕草で勧めてきた。

「どうだ」

「いや、俺は吸わん。それよりも本土に何しに行くんだ」

煙草に火をつけてゆっくり吐き出すと、朝英が言った。

「大学に行く」

「だって、お前、金はどう工面する」

「その点は心配要らない。国費留学制度というものを使うことになった」

「何だ、そりゃ」

貞吉にとって、そんな制度は初耳だった。

「沖縄から本土の大学に留学するための制度だ。選抜試験を受けて合格すれば、シマンチュでも行ける。もちろん授業料や下宿代は琉球政府が負担してくれる」

この制度は、沖縄に医者の数が不足していることから始まったもので、初期は東大医学部に留学する者が大半だった。しかしここ数年、その範囲が次第に広がり、医学部以外の学部に留学する者も増えてきた。

「そうか。それはよかったな。で、どこの大学に行くんだ」

「早稲田《わせだ》大学政治経済学部政治学科さ」

「何だって。そいつは凄《すご》いな」

大学について詳しいわけではない貞吉だが、早稲田大学が私学の雄だということくらいは知っている。

「これからの時代、政治こそ大切だ。政治のあり方によって、皆の暮らしは変わる。だからワン――、いや、俺は政治家を志す」

「政治家か――」

貞吉にとって政治家は遠い存在だった。

「俺は偉くなりたいから政治家を志すんじゃない。虐《しいた》げられている人々のために政治家になりたいんだ」

「沖縄のためにか」

「もちろんだ。少しでも沖縄の役に立ちたいんだ」

「政治家を志すのはいいが、奄美も沖縄もＵＳＣＡＲの支配下に置かれている。そんな中で何ができるというんだ」

「今はそうだが、明日は分からない。いつの日か、奄美や沖縄も日本に返還される日が来る。その時のために政治を学び、とくに沖縄に住む奄美の人々が、沖縄人と同じ権利を得られるようにしたいんだ」

沖縄本島での奄美諸島出身者に対する差別は、年々ひどくなっていた。

「沖縄にしても奄美にしても、返還なんて日が来るのかい」

警察学校に入ってから、そうした政治情報が入ってくることはほとんどなかった。せいぜい食堂に置いてある沖縄タイムスや琉球新報を読み、世間の様子を知るくらいが関の山だ。

「お前、この雑誌を知っているか」

ジャケットの内ポケットに丸めて突っ込んでいた雑誌を、朝英が取り出す。

その雑誌の紙質は劣悪で、ガリ版刷りとさほど変わらないように見えるが、抽象画のような表紙には何かの情熱が感じられる。

「これは『新青年』という雑誌だ」

表紙には、「第24号」とあるので定期的に刊行されている雑誌らしい。

中身をペラペラとめくると、「青年よ！　光栄ある民族解放運動の旗手たれ！」「青年団の在り方と再建強化のために」「民族解放のために国民戦線へ参加せよ！」といった激越な調子の記事が目に入ってきた。

「随分と勇ましい雑誌だな」

貞吉が冗談めかして言ったが、朝英は真剣な顔つきのままだ。

「ここには、われら奄美人が沖縄人と同等の人権を獲得していくためにはどうしたらよいかが書かれている。だが一人ひとりの力は弱い。つまり、まず団結しなければならない。これを見ろ」

朝英があるページを開く。そこには「郷友会結成趣意書」という表題が掲げられ、その序文は「犯罪と云《い》えば大島人、パンパンと云えば大島人と云われる」という文章に始まり、「こうしたいわれなき中傷を克服していくためには、互助会組織が必要である」という言葉で締められていた。

「どうだ」

「いや、気持ちは分かるが、俺は今、自分のことで精いっぱいなんだ」

「そうだな」と言って朝英が雑誌を閉じる。

「これはお前にやる。暇な時にでも読んでおけ」

「ありがとう」

二人の間に気まずい沈黙が流れる。その沈黙は、互いの立場が随分と離れてしまったという思いから来ていた。

それを払拭《ふっしょく》するように、貞吉は明るい声で言った。

「東京での新生活が楽しみだな」

「ああ、働きながら学ぶことになるので、楽しいことなどないかもしれんが、そうした苦労も将来の糧にしていきたい」

「お前が早稲田大学政治経済学部の学生か。お父上も天国で喜んでいるだろうな」

「ああ、きっとな」

朝英の両親は戦後まもなく帰島したが、つい数年前、父親は脳梗塞《のうこうそく》で亡くなった。しかし兄が漁師をしているので、母も弟妹も何とか食べていける。そのため朝英は留学ができたのだ。

「俺と違って、お前は苦労したな」

貞吉の両親は、広島に働きに出ている時に原子爆弾に被災して行方不明となっていた。貞吉は父母の遺骸《いがい》を探すべく、幾度となく本土へ渡航することを望んだが、琉球政府とその背後のUSCARは許可してくれなかった。というのも、同じような境遇の若者があまりに多いからだ。

朝英が灰皿で煙草をもみ消す。

「そろそろ行く」

「そうか。達者でな」

「ああ、お前こそな」

朝英の顔には親愛の情が溢《あふ》れていた。

「次はいつ戻る」

「分からん」

「では、これで当分会うことはなさそうだな」

「ああ、残念だがそういうことだ。もしも――」

朝英がにやりとする。

「何かの都合で東京に来る機会があったら、早稲田大学に問い合わせてくれ」

「ああ、そうさせてもらう」

朝英が立ち上がったので、貞吉もそれに合わせた。

「キバレンショレ」

「キバレンショレ、ヤァもや（お前こそ）」

二人が固く握手を交わす。

友を門まで送った貞吉は、その去り行く後ろ姿をいつまでも見つめていた。

三

その辞令には、こう書かれていた。

「貴殿の配属を名護《なご》警察署とする」

名護とは沖縄本島の北部にある大きな町の一つで、その面積の十一パーセントを米軍基地の建設予定地が占め、米国人の数も増え始めていた。つまり名護は、戦果アギヤーの跳梁が予想される最も多忙な地域になると目されていた。

辞令は配属の二日前に通達されたので、生徒たちは今日いっぱいで荷物をまとめ、明朝には指定された車両に乗って各地に散っていくことになる。そのため午後から、ささやかな謝恩会が開催された。

短い間だったが、苦しい教練を堪え抜いた者たちの間には友情らしきものも芽生えていた。酒杯を傾けつつ、互いにこれからの健闘を誓い合っていると、「敬礼！」という声が聞こえた。直立不動の姿勢を取ると、人影は貞吉のところに近づいてくる。

「明日から名護だと聞いたぞ」

「はっ、はい」

声をかけてきたのは警察学校長の泉だった。慌てて貞吉が敬礼すると、泉も答礼した。

「どうだ。同郷の誼《よしみ》で散歩でもせんか」

「はい。喜んでお供させていただきます」

「ははは、そう固くなるな。もう研修期間は終わったんだ。俺たちは同じ警察官だ」

二人は外に出ると、校庭をゆっくりと歩いた。

「ここでは血のにじむような思いをしたな」

泉は事務棟の窓から、外で行われている教練の様子を見ていたのだ。

「はい。今となっては、いい思い出です」

「俺を恨んだろう」

「いえ、そんな――」

「正直に言えよ。シマンチュで辞めていった一人は、俺のところに来て、さんざ文句を並べていった。それを俺は黙って聞き、『君は警察官に向いていない』と告げ、そいつを運輸局に転属させた」

泉は、同郷の者たちに分け隔てなく目を掛けていたようだ。

「だがお前さんだけは、文句一つ言わず大城らのしごきに堪えた」

「私には、それくらいしか取り柄はありませんから」

「ははは、自分のことがよく分かっているな」

泉が金歯を見せて笑う。

「いや、分かっていません。警察官に向いているのかどうかさえ分かりません」

「警察官なんてものは、向いているかどうかじゃない。素志を忘れずに持ち続ければ、必ずよい警察官になれる」

「素志を忘れず、ですか」

「そうだ。世のため人のために尽くすという素志を忘れなければ、警察官は君の天職になる」

泉が確信を持って続ける。

「今は激動の時代だ。あらゆることが変わっていく。とくにこれからの沖縄は、荒波に翻弄《ほんろう》される小舟のようなものだ。だが小舟にも舵《かじ》はある。つまり少しずつでも、自主権を取り戻していけるはずだ。最後には沖縄のことは、沖縄に住む者が決めるという世になるだろう」

泉は「沖縄人」と言わず、「沖縄に住む者」と言った。そこには「沖縄にはシマンチュもいるぞ」という強い主張が込められていた。

「こんなに基地が造られているのに、そんな時代が来るんでしょうか」

昭和二十四年（一九四九）に中国共産党政権が樹立され、翌年には朝鮮《ちょうせん》戦争が勃発《ぼっぱつ》した。東西の冷戦は強い緊張を生み、自由主義陣営の盟主たらんとする米国にとって、日本と沖縄はその防波堤として、この上なく重要な存在になっていた。このような政治情勢の下で、米国政府が沖縄に様々な権限を付与するなど考え難い。

「俺たち一人ひとりが理想を持って仕事をし、粘り強く交渉を続ければ、いつかアメリカの頸木《くびき》から解放される。たとえ基地があろうと、沖縄はわれわれの土地になる」

大戦後、実質的に米国の領土となった沖縄には、二重三重の頸木がはめられているも同じだった。それを一つひとつ外していくのは気の遠くなるような作業だが、いつの日かきっと実現すると、泉は言うのだ。

「そんな都合のよいことを、米国が認めてくれるでしょうか」

「そりゃ、容易なことではないさ。でも理想なくして何のための外交か。米国に沖縄を守ってもらいながら、譲歩できる部分は譲歩してもらう。それが政治交渉というものだ」

空を見上げながら泉が続ける。

「救世主が現れれば、返還運動も盛り上がっていくだろう」

――救世主か。そんな人物が現れるのだろうか。

今の沖縄にそんな人物が現れるなど、貞吉にはとても考えられなかった。

「確かに救世主的な人が現れれば、返還運動は活発化していくでしょうね。でもわれわれ警察は、それを取り締まる立場にあるわけですよね」

「そうだ。返還運動が暴徒化しないように取り締まるのが警察の役目だ。米軍の資産を焼き打ちするなどして市民が暴徒化すれば、USCARの思うつぼだ。やつらは治安部隊を出動させ、市民を弾圧するだろう。そうなる前に返還運動の過熱を抑えるのが、われら警察の役目だ。その結果、われらは皆から後ろ指を指されるかもしれない。それでも堪えねばならん。それが警察官だ」

　泉の目は明日の沖縄を見据えていた。

　——俺も泉さんのようになりたい。いや、ならねばならん。

　警察官としての自覚と誇りが、胸奥《きょうおう》から込み上げてくる。

「泉警視、私も素志を忘れず、警察官の使命を全うします」

「その意気だ。辛《つら》い仕事だが、君はきっと素晴らしい警察官になれる」

「本当ですか」

「ああ、本当だとも。もう君は一人前の警察官だ。名護に行ってからも、キバレンショレ」

「はい。ご期待に応《こた》えられるよう全力を尽くします」

　最後に握手を交わすと、泉は謝恩会の会場となっている講堂の方に去っていった。

　——ありがとうございます。

　その後ろ姿に向かって、貞吉は深く頭を下げた。

昭和二十八年四月一日、貞吉の名護署での日々が始まった。最初はアギヤーの取り締まりや喧嘩の仲裁といった地味な仕事が続いた。そんな中、火事の際に消防士まがいのことまでやらされた。というのも、この時代の沖縄では消防署制度が十分に確立できておらず、消防車や消防士の数も少ないため、いざという時は、警察署員が消防服を着て消火に当たるのだ。

人手不足からくる多忙な日々に、貞吉も翻弄されていた。夫婦喧嘩の仲裁に入って殴られた時など、さすがの貞吉も「こんな仕事を続けられるのか」と思った。

ところが七月、名護署が所轄する大宜味《おおぎみ》村《そん》で、未曽有《みぞう》の大事件が起こった。

この事件が自らの人生の大きな転機になるとは、この時の貞吉は夢にも思わなかった。

四

その日は朝から雨模様だった。上長にあたる砂川清仁《すながわせいじん》から命じられていた密貿易関連のリストの整理をしていると、突然「何だって!」という砂川の声が聞こえてきた。

顔を上げると、電話を耳に当てた砂川の顔から血の気が引いている。いつもは丸眼鏡を掛けて好々爺《こうこうや》然としている砂川だが、この時だけは、黒く日焼けした顔が引き締まって見えた。

――大事件でも勃発したのか。

軽犯罪ばかりなので少し退屈してきていた貞吉は、期待交じりにそんなことを思った。

同じ名護署捜査課係長の神里康正《かみざとこうしょう》と主任の喜舎場《きしゃば》秀理《しゅうり》も、自分の仕事そっちのけで砂川の方を注視している。その様子からすると、ただならぬことが起こったと分かる。

「よし、すぐに行く」

そう言うと砂川は受話器を置いて、しばし考えに沈んだ。

──タタキか。コロシか。

こうした場合、殺人の絡んだ強盗事件が最も考えられる。

「おい、みんないるか」

みんなと言っても、名護署捜査課の課員は神里、喜舎場、貞吉の三人しかいない。

警部補の神里は長身痩軀《そうく》の上に長髪で、とても沖縄出身者のようには見えない。一方、巡査部長の喜舎場は坊主頭の精悍《せいかん》な男で、聞くところによると三中（名護高校）の野球部出身だという。

「何かあったんですか」

長い髪をかき上げながら神里が立ち上がったので、喜舎場と貞吉も後に続いた。

「あったどこじゃない。大事件だ」

砂川は一拍置くと、大きく息を吸い込んで言った。

「米兵が撃たれ、現金輸送車の金が盗まれた」

三人が息をのむ。

「うちの管轄だ。すぐに現場に向かう」

砂川が座席に掛けてあった制服を摑んだ。


強奪事件のあった現場は名護町北東部の大宜味村で、海沿いの道が山間部に入ったところだった。どうやら、そこで待ち伏せを食らったようだ。

早速、現場に着いた四人は、被害車両らしき米軍ジープの周囲を行き来する米兵の姿に驚かされた。米兵はヘルメットをかぶった完全装備の状態で、自動小銃で武装し、引き金に指を掛けている者もいる。前方には装甲車らしきものも見える。

——これは一大事だな。

琉球警察と大書された払い下げのジープから降りようとすると、大宜味村駐在所の巡査が駆け寄ってきた。

「お待ちしていました！」

「状況を説明しろ」

ジープを降りながら砂川が命じると、巡査は直立不動の姿勢で説明を始めた。

それによると午後四時頃、米軍奥間《おくま》通信基地の米兵および軍属の給料を載せたジープが、山間部に入ったところで前方に大石があるのを発見した。そこだけは数十メートルにわたって左右が崖《がけ》のため隘路《あいろ》になっており、迂回《うかい》するのは困難だ。

石をどけようと運転手と会計係が車を降りると、藪《やぶ》から現れた三人組の男に囲まれた。

「顔は見たのか」

砂川の問いに巡査が緊張の面持ちで答える。

「いえ、覆面をしていたそうですが、日本人なのは確実なようです」

「で、なぜ撃たれた」

「詳細は分かりませんが、『車を置いて行け』『それはできない』といったやりとりがあった末、犯人たちは発砲し、会計係が太ももに貫通銃創を負いました」

重傷を負った会計係は、すでに米軍の施設に運び込まれたという。運転手も現場にいるような様子はないので、米軍によってどこかに連れていかれたのだろう。

神里が汗を拭《ふ》きながら問う。

「銃は見たのか」

「分かりません」

「いくら盗まれた」

「B円紙幣約二百万円です」

B円とは米軍発行の円表示軍票のことで、日本円に対して割高なレートを取ることで、基地建設費や駐留経費を割安に済ませるために考案された。これにより米軍は基地建設費を大幅に節減でき、米兵は母国では考えられないような暮らしができた。

具体的に言うと、日本円が一ドル＝三百六十円にもかかわらず、一ドル＝百二十B円という三倍の固定レートだったので、二百万B円だと三倍の六百万円の価値がある（現在の貨幣価値に換算すると一億円超）。

「アメリカも随分と持っていかれたな」

神里の言には、多少「いい気味だ」というニュアンスが含まれている。

坊主頭に汗を光らせた喜舎場が吐き捨てるように言う。

「アメリカは紙幣を刷ればいいだけですから、少しも腹は痛くないでしょう」

米軍は沖縄経済のインフレーションまで考慮しないので、沖縄の物価は本土の東京並みになっていた。

貞吉が問う。

「紙幣にナンバーは付いているんですか」

砂川が答える。

「B円なら付いているはずだ」

ポケットから煙草を探り当てた砂川が、不器用そうな手つきで火をつける。

「ということは、使えば足が付きますね」

「いや、那覇の裏町に行けば換金屋などいくらでもいる」

いかにナンバー付きの紙幣でも、換金屋の手に渡れば元をたどるのは難しくなる。

「まずは現場に行ってみよう」

砂川を先頭に五人が歩き出すと、二人の米兵に道をふさがれた。

「ジャップは、ここから先に入れない」

「なぜですか。われわれは琉球警察です」

砂川が下手な英語で反論する。

「だめだ」

兵士の顔は、同胞が日本人に撃たれたという怒りで紅潮していた。

「では、責任者の方を呼んでいただけますか」

兵士が背後に向かって声を掛けると、四十くらいの大佐がやってきた。

「何の用だ」

「琉球警察の捜査担当者です。現場を見せてもらえませんか」

砂川は名乗ったが、相手は名乗らない。

「われわれの捜査が終わるまで、君らはここに入れない」

「迅速に証拠品の回収などをやらねばなりません」

「こちらでやる」

「しかし捜査権はわれわれにあり、証拠を持ち去ることは違法です」

「黙れ！」

大佐が一喝する。

「米軍に所属する者が撃たれたんだぞ。状況が分かっているのか！」

それだけ言うと大佐は行ってしまった。

米軍の怒りと緊張は想像を超えていた。終戦以来、下等動物のように扱ってきた日本人が、戦後初めて米軍に所属する軍吏に発砲して重傷を負わせたのだ。

神里がため息交じりに問う。

「砂川さん、どうします」

丸眼鏡を拭きながら、砂川は矢継ぎ早に指示を出した。

「神里は駐在所まで行って担当警視に電話連絡しろ。もうこちらに向かっているかもしれないが、その前に米軍本部に捜査権のことでネゴしてもらわねばならない」

「分かりました」と答えるや、神里が駐在と共に走り去る。

「喜舎場は大宜味の村役場に本部を設営しろ」

「役場はもう閉まっています」

時計を見ると午後五時半を指していた。

「そんなことはどうでもよい。村長の家に行き、事情を説明して開けてもらえ！」

「分かりました」

見ると神里がジープを発進させようとしている。喜舎場は「待って下さい！」と言いながら飛び乗った。

三人を乗せたジープは、砂埃《すなぼこり》を蹴立《けた》てながら去っていった。

それを見届けた後、砂川がぽつりと言った。

「俺とお前は米軍が去るまで、ここで待つ」

「その後に証拠品を探すんですか」

「ああ、俺たちはハイエナのようなものさ。ライオンが食べ残した餌《えさ》をいただく」

「でも、あいつらは車両まで持っていくつもりですよ」

ちょうどレッカー車がやってきて、被害車両を牽引《けんいん》しようとしている。

「それでも何か落ちているかもしれん」

砂川はその場に座り、煙草を吸い始めた。致し方なく貞吉もそれに倣《なら》って腰を下ろした。

「吸うか」と言いつつ、砂川が吸いさしの煙草を渡してきた。

「どうも」と答えて受け取ったが、煙草を吸ったことのない貞吉はすぐにむせた。

「なんだ、煙草も吸えんのか」

「はい。試したこともありません」

「そうか」と言うと砂川は貞吉の手から煙草を取り戻し、うまそうに吸った。

「煙草もそうだが、何事も場数だ。場数を踏めば、次に何をすべきか分かってくる」

「そんなもんですか」

「ああ、そんなもんだ。戦場でもそうだった」

砂川が寂しげに呟《つぶや》く。

「警部は確か満州《まんしゅう》でしたね」

「ああ、奉天《ほうてん》の六十三師団だった」

「激戦を生き残ったと聞きましたが――」

「いや、戦争らしい戦争をしないで終戦となった。戦争はこんなに楽なものかと拍子抜けしていたら、その後に地獄が待っていた」

砂川は煙草を捨てると、足でもみ消した。

「シベリア抑留ですね」

「そうだ。俺のようなウチナンチュに、シベリアは辛いところだった」

砂川はイルクーツクの第八収容所に入れられ、昭和二十四年（一九四九）に帰国を果たした。

「寒かったですか」

「ああ、寒くて寒くて初めは堪えられなかった。よくぞ生きて帰ってこられたもんだ」

イルクーツクの第八収容所では、寒さと飢えで約一割の日本兵捕虜が死んでいったという。

「生きて帰れてよかったですね」

「そうだな。生き残るために何をなすべきか、直ちに習得できたからだ。それができない連中は、すぐに死んでいった」

「生き残るためって、どんなことですか」

「ロシア人にへいこらして食いもんをめぐんでもらったり、奴らの思想教育に感化されたふりをしたりするのさ」

「そんなことまでしたんですか」

「ああ、生きるためには何でもした。虫や鳥はもちろん、凍った地面を掘ってミミズまで食った。尤も、その時は食中毒を起こして三日三晩苦しんだけどな」

周囲が暗くなってきたので、米兵たちが片づけに入った。そこに乗用車がやってきた。

「やっと、お偉いさんたちが着いたようだ」

砂川は立ち上がると、乗用車の方に向かった。

その後、名護署からやってきた警視と米軍の大佐が押し問答を始めたが、その頃には米軍大佐も落ち着きを取り戻しており、捜査権が日本側にあることを認め、証拠品のジープも後で引き渡すことを約束した。だが運転者と怪我をした会計係の聴取は頑として許さず、間接的な聞き取りなら許可すると言ってきた。

真っ暗な闇《やみ》の中、懐中電灯の灯《あか》りを頼りに、二人は二時間ばかり証拠品を探したが、米兵が人海戦術ですべてを持ち帰ってしまった後なので、何も見つけられなかった。

最後に砂川は言った。

「これが琉球警察の仕事だ。時には米軍のけつだって拭かなければならない」

その言葉には、憤懣《ふんまん》よりもあきらめが漂っていた。

五

滴る汗を拭《ぬぐ》いながら聞き込みを続けたが、さしたる成果は挙がらない。大宜味村の人口は少なく、目撃者がいないのだ。大半の村民が野良仕事に出ている時間なので、役場前を通っている幹線道路の人通りも閑散としていたらしい。

唯一、六歳の少年が猛スピードで犯行現場方面から南に向かって走り去る白い車を目撃していた。しかし車種までは特定できない。それでも時間的には合っているので、犯行に使われた車だと思われた。

今の時点では白い車としか分からないが、その線から探っていけば何とかなるような気がした。

――今、沖縄を走っている白い車の車種を探り出し、それを絵にして少年に見せてみよう。

そんなことを考えながら村役場にある捜査本部に戻ると、砂川たちが難しい顔で議論していた。

「ただ今、帰りました」

「どうだった」

節くれ立った太い指で、砂川が煙草をくゆらせながら問う。

「大人の目撃者はいませんでした。でも六歳の男の子が南に走り去る白い車を見ています。時間もぴったりなので、犯行車両の可能性が高いと思われます」

少し誇らしげに言ったものの、三人の反応は鈍い。

「そうか。よくやった。その件は喜舎場に引き継がせる」

「えっ、そうなんですか」

貞吉は落胆した。

——まだ俺は半人前なんだな。

「後で小僧の名と家の場所を喜舎場に伝えておけ」

「は、はい」

「お前には、少し難しい仕事をやってもらう」

「難しい仕事——」

「そうだ。まあ、ここに座れ」

砂川に勧められるまま空いている椅子《いす》に座ったが、神里と喜舎場は視線を合わせようとしない。

——嫌な仕事というよりも、危険な仕事だな。

貞吉の直感がそれを教える。

「実はな、那覇の本部の方でも聞き込みを続けていたんだが、奴らが有力な情報を摑んできた」

「えっ、それは本当ですか」

「うむ。沖縄は狭い。闇の世界はつながっている。そっち方面から、必ず情報は入ってくる」

砂川には、吸いさしの煙草をフィルターぎりぎりまで吸う癖がある。抑留時代の癖が抜けないのだろう。

神里が怜悧《れいり》な顔で言う。

「砂川警部、こいつにできますか」

それには答えず、砂川は貞吉を見つめながら何か考えている。

――俺に何ができるというんだ。

神里が続ける。

「相手を怒らせたら終わりです。本部のベテランに頼んだらいかがですか」

砂川が言いにくそうに答える。

「元々、これは公式のものではない。俺の人間関係で取ってきた話だ。奴らに頼んでも、やってはくれない」

「それなら仕方ないですね」

神里が立ち上がって窓の方に行った。自分は関知したくないという意思表示なのだろう。

「東、心して聞いてくれ」

「は、はい」

「実はな、俺の知り合いからの情報なんだが、ある顔役がこの件で会ってもいいと言っているらしい」

「顔役――」

喜舎場が口を挟む。

「手広く事業をやっている事情通のことだよ」

「そうだ。裏のことなら何でも知っているという話だ。とくに北部関係の人脈には精通しているという。それで情報をリークしてもらうことになった」

「リークってことは、犯人たちのですか」

「そういうことだ。ただし、その人物は名護出身者には会いたくないらしい」

「えっ、なぜですか」

貞吉は、まだ事情がのみ込めない。

砂川が新しい煙草に火をつける。

「つまり俺たち三人がのこのこ行けば、面が割れて口を閉ざす可能性がある」

「口を閉ざす、というと――」

「分からない奴だな」

喜舎場があきれたように言う。

「犯人、顔役、そして俺たち捜査担当者の誰もが顔見知りって可能性が高いんだ」

「それじゃ、逆にいいじゃないですか」

砂川が紫煙を吐き出しながら言う。

「逆にだめなんだ。顔役は自分がリークしたと絶対に漏らしたくない。警察に対してもだ。顔を隠したり、電話でコンタクトしたりするのもだめだ。声でばれるからな。それで会って話をすることになったんだが、顔役の条件は『絶対に面が割れない捜査員』ということなんだ」

「よく分かりませんが――」

「リークしたことが明るみに出れば、顔役でさえ殺される可能性があるからさ。つまり俺たち警察は、信用されていないということだ」

――裏世界とつながっている悪徳警官がいるということか。

貞吉にも、ようやく事情がのみこめてきた。

「それで那覇の本部のベテランに頼んだらどうかと、先ほど神里さんが言ったんですね」

「そうだ。だがそうすると、捜査の主導権は那覇に握られる。戦後初の米兵への発砲事件だ。しかも俺たちの管轄で起こった。それを那覇に任せたとあっては、名護署の面目は丸つぶれだ。署長も『手放すな』と仰せだ。しかもこれは違法捜査だ」

名護署長の宮里広仁《みやざとこうじん》は地元名護出身ということもあり、那覇に対抗意識を持っている。

「違法捜査になるんですか」

「そうだ。顔役だって、ただでは何も教えてくれない。当然、見返りを要求してくる。その内容にもよるが、九分九厘は違法なものの『お目こぼし』になる」

「そんな危険な取引をするんですか」

引き受ければ、入署して一年と経《た》たないうちに違法捜査にかかわることになる。

――これが琉球警察ってわけか。

警察学校で習ったこととはほど遠い現実に、貞吉は愕然《がくぜん》とした。

「むろん、お前だけに責任を取らせるわけじゃない。もしもの時は、俺が責任を取る」

砂川は天井を指差すと続けた。

「だが、俺から上は『知らぬ存ぜぬ』ということだ」

――つまり砂川警部の上長にあたる名護署長は、「俺は知らんが、やりたければ勝手にやれ」

というスタンスか。

それが社会の法則だと、貞吉も薄々気づいていた。

「それで、私にその顔役と会えというのですね」

「そういうことだ」

このままいけば、貞吉が違法行為を見逃す条件交渉をする悪徳警察官になってしまう。しかも上層部は、違法行為のお目こぼしを許したなどとは言わないはずだ。つまり何か問題が起これば、名護署捜査課の責任にされる。

——どうする。

違法捜査にかかわれば、首どころか逮捕される恐れもある。だがやらないとなれば、貞吉は僻《へき》地《ち》の駐在所に飛ばされ、そこで生涯を送ることにもなりかねない。命令を断った者がどうなるかは、警察学校内の噂で聞いている。

「われわれが事件を解決すれば、米軍にも大きな顔ができる」

その一言に、貞吉の心が動かされた。

——そうか。この事件を解決すれば、間接的にだが「沖縄を取り戻す」ことにつながるかもしれない。

名護署と米軍の関係がよくなれば、今後の捜査協力も円滑に進み、名護署管内の治安維持はもとより、様々な陳情を米軍が聞いてくれるかもしれない。

貞吉の胸底から闘志が頭をもたげてきた。

「やります。やらせて下さい」

「おいおい」

窓際で外を見ていた神里が苦笑する。

「相手は、ただで犯人を教えてくれるわけじゃないぞ。いろいろ駆け引きすることになる。お前にそれができるのか」

「駆け引きですか」

「そうだ。いろいろ条件闘争がある。相手のペースに乗せられれば、あちらの思い通りの条件を押し付けられる」

「そういうことですか。だったら条件を聞くだけ聞いて無視してしまえばいいじゃないですか」

「おい！」

神里が貞吉の胸倉を摑むと立たせた。

「そんなことを二度と口にするんじゃねえ。こちらののんだ条件を履行しなければ、このルートは二度と使えなくなる。それだけ裏世界とのつながりは大切なんだ」

「よせ」と言って砂川が話を代わる。

「いいか東、この世界はギヴ・アンド・テイクでできている。長年かけて築き上げたルートを簡単に壊すわけにはいかない。そんなことをすれば、お偉いさんたちもいい顔はしない」

「それは分かっていますが――」

砂川が感情を込めて続ける。

「東よ。これは危険な仕事だ。ばれたら首になるどころか逮捕される。それでもいいならやってくれ。もちろんいざという時の責任は、すべて俺が取る」

そこまで言われてしまえば、答は一つしかない。

「分かりました。やらせてもらいます」

──ここでは、清廉潔白でいることなんてできやしない。つまり正義を貫くためには、汚水にも手を入れねばならない。それがこの島の流儀なんだ。

貞吉はそれを己に言い聞かせた。

「煙草をいただけますか」

三人が同時に煙草を取り出そうとしたので、貞吉は誰からもらおうか迷った。

「三本もらっとけ」

砂川の言葉に応じた貞吉は、三人から煙草をもらった。

「これで、俺たちはチョーデーヤサ」

砂川の言葉に神里と喜舎場もうなずく。チョーデーとは兄弟のことで、沖縄では「イチャリバチョーデー（一度会ったら皆兄弟）」といった言い回しでよく使われる。

──兄弟、か。

これで抜けられない世界に一歩踏み込んだことを、貞吉は覚《さと》らされた。

六

那覇随一の繁華街・国際《こくさい》通りの裏街的な位置にある栄町《さかえまち》通りは、通称ひめゆり通りと呼ばれている。その名は、かつて「ひめゆり学園」と呼ばれる女学校があったことに由来する。戦前は閑静な学生街で、数軒の本屋や文房具屋が建ち並ぶ通りの裏手には、甘藷《かんしょ》畑が広がっていた。

だが米軍の爆撃によってすべては灰になり、その風景は一変した。

──まさかこんな風になるとは、当時の女学生たちは想像もしていなかっただろうな。

戦後、米軍の指導により、この地域も復興が始まる。真和志村《まわしそん》と呼ばれていた町の名も、住民投票により栄町という日本風の名に改められ、新聞社、病院、劇場、料亭などが次々と建てられた。だが次第に米兵目当てのバー、サロン、カフェー、ダンスホールが増え始め、戦前とは一変した風景が広がるようになった。

その雑然とした風景の中を、ボマージャケットに白いシャツを着て、カーキ色のミリタリーパンツをはいた貞吉は歩いていた。もちろん面が割れないように、モスコットのサングラスを掛けている。

——馬子《まご》にも衣裳《いしょう》か。

小学校の頃に習った格言を思い出す。

この日の午前、砂川は床屋の親父《おやじ》を連れてくると、貞吉の頭をGIカットにさせ、名護署にあった遺失物や没収した盗品などを片っ端から持ってきて、貞吉の風体を整えた。

コンタクトする相手は、もちろん貞吉が警察だと知っているが、そこに至るまで警察と覚られてはだめだというので、こうした恰好《かっこう》をすることになった。

貞吉はしっくりきていないと思ったが、砂川たちが「これでいい」と言うので、民間用に偽装したジープを駆り、その姿で那覇までやってきた。

——もう、なるようにしかならん。

貞吉は開き直ったように肩で風を切り、人でごった返した栄町の路地を闊歩《かっぽ》した。

栄町の狭い路地には、それをさらに狭くするかのようにテーブルや椅子が張り出し、何を焼いているのか分からないような臭《にお》いが充満していた。そこに日本語、英語、沖縄口《ウチナーグチ》（沖縄方言）が飛び交い、耳を圧するばかりだ。

売春街は真栄原新町《まえはらしんまち》に移転させられたためか、おおっぴらに誘ってくるキャッチはいない。だがそれらしき人影は、ちらほらいる。制服を着た米兵もいることはいるが、白人兵の姿は皆無だ。

――奴らは遊ぶ場所も別々だからな。

米兵の間では根深い人種差別があり、軍の公式行事を除けば、あらゆることが別々に行われる。黒人兵たちは胡散臭《うさんくさ》そうな視線を貞吉に向けるが、一瞬後には、われ関せずといった顔で視線をそらしていく。

栄町通りの奥へ行けば行くほど、擦れ違う日本人の男たちは振り向いてくる。貞吉が見慣れない顔だからだろう。

――それでも誰も声を掛けてこないのは、俺がここになじんでいるということだな。

貞吉は、安里《あさと》十字路に近い北口という辺りにある「カルメン」という店を探していた。

――あっ、ここだ。

ようやく「Carmen」と書かれた小さな看板を見つけた貞吉は、あえて無造作に木製の扉を開けた。

中にいた雑多な顔が一斉にこちらを向く。男もいれば女もいる。老いた者もいれば若い者もいる。日本人もいれば米兵もいる。

内部は橙《だいだい》色の灯《あか》りが明滅し、大音量で何かの音楽が流れていた。米兵向けのソウルミュージックらしいが、そうしたものに疎《うと》い貞吉にとっては、雑音以外の何物でもない。

「いらっしゃい」

ウエイトレスらしき三十絡みの女が近づいてきた。ＮＹと大きく書かれたノースリーブにショートパンツ姿で、チューインガムを噛《か》んでいる。

「俺のことを聞いているか」

すでに多くの顔は貞吉に関心をなくし、自分のグラスを口に運んでいる。

「あんた名前は」

「浦添《うらそえ》のケンだ」

「ああ、ボスと商談がしたい人だね」

「そうだ。案内してくれるか」

「ついてきなよ」

女が裏から外に出ると、あばら骨もあらわな野良犬が数匹、足を引きずるようにして逃げていった。

——やけに臭いな。

そこには饐《す》えたにおいが充満していた。

女は尻《しり》を振るようにして歩き、小さな路地を隔てた二階建ての建物に入った。建物といってもバラックに毛が生えたようなものだ。

「この二階にいるよ」

「すまんな」

貞吉は、あえてぞんざいな口調で言った。

「あんた、サツだね」

女が嘲《あざけ》るように笑う。

「どうして分かった」

貞吉はどきりとした。

「あんたの姿を見れば、誰にでも分かるよ」

「そ、そうか」

警察官の変装はすぐにばれると聞いていたが、その言葉に嘘《うそ》はなかった。

「後学のために教えてくれ。なぜ分かったんだ」

「それらしい恰好をしたらだめだよ。それらしいけど少しずらす。それがコツさ。それに――」

女が媚《こ》びを売るような顔をする。

「あんた、いい男だからね。若い上に、どことなくすれていない。ここから出られない連中とは違うよ」

女の言葉には説得力があった。

「こんど遊びに来なよ」

「ああ、機会があったらな」

貞吉は、ポケットに丸めて入れておいたB円紙幣の百円券を渡した。

「にふぇーどー」

女は沖縄口で「ありがとう」と言うと、尻を振りながら戻っていった。

――さて、ここからが勝負だ。

貞吉は外階段を上ると、アパートの一室のような扉をノックした。

「鍵《かぎ》は掛かっていない。入れ」

軋《きし》み音のする重いドアを開けて貞吉が中に入ると、薄暗い部屋の中で男が一人、窓に顔を向けて葉巻を吸っていた。どうやら濃いサングラスを掛けているようだ。

――これがミスターKか。

この人物の名前を貞吉は知らされていない。おそらく砂川たちも知らないのだろう。だから名護署ではミスターKと呼ばれていた。

「俺は名乗らない。君は知らなくていいことだからな」

「分かっています」

「どうやらウチナンチュじゃなさそうだな」

「分かりますか」

「ああ、それくらい分からなければ、この商売はやっていけない」

「では、どこの出身だと――」

「シマンチュだろう」

「そうです。だから使いにされました」

自分でも不思議なほど、貞吉は落ち着いていた。

「若いのに、なかなか肝が据わっているようだな」

「そんなことはありません。緊張しています」

警察官になれば、この手の人間との接点が多くなると警察学校で教えられてきた。その時、大切なのは「気後れしないこと」だという。

「ここで殺されるとでも思ったのか」

「ええ。これは非合法の仕事です。殺されても公にできません」

「ははは、よく分かっているな」

男は腹を揺するようにして笑った。どうやら恰幅《かっぷく》がいいようだ。

「で、本題に入ってよろしいですか」

「ああ、お互い時間を無駄にしたくはないからな」

貞吉は一拍置くと言った。

「情報を提供いただく見返りを聞いてもよろしいですか」

「随分とせっかちだな。ここでは俺のペースで話を進める。ここは俺の縄張りだからだ」

男が凄味《すごみ》を利かせる。それだけで特殊な世界で生きてきた人種だと分かる。

「それは分かっています」

「警察は随分と生意気な小僧を送り込んできたな」

「そんなことより、あんたの条件を聞かせてもらえませんか」

「いいだろう。ある船を臨検しないでほしいんだ」

「ある船とは——」

「韓国《かんこく》船籍の覇者《ペジャ》号だ。今、那覇泊港に停泊しており、明日にも臨検が始まる」

「どうして——。と聞いてはいけないんですね」

「そうだ。イエスかノーのどちらかだ」

Kという人物がいかなる条件を出してくるかは、誰も予想がつかなかった。そのため何かの決断が必要な場合は、すべての決定を任されていた。

——密輸船か。だが韓国籍ということであれば、Kの足は付かない。多分、韓国人との間に何らかの貸し借りがあるのだろう。

Kは何かを考えるように葉巻をふかしている。室内には強い葉巻の臭いが満ちており、貞吉は居たたまれなくなってきた。

——葉巻さえもKの交渉術の一つなのか。

そう思った貞吉は、思い切って一歩前に踏み出した。

「先に情報をいただきます。それによって覇者号を解放するかどうかを決めます」

「それはだめだ」

「われわれを信用していないんですか」

「そうだ。これは違法取引だ。いざとなれば警察の上層部は関与していないと言い張り、お前らだけが処分される。だから優位に立っているのは俺だ」

――その通りだ。

こうした取引は、どちらかが相手を信用しないと成立しにくい。だがどちらかに弱みがあると、一方が主導権を握る。

「では――」

貞吉が勝負に出た。

「私を信用していただけませんか」

「お前をだと――」

「ええ、私の実名は東貞吉。訛《なま》りで分かる通り、奄美は徳之島の産です。あちらには血縁者もいます」

Kは少し驚いたようだ。

「徳之島のどこだ」

「亀徳《かめとく》港の内陸にある徳和瀬《とくわせ》集落です」

「ああ、あそこか。では、志喜屋《しきや》源和《げんわ》を知っているな」

――鎌《かま》をかけてきたな。

貞吉の直感がそれを教える。

「そんな人は知りません」

「ははは」

笑った拍子にKがむせる。その様子から年齢が六十前後だと分かった。

「どうやら嘘はついていないようだな」

「嘘をつけば、あんたは二度と警察と取引しない」

「その通りだ」

「では、教えて下さい」

Kが椅子を軋ませる。組んでいた足を下ろしたようだ。背後の窓からわずかに漏れる光が、Kの薄い髪に反射している。

「よかろう。お前を信じよう」

「ありがとうございます」

「犯人は三中のネットワークだ」

「えっ、戦果アギヤーの一味ではないんですか」

警察はアギヤーの線を入念に洗っていたが、何も出てきていなかった。

「アギヤーは米軍と持ちつ持たれつだ。米兵を撃つことなどありえない」

「でも三中と言えば、沖縄北部ではエリートではありませんか」

「そうだよ。だけど金がほしいのは皆同じだ」

——金か。

肉体労働の日々を通して、貞吉も金のありがたみを知った。だが少し年上の連中を見ていると、身を削るようにして稼いだ金を酒、女、博打《ばくち》、そして麻薬の類《たぐい》に惜しげもなく費やしていた。それを知ったからこそ、自分もそうなる前にそこから足を洗ったのだ。

「三中なら、少し我慢すればいい働き口もあるはずでしょう」

「だが、その前に酒や女の味を覚えたらおしまいだ。とくにヒロポンなどやったら命取りだ」

——そういうことか。

米軍と共に戦後沖縄になだれ込んできた欲望の毒牙《どくが》は、将来の沖縄を担うべき若者をも確実に蝕《むしば》んでいた。

「分かりました。では、犯人たちの名前を教えて下さい」

「ああ、構わんよ。机の上のメモを持っていけ」

貞吉は立ち上がると、メモを手に取った。そこには三人の名が書かれていた。

「ありがとうございます」

「だが、もう金は出てこないだろう」

「どうしてです」

「こうした事件はな、計画立案者と実行犯がいるからさ」

「そうなんですか」

「まだ甘いな。こいつらを捕まえて締め上げれば分かる」

それですべてが読めてきた。あの時間に現金輸送車が通ることを知っている日本人は、ごく少数だからだ。

——つまり計画立案者は、それを調べて計画を立て、何らかの理由を設けて実行犯に加わらなかったのだ。

「実行犯の背後にいるのは危ない連中ですか」

「馬鹿言うなよ。三中のネットワークにヤクザはいない」

「では、誰ですか」

「それは教えない。というか推測にすぎないからな。犯人たちを締め上げてみるといい」

「そうさせてもらいます」

貞吉が立ち上がると、Kが言った。

「お前は見どころがある。警察のお偉いさんに推薦しておくよ」

それには何も答えず、「失礼します」と言うと、椅子が回転する音が聞こえた。

――まさか、Kがこちらを向いたのか。

振り向こうとした貞吉は躊躇《ちゅうちょ》した。

「何か忘れていないか」

「臨検ですか」

「そうだ」

「もちろん手を回します」

「それでいい」

話が終わったと思った貞吉がドアノブに手を掛けると、再びKの声がした。

「俺の顔を見たくないのか」

「見せたくないのでしょう」

「それが分かっているなら振り向くな」

煙を吐き出すような音がすると、Kは言った。

「俺の顔を拝めば、もう引き返せない」

「何から引き返せないんですか。私は正義を貫く警察官です」

「いいか、この島ではな、その正義を貫くためには悪を知らなければだめなんだ」

――どうする。

振り向けば後には引き返せない。

「俺の顔を見てしまえば、お前はこの島にどっぷりつかり、抜けられなくなる。お前はこの島の一部になるんだ。それでもよければ振り向けよ」

――この島の一部、か。

貞吉にとって沖縄は異国だった。だが振り向けば、二度と抜け出せない監獄となるのだ。

――どのみち、俺はこの島から出られないんだ。

肚《はら》は決まった。

「望むところです」

貞吉は深呼吸すると振り向いた。

Kがゆっくりとサングラスを取る。そこには、何の変哲もない初老の男がいた。

「この顔をよく覚えておけ。そして何かあったら、取引に来い。これからはお前が窓口だ。ただし――」

Kが念押しする。

「もしも俺の気に入らないことをすれば、徳之島の肉親の命はないものと思え」

「分かりました」

貞吉はドアノブを回すと、圧するような空気の中から脱出した。

七

貞吉が入手したリストによって、実行犯たちは容易に逮捕された。それにより貞吉の名は、琉球警察隊長の仲村兼信の耳にまで入った。使い走りにしかならないと思われていた新人警察官が、大魚を釣り上げたのだ。

名護署の面々も喜んでくれた。だがこの事件は、まだ解決していない。首謀者の男が見つからず、どこを探しても盗んだ金が出てこないのだ。

犯人たちによると、初めから奪った金は山分けせずに換金屋を使う段取りだったので、いったん首謀者の男に金を渡すことになっていたという。だが金が山分けされる前に彼らは逮捕され、男は忽然《こつぜん》と姿を消した。

名護署の捜査課では、砂川をはじめとした四人が、沈痛な面持ちで額を突き合わせていた。

「首謀者の男の名は世良秀明《せらしゅうめい》。犯人たちの三中時代の友人だ。俺もその名は聞いたことがある。抜群に頭がよいという噂だ。まあ、頭のよさをこんなことに使うとは、もったいない話だがね」

砂川が金歯を見せて笑う。

「それだけはっきりしているんなら、逮捕するだけけじゃないですか」

神里が不思議そうに問う。

「事はそう簡単ではない。奴はB円を円に換金した後、そいつを持って姿をくらましたんだ」

世良は犯行直後に姿を消しており、世良の住処《すみか》や立ち寄りそうな場所を探したが見つからない。どうやら金を持って名護から那覇へと移ったらしい。

「いったいどこにいるんですかね」

喜舎場が首をかしげると、砂川が答えた。

「船を使って内地に逃げたとしか考えられん」

――つまり実行犯の連中は、仲間に裏切られたってことか。

世良は自ら手を汚さず、旧友たちに金だけ奪わせて姿を消したのだ。

「本部も手を尽くして探したらしいが、世良の足跡は途絶えたままだ。初めから実行犯たちをだますつもりでいたんだろう。もしくはKを使って情報をリークさせ、俺たちに実行犯だけ捕まえさせたのかもしれん」

――そこまで考えていたとしたら、相当のワルだな。

いずれにせよ相手は小悪党ではないようだ。

「よろしいですか」

それまで黙っていた貞吉が発言を求めた。

「船は当たったんですか」

「もちろんだ。本部によると、沖縄を出るフェリーや貨物船まで徹底的に当たったという」

「それだけですか。漁船は当たらなかったんですか」

「おい」と言って神里が口を挟む。

「漁船でどこまで行けると思っているんだ。予備の軽油を積んでいたって、せいぜい沖永良部島《おきのえらぶじま》か徳之島だろう」

喜舎場が口添えする。

「積んでいなければ与論島《よろんじま》が限界です」

神里が吐き捨てるように言う。

「島に隠れれば、すぐに見つかる。どこも狭いからな。それなら那覇の繁華街に隠れ、ほとぼりが冷めた頃、内地に向かう手立てを講じた方がいい」

「お待ち下さい。船の軽油を補給しながらなら、飛び石を伝うように鹿児島《かごしま》まで行くことはできます。まず沖永良部か徳之島、続いて奄美本島からトカラ列島のどこか、そして種子島《たねがしま》を経て鹿児島というルートは考えられませんか」

砂川が顔をしかめる。

「できない話じゃない。だが、都合よく軽油を分けてくれる相手がいるのか」

「事前に隠しておいたらどうです」

その言葉に三人の顔色が変わった。

「世良という男はそれだけ周到です。最初から全額いただき、沖縄に戻らない覚悟なら、そのくらいの準備はしているはずです」

神里が戸惑いながら問う。

「しかし漁師の誰が、そんな話に乗る」

「世良は地元のネットワークを大切にしています。実行犯三人組の供述書にもある通り、世良は高校時代から頭が切れた上、友情に厚いと――」

「とんだ友情だな」

喜舎場が笑ったが、誰も反応しない。

「だが、三中を出て漁師になる奴なんていないだろう」

「おそらく三中ネットワークではないでしょう。万が一、三中出身で漁師になった奴がいたとしても、事前に話を持ち掛けていれば、犯行前に実行犯たちにばれる可能性が大です」

砂川が苛立つように問う。

「では、何のネットワークを使ったんだ」

「小学校仲間では――」

三人が顔を見合わせる。

「その線はまだ洗っておらんはずだ」

砂川が呻《うめ》くように言う。

「では、私にやらせて下さい」

「やらせるって――」

「世良が卒業した小学校に行き、漁師になった人間を洗い出します」

砂川が神里を見ると、神里がわずかにうなずいた。

「よし、やってみろ。そうだ。喜舎場も一緒に行け」

「分かりました」

「だめでもともとだ。三日間遊ばせてやる」

砂川の目が光った。


七月から八月にかけての沖縄は灼熱《しゃくねつ》地獄となる。それでも森林が多い北部は過ごしやすいが、道路は海岸沿いにあり、直射日光に晒《さら》されている。その熱気の中を二人の男がジープを駆っていた。

「ここが辺野古《へのこ》漁港か。随分と小さいな」

車を止めた喜舎場が、薄汚れたタオルで汗を拭いながら言う。

「名護町の漁港は名護漁港くらいしか思い浮かびませんが、こんなところにも漁港があったんですね」

「ああ、名護出身の俺も、辺野古なんてとこに来たことはなかったな」

「ここには、神家《かみや》幸正《こうせい》という漁師になった小学校の同級生がいます」

貞吉がリストを見ながら言う。

「ここらで当たりを引かないと、この線は苦しいな」

二人は名護港で二日間を費やしたが、何も得るものはなかった。だが考えてみれば、名護港などという大き目の漁港よりも、ひっそりとした漁港の方が人目につかない。そう思った二人は、辺野古港という近海魚を獲《と》る小さな漁港を当たることにした。

二人は聞き込みを開始した。

まず村役場に併設された漁協に行くと、そこにたむろしていた人たちからは、神家のあまり芳しくない話が聞こえてきた。

「神家は変わり者で人付き合いが悪い」

「裏の仕事も引き受けているので、何日もいないことがある」

裏の仕事とは密貿易のことだ。

「そういえば、ここ何日も見ていないな」

——これは当たりだ！

二人が神家の家に行ってみると、鍵が掛かっていて不在だった。隣家のおかみさんに聞くと、ある夜、誰かがやってきて強い調子のやりとりが聞こえたという。それがちょうど一週間ほど前なので、時期としては一致している。

二人は神家の船の特徴を詳しく聞き出した。神家の持ち船は小型の漁船でさしたる特徴はないが、横腹に「名護45」と大書されているという。


勇んで署に帰った二人がこのことを報告すると、砂川の許《もと》には、すでに情報が入ってきていた。

「それで――」

「沖永良部島から、見慣れない名護の漁船が入港してきたという通報があった」

「警察が臨検したらしいが、とくに怪しい点はなかったので行かせたらしい」

「その船の特徴について、何か言ってきていませんか」

「船体に『名護45』と書かれてあったという」

「当たりだ！」

喜舎場が声を上げたが、貞吉は冷静に尋ねた。

「臨検の際に金は出てこなかったんですか」

「金があったとは聞いていない。漁船には二人乗っていて、トカラに物資を届ける仕事だとか言い、大量のウージ（サトウキビ）を載せていたらしい」

――金はその中に隠してある。

サトウキビの束の下に、金の入った鞄《かばん》を隠していたに違いない。

「行きたいか」

砂川が唐突に言う。

「どこにですか」

「種子島さ。あそこなら米軍のヘリポートがある。米軍に問い合わせたところ、この事件には全面的に協力してくれるそうだ」

貞吉と喜舎場の二人は、顔を見合わせるとうなずいた。

翌日、二人は米軍の輸送用ヘリコプターに乗り、種子島を目指した。

八

名護のヘリポートから種子島までは、米軍のヘリコプターなら無補給で一日も掛からない。

貞吉も喜舎場も、ヘリコプターは初めてだった。空に舞い上がった時は恐ろしくて口も利けなかったが、上空から沖縄北部の街並みや青い海を見ていると落ち着いてきた。とくに徳之島が見えた時は感慨無量だった。

——あんなちっぽけな島で生きてきたのか。

以前は自分のすべてだった徳之島が、今では遠い存在になっていたのに気づいた。

——朝英も、それを感じていることだろう。いや、逆に気づいていないかもしれない。

もはや貞吉にとっても朝英にとっても、徳之島は故郷というだけで、新たな人生の一ページを刻む場所ではなくなっていた。

夕方に種子島に到着した二人は、北部の西之表《にしのおもて》に仮の本部を設営し、すでに連絡してあった日本の警察（国警）と連携し、「名護45」を捜索することにした。

種子島は鹿児島県に属し、人口は六万人近くになる。南北に細長い形をしており、薩南《さつなん》諸島の中では奄美大島と屋久島《やくしま》に次いで大きい。しかも種子島の漁港は二十以上ある。

二人が種子島に入った翌日、種子島南部西岸の砂坂《すなさか》漁港から、見慣れない漁船を沖合で見たという一報が入った。砂坂漁港の漁船が無線で呼び掛けたところ、何の返答もなく北に向かったという。しかし肝心の「名護45」という表示までは確認できなかったようだ。

地元の漁業組合によると、ほかの島の漁船が何らかのトラブルを抱えて寄港することはしばしばあり、お互い様なので助け合っているという。それでも無線で応答しないことなどなく、そうした場合の大半は密貿易船なので、警察に通報することになっているという。

貞吉と喜舎場は色めき立ったが、ここで二人が出払ってしまうと、空振りの時に対応できなくなる。そのため砂坂には、貞吉が一人で出向くことになった。

種子島北部の西之表から砂坂には、舗装された県道を乗り継いでいけば着く。鹿児島県警の車両を借り、西之表から南下した貞吉は砂坂に向かったが、謎《なぞ》の漁船が北に向かったという情報が気になっていた。

——このまま砂坂に行っても仕方ないんじゃないか。

急ブレーキをかけた貞吉は、砂坂の北方に寄港できる場所がないかを地図で探した。

——どうやらここだけのようだな。

種子島の西側には良港が少なく、船を着けられる場所は限られる。

地図を見ていくと、砂坂の北に島間《しまま》という漁港を見つけた。そこなら砂坂の沖から北に向かったという情報と一致する。種子島の地形は、島間で東に直角に切れ込んでいるので、島間漁港は北に口を開ける形になる。

——島間までは一キロほどか。どうする。

警察学校では、何事も基本を大切にするよう教えられた。それに従うなら砂坂に向かい、謎の漁船を見たという漁師に詳しく話を聞くべきだ。

――しかし、それでは逃げられてしまう可能性が高い。

貞吉が砂坂に行ってしまえば、世良の乗る船が島間のどこかに停泊し、燃料を補給する時間は十分にある。

貞吉は無線で喜舎場に呼び掛けた。

「何だ」

喜舎場がすぐ出たので、貞吉は事情を説明した。それを聞いた喜舎場は、少し考えると言った。

「俺から島間漁港に連絡する。だからお前は砂坂に向かえ」

「いや、もう夜になります。世良は夜の間に燃料を補給し、鹿児島に向かうはずです」

「それもそうだな」

再び少し考えた後、喜舎場が言った。

「お前の思う通りにしろ。元々、これはお前の山だ」

「ありがとうございます」

喜舎場が貞吉の判断を支持してくれたことが、貞吉にはうれしかった。

――だが責任は重い。

もしも読みが外れた時は、セオリー通りに捜査しなかったことで、喜舎場も責められるだろう。

――やはり砂坂に向かうべきだ。

だが貞吉の直感が、それを否定する。

時計を見ると午後六時を回っている。だが夏の夕日は水平線にまだ掛かっていない。

車を止めたので風が入ってこなくなり、体が汗ばんできた。

――島間から砂坂までは十一キロか。そこで謎の漁船を見たという漁師に事情を聞き、島間に戻って張り込むか。

そうなると往復で二時間から三時間は掛かる。世良は夜明け前に鹿児島に着きたいだろうから、夜になってすぐに給油し、種子島を後にするはずだ。

――よし、勝負だ！

貞吉は車を発進させると、島間漁港と書かれた看板に従って支道に入っていった。

西日の強い中、漁協の事務所らしき場所の戸を叩いたが、誰も出てこない。漁師の仕事は午前中で終わるので、漁協もこの時間になると誰もいないのだ。

戸が開いていたので中に入った貞吉は、二階に駆け上がった。二階からは海が見渡せ、漁協にとって必要な無線などの設備がそろっていた。

そこに置いてあった双眼鏡を手にして沖を見渡したが、西日が強くてよく見えない。

――待つしかないのか。

強烈な夏の太陽が水平線に近づいてきた。その時、階下から誰かがやってきた。

「お邪魔しています」

脅かさないようにしたのだが、その初老の人物は、よく日焼けした顔をひきつらせた。

「あんたは誰だい」

「琉球警察の者です。ドアが開いていたので勝手に入らせてもらいました」

貞吉が身分証明書を示す。

「勝手にって――、ここに何の用があるんだい」

「事情は後で説明します。漁船を一艘《そう》、すぐ出せるようにしていただけないでしょうか」

「ワンのでよければ」

幸いにも男は船持ちの漁師だった。

「お礼は弾みますので、お願いします」

「分かったよ。駐在に知らせるかい」

「はい。それもお願いします」

男が慌ただしく階下へと降りていく。

それから十分くらいすると、駐在が駆けつけてきた。

「失礼します。いったいここで何をなされているんですか」

貞吉は手短に事情を説明した。その時、「米軍の要請により派遣された」という点を強調した。

それにより国警が協力的になるのを知っているからだ。

駐在は鹿児島県警に電話し、指示を仰いでいる。

「はい、はい。分かりました」と言って電話を切ると、駐在が言う。

「万が一に備え、県警にも鹿児島県沿岸の漁協などに注意を促してもらいました」

「ありがとうございます」

すでに砂川が手を回しているので二重になるが構わない。

太陽は水平線に没しようとしていた。

その時、逆光で見えにくい水平線に何かが見えた気がした。

――あれは船か。

「駐在さん、この時間に戻ってくる漁船はありますか」

「あまり聞きませんね」

水平線に最後の光芒《こうぼう》を放ち、太陽が消えていった。まだ空は橙色だが、それまでコバルトブルーだった海が、次第にネイビーブルーに変わってきた。

——どこに行った。

空が暗くなり、先ほどまで水平線に佇《たたず》むように見えていた船影が見えなくなった。

じりじりと時間ばかりが過ぎる。

——あれは何かの見間違いだったのか。

落胆が波のように寄せてくる。

それでも双眼鏡を離さないでいると、何かが光った気がした。

「駐在さん、あの光が見えますか」

「はい。漁船のサーチライトのようですが、やけに暗いですね」

——そうか。世良は夜間に接岸するので、座礁しない程度の光だけを頼りに近づいてくるつもりなのだ。

やがて光が大きくなってきた。

その時、階下から先ほどの漁師がやってきた。

「いつでも船を出せるようにしておいたよ」

「あれを見て下さい」

漁師が双眼鏡を受け取り、光を見つめる。

「ああ、漁船だね」

「島間の船ではないですか」

「今、見てきたんだけど、もう船は全部戻っとる。ここには十二艘しかないからな」

「では、あれはよその船ですか」

「うん。間違いない」

「どこに向かっているんでしょう」

船は北向きに開いている島間漁港を通り過ぎ、さらに東に向かっている気がする。

「ああ、この漁港の東には、昔の港があるからね」

「そうなんですか。つまり奥まったところに乗り降りのできる桟橋か何かがあるんですね」

「うん。もう誰も使っとらんけど」

すべては符合していた。

東に向かう光が次第に大きくなってきた。岸に近づいてきているのだ。

「漁師さん、この湾の東は袋小路になっていますよね」

「ああ、なっとるね」

「では、皆で湾口をふさげますか」

「皆っていうと――」

「ここの漁船すべてです」

漁師と駐在が顔を見合わせる。

「お願いします。皆さん総出で湾口をふさぎ、私が陸から懐中電灯を振ったら、一斉にライトをつけて下さい」

しばし考えた末、漁師が言った。

「分かった。皆を呼んですぐに取り掛かる」

戸惑いながらも漁師は了解してくれた。

「駐在さん、東の古い桟橋まで案内して下さい」

「ああ、はい」

最後に西之表の喜舎場に電話し、応援と共に島間に来てもらえるよう伝えると、貞吉は東の桟橋に向かった。

九

港は風もなく蒸し暑かった。すでに下着から背広まで、水を浴びたように汗をかいている。東の桟橋まで全力疾走したので拳銃《けんじゅう》を落とすことを心配したが、米軍払い下げのホルスターは、そんな柔《やわ》にはできていない。銃は腰にしっかり収まっていた。

——今日、こいつを抜くかもしれない。

初めて銃を抜くかもしれない不安から、何度もホルスターに手をやった。

琉球警察の警察官に支給される銃は、別名「ハンド・キャノン」と呼ばれるコルト・ファイヤーアームズ社製の45口径M１９１１（ナインティーン・イレブン）だ。言うまでもなく米軍払い下げの中古品だ。

一度だけ試射したことはあるものの、実際に使うとなると不安ばかりが先に立つ。

やがて島間港の東端が見えてきた。

「あそこが東の桟橋です」

駐在が指差す方角には、古びた桟橋があった。

「あんたは拳銃を持ってきているのか」

「家に置いてきました。ここでは使いませんから」

駐在が泣きそうな声で言う。

「家に取りに戻ってくれないか」

「ええっ、使うことも考えられるんですか」

貞吉が不愛想にうなずくと、駐在は青い顔をして元来た道を引き返していった。

その後ろ姿を廃屋の物陰から見送りつつ、貞吉は駐在が戻ってこないことを確信した。時計を見たが、喜舎場たちが西之表から駆けつけてくるまで、優に一時間は掛かる。

――一人で対処することになりそうだな。

ゆっくりと沖から光が近づいてきた。光は大きくなるに従い、船の輪郭をはっきりさせた。その時、一瞬だけ船腹に書かれた「名護45」という文字が見えた。

――ビンゴだ！

何かが図に当たった時、米兵は「ビンゴ！」と言う。

やがて船は桟橋に接岸した。「どん」という鈍い音とともに、桟橋の横に取り付けられたタイヤに舷側《げんそく》が当たる。一つの人影が桟橋に飛び移ると係留ロープを掛けた。それとほぼ同時に船のエンジンが停止した。給油の際は危険なのでエンジンを止めるのが常識だ。

船から桟橋に飛び降りた人影が、こちらに向かって走ってくる。どうやら貞吉が隠れる廃屋の中に用があるらしい。

人影は周囲を気にするでもなく小屋に入ると、両手にポリタンクを持って出てきた。

――思った通りだ。

大きく一つ深呼吸した貞吉は、廃屋の陰から出ると、急ぎ足で船に戻ろうとする世良らしき人影に向かって声を掛けた。

「すみません。漁協の者ですが」

世良らしき人影はびくっとすると、ゆっくりと振り向いた。そこに貞吉の懐中電灯の光が当たる。すでに世良の写真はいくつか見てきたので、顔さえ確認できれば人定《じんてい》できる。

「こちらに何か御用がおありですか」

だが懐中電灯を照らしても、世良らしき人影の顔はよく見えない。まぶしいので顔の前に手をかざしているからだ。

「無許可で桟橋を使われては困るんですよ」

「いや、あの――」

その時、こちらの様子に気づいたのか、船のエンジンが始動する音が聞こえてきた。

――逃げる気だな。

ちょうどその時、男が手を下ろしたので、懐中電灯の光が男の顔を捉《とら》えた。

――間違いない。世良だ。

「世良さんですね」

その言葉に、世良の目が大きく見開かれる。

「琉球警察の者です」

次の瞬間、世良はポリタンクを落とすと、船に向かって駆け出した。

「世良、止まれ！」

反射的に貞吉が追い掛ける。

――ここは警告射撃だ。

警察学校で習ったことが脳裏をかすめる。

――いや、待て。その前に、懐中電灯だ。

貞吉は沖に向かって懐中電灯を大きく振った。それが漁師に見えているかどうかは分からない。

世良は桟橋を駆け抜けると、係留ロープを外そうとしている。

「世良、あきらめろ！」

貞吉はホルスターを外すと、M１９１１を空高く上げて一発撃った。

銃声が静寂を突き破る。

だが世良は動じず、ロープを外すと船に飛び乗った。M１９１１をホルスターに戻すと、貞吉も反射的に船に飛び移った。

「世良、観念しろ！」

貞吉が世良の背後に組み付くと、後甲板でもみ合いになった。船は全速力で湾外に脱出しようとしている。

「放せ！」と世良が喚《わめ》く。

その時、沖にいくつもの光芒が明滅した。

――漁船が来たのか！

漁船らしき光が、ばらけるように広がっていく。

「お前はもう包囲されている。悪あがきはよせ！」

「うるさい！」

世良の手が背後に回り、ホルスターに触れた。

――しまった！

先ほど警告射撃をした時、ホルスターの留め金を外したままだったので、世良は容易に銃を奪った。その手首を間一髪で貞吉が押さえる。

「世良、よせ！」

貞吉の制止も聞かず、世良が引き金を引く。だが貞吉が手首を押さえていたので、弾は海に向かって発射された。発射音が船のエンジン音にかき消される。

「世良、無駄な抵抗はやめろ！」

「嫌だ。俺はもう沖縄に戻りたくないんだ！」

その時、世良の蹴《け》りが急所に命中し、貞吉は手を放してしまった。

――なんてこった！

体勢を立て直そうとしたが、眼前には銃を構えた世良がいる。

――俺は死ぬのか。

死の恐怖が込み上げてくる。

「なぜ分かった」

「――――」

「どうして分かったんだ！」

ようやく世良の問うている意味が理解できた。

――冷静になれ。そして諭すんだ。

相手に銃を向けられた時、何よりも大切なのは「冷静さ」だと警察学校で習ったことを思い出した。

「世良、われわれはすべてお見通しだ。もうあきらめるんだ」

「そんなはずはない。俺は天才だ。俺の計画がばれるはずない！」

「天才などいない。人は皆、努力した分だけ報われるんだ」

「そんなことはない。俺の姉は一心不乱に勉強し、懸命に働いていた。だが米兵に強姦《ごうかん》され、頭がおかしくなっちまった。俺が米軍や琉球政府にいくら訴えても、一ドルの治療費も出してくれない。だから俺は米兵の金を盗んだ。その金で姉さんに治療を受けさせるんだ！」

世良の動機がはっきりした。

「犯罪に手を染めて、姉さんが喜ぶと思うのか」

「何を言っている。米軍が沖縄でしてきたことを、お前は知っているのか。やりたい放題だ。それでもお前ら警察は指をくわえて見ているだけだったじゃないか！」

――全くその通りだ。

貞吉に返す言葉はない。

その時、漁船の操舵室《そうだしつ》から、神家らしき悲痛な声が聞こえた。

「だめだ。囲まれている。逃げられない！」

周囲を見回すと、ある程度の距離を置き、漁船団がこの船を囲んでいる。すでに「名護45」は湾内を回っているだけだ。

「世良、見ての通りだ。この船は警察の船団に囲まれている」

周囲を見回す世良の顔が引きつる。世良も神家も、光を放つ漁船群が警察の船だと勘違いしているのだ。

「なぜだ。なぜ、分かったんだ！」

もはや世良にとって大切なのは、それだけだった。

「教えてやる。俺もお前と同じ穴のムジナだからだ」

「同じ穴だと――」

「そうだ。お前は自分を天才と思い込んでいるから孤独だった。俺はシマンチュだから、その気持ちが分かる」

「お前はシマンチュか」

「ああ、お前らに虐げられてきたシマンチュだ」

「ははは」

世良の笑い声が空高く響く。

「俺の計画はシマンチュに見破られたのか」

「そうだ。お前の頭はその程度だ。東京に行けば、それが十分に分かるだろう」

「そんなことはない。俺はこの金で姉さんを東京に連れていき、一流の医者に診《み》せるんだ！」

世良が気を取り直すように、再び銃口を貞吉に向ける。

「お前を殺す」

――こいつに俺を殺す権利などない。

突然、怒りが沸々と湧き上がってきた。

「殺したければ殺せ。シマンチュの警官一人が、この世からいなくなるだけだ」

「ははは、俺はシマンチュに負けたのか」

貞吉に向けられていた世良の銃口が、ゆっくりと自分の側頭部に当てられた。

「よせ。罪を償《つぐな》えば刑務所から出てこられる」

「出てきたところで俺に何ができる。沖縄ではな、前科者は日雇いになるだけだ。もう俺の人生はおしまいだ！」

次の瞬間、凄《すさ》まじい銃声がすると、世良の脳みそが吹き飛んだ。

世良の体がどさりと倒れる。

すかさずその手から銃を奪った貞吉は、操舵室に向かって言った。

「神家、あんたが脅されてやったことは知っている。このまま船を戻せ」

「分かりました」

船は旋回すると、島間漁港に戻っていった。

――終わったのか。

世良の脈を診て、その死を確認した貞吉は、その場にへたり込んだ。

十

米軍のジープで名護署まで送ってもらった二人が中に入ると、拍手喝采《かっさい》で迎えられた。

名護署長の宮里広仁が、そのでっぷりとした体を揺らしながら握手を求めてくる。

二人は恐縮しながら握手に応じた。

続いて、かつて犯行現場にいた米軍の大佐が笑顔を浮かべて近づいてきた。

「We would appreciate your prompt response」

大佐はあの時と一変した顔つきで、「迅速な対応に感謝する」と言ってきた。

「You are welcome」

喜舎場が下手な英語で返事をする。

大佐の握力は署長の比ではない。貞吉は手が痛くなるほどだった。しかしその痛みこそ、感謝の思いの強さだと思うと、喜びが込み上げてきた。

「It is thanks to your cooperation（あなた方のご協力のお陰です）」

貞吉とて英語に堪能《たんのう》ではないが、バーテンをしていたこともあるので日常会話くらいはできる。

——だが世良の姉は、こいつらの兵に強姦されたのだ。

笑顔で握手に応じたものの、世良と交わした会話を思い出すと複雑な心境になった。

続いて女性職員から花束を渡された。拍手が高まる。花束を受け取った貞吉は何度も何度も頭を下げた。警察の仕事に初めてやりがいを感じた瞬間だった。

砂川と神里も、「よくやってくれた」「これで名護署の面目が立った」と手放しで二人の労をねぎらってくれた。

ただ砂川は、貞吉に「二度と拳銃は盗まれるな」と釘《くぎ》を刺すのを忘れなかった。

かくして米軍現金輸送車強奪事件は、発生からわずか十九日で解決を見た。戦後、初となる米軍関係者への発砲事件でもあり、諸方面への米軍関係者の圧力は相当なものになった。その結果、実行犯三人に懲役十二年、協力者一人（神家）に八年という重い実刑判決が下された。


再び平凡な日々が戻ってきた。

戦果アギヤーの取り締まりが主たる仕事だが、米軍も規律を厳にし、基地への日本人の出入りにも気を配るようになったため、以前に比べてアギヤーたちが付け入る隙《すき》は少なくなっていた。

初期のアギヤーたちも大人になり、食べていくためのコソ泥から、売春の斡旋《あっせん》や密貿易を主なシノギとする犯罪組織の一員へと変貌《へんぼう》を遂げていったこともある。

またこの頃には、米軍基地の建設や軍港の荷役作業を取り仕切っていた者の中から、より強力な犯罪組織、いわゆる暴力団が形成されつつあった。

そうした中、昭和二十八年も終わろうという十二月、奄美諸島が本土復帰を果たした。同年八月に来日したダレス国務長官により、奄美諸島を日本に返還するという発表がすでにあったが、いつとは言明していなかったので、沖縄・奄美双方の人々にとって突然の感があった。

これにより徳之島に帰省する際、パスポートが必要になった。懐かしさだけで里帰りするつもりはないが、これまで以上に故郷との距離が遠くなったことは間違いない。

貞吉のように、帰省することが難しくなった程度だったらまだいいが、奄美諸島と交易やビジネスを行っている人々は、その道が断たれたのも同然となった。

沖縄には十万人近い奄美諸島出身者がおり、様々な仕事に従事している。以前は奄美諸島出身者と言えば、「男はニコヨン（日雇い労働者）、女はパンパン（外国人向け売春婦）」と言われていたが、最近は様々な商売に進出する者も多くなっていた。貞吉のように警察官や公務員になる者も多い。奄美よりもはるかに「食べられる島」沖縄に人が流れ込むのも当然だった。しかし別の国になったことで、これから様々な弊害が発生するだろうことは、容易に想像できる。

それだけならまだしも、銀行や電力会社などで要職に就いていた奄美諸島出身者がそろって解雇され、奄美諸島に半ば強制送還されるということまで起こった。シマンチュで琉球政府の要職に就いていた人々、政府副主席、琉球銀行総裁（頭取）、復興金融公庫総裁、電電公社総裁らが相次いで更迭《こうてつ》された。これにより在沖《ざいおき》奄美人が出世していく道は断たれた。

同時にUSCARは、指令第十五号として「奄美大島に戸籍を有する者の臨時登録」を義務付けた（ここで言う大島は諸島のこと）。これにより在沖奄美人は登録証が必要になり、写真や指紋まで取られることになった。この措置は警察官などの公務員も例外ではない。

昭和二十九年（一九五四）になると、USCARはさらに強硬になる。在沖奄美人に対して、管理職以上の公職からの追放、参政権・土地所有権・公務員試験受験資格・国費留学受験資格の剝奪《はくだつ》、融資の制限などが矢継ぎ早に発表された。まさに「シマンチュは島に帰れ」と言わんばかりの仕打ちだった。

沖縄人の妻をもらっていたことで公職に残れた者でも、あからさまな降格人事がなされ、平の公務員であっても「地域給」の名の下に、沖縄人との給与差が付けられた。

二割も減額された給与明細を見ながら、貞吉も愕然とするしかなかった。こうした賃金差別は最底辺の労働者にまで及び、労働意欲を失ってヤクザや売春婦となるシマンチュが続出した。

そうした中、警察学校長の泉勉も職を追われることになった。

それを聞いた貞吉が泉に手紙を書くと、泉からは「ぜひ会いたい」という返信が来た。

貞吉は警察学校に電話して約束を取ると、次の休暇に訪ねてみることにした。

昭和二十九年二月、貞吉は約一年ぶりに警察学校に戻ってきた。

校長室に案内されると、以前まで飾ってあった賞状や置物の類は片付けられており、灰皿だけが置いてある広い机の奥に泉が一人座っていた。

「東君か、見違えるように立派になったな」

「お久しぶりです」

二人が固く握手を交わす。

「種子島の件は聞いたぞ。私も鼻が高いよ」

泉が手ぶりで対面の椅子に座るよう勧める。

「あの事件は、私一人の力で解決できたわけではありません」

「謙遜《けんそん》はいい。君の判断力と行動力が優れていたからこそ解決できた事件だ」

泉は事件の詳細を知っているらしい。

「ありがとうございます。それは別として、今回の件は残念です」

「ああ、私も残念だ。まだまだ多くの警察官を育てたかったからな」

「どうしてこんなことが――」

「シマンチュは優秀だ。だからウチナンチュの世界に入り込みすぎたんだ」

奄美人は貧しいだけあって勤勉だった。少しでも貧しい生活から這《は》い上がろうと、誰もが懸命に努力してきた。その結果、戦火によるウチナンチュの人材不足もあり、要職に就く者を輩出した。それが裏目に出てしまったとしか言えない。

「警察学校にも、多くのシマンチュが入ってきていますね」

「ああ、シマンチュは試験の成績が優秀だから、採用せざるを得ない。電電公社の総裁がこぼしていたが、『USCARはウチナンチュの採用を奨励するが、試験をしてみたら上位成績者の大半がシマンチュだった。だからシマンチュばかりが増えてしまった』とな」

だがそれは過去のことで、これからのシマンチュにとって、沖縄の公職は狭き門となっていく。

「努力が報われないなんて、ひどい話ですね」

「ああ、でも警察はまだましさ。私にも話があってね。四階級降格で巡査なら残ってよいとさ」

「それはひどい」

胸底から怒りが込み上げてくる。

「どこかの田舎《いなか》で巡査をやるのも悪くはないが――」

泉が寂しげに笑う。

「私の年で巡査はできんよ」

「では、奄美にお帰りになるのですか」

「いや、あそこに戻っても食べていけない。だからといって家族持ちの四十過ぎの男が、本土に行って一から出直すのも辛い」

泉には同じ奄美出身の妻と二人の子供がいた。

「ご家族も辛いですね」

「ああ、家内も子供たちも私のことを誇りに思っていた。それが突然これだからね」

泉が首に平手をあてる。

「お気持ちお察しします」

「まあ、仕方ないさ」

泉が笑みを浮かべて煙草を勧めてきたので、貞吉は一礼してそれをもらった。

「では、ここで何かご商売でもなさるのですか」

「ああ、幸いにして那覇には懇意にしている者もいる。その伝手《つて》で何か仕事をもらうつもりだ」

「よかったです」

泉が沖縄に残ると聞き、貞吉は少し安心した。

「だが、多くの犯罪者を刑務所に叩き込んできた私に恨みを持つ者も多い。これから警察は守ってくれないからな」

泉が険しい顔で言う。

「私が守ります。いや、卒業生全員が陰に回って守ります」

「気持ちだけもらっておく。公私混同はいかんからな」

泉は節を曲げない男だった。

「それで、最後に置き土産《みやげ》と思ってね」

「置き土産――」

「そうだ。私の友人が東京の警視庁で幹部をやっている。君のことを話したら、ぜひこちらに送れと言ってきた。どうだ。半年ばかり東京に行ってみないか」

「えっ、東京にですか。でも私は、国民学校の初等科しか出ていません」

「何を言っているんだ。君には若さがあり、警察官に必要な才能もある。今回の一件では、多くの人がそれを認めた。すでに仲村隊長と宮里名護署長の了解を取り付けてある。後は君次第だ」

自らの知らないところで、話は進んでいた。

「東京で何を学ぶのですか」

「これからの警察は諜報《ちょうほう》活動、すなわち敵対する勢力の情報を収集する能力が必要になる。とくにここではな」

「諜報活動というと、いわゆるスパイのようなものですか」

「まあ、そういう活動もあるだろう」

泉が煙草をくゆらせながら続ける。

「これから日本や沖縄では、共産主義者の活動が活発化する。とくにソ連や中国の情報員による情報収集活動、朝鮮総連、日本共産党といった反政府組織や学生運動の取り締まりは急務だ。その時に必要なのは、敵の情報を的確に摑み、非合法な活動を未然に防ぐことだ」

「つまり私は、沖縄での反政府活動の動きをチェックする役割を担わされるわけですか」

「それは君次第だ。むろん君の適性も見極めていくことになるだろう。君に適性がなかったら、別の者にすげ替えられる」

——これは並大抵の仕事ではないな。

突然のことに、貞吉は戸惑った。

「今の仕事はどうなるんです」

「東京から帰ったら配属が変わることになる。だが同じ警察官だ。いつかは持ちつ持たれつの関係になる」

せっかく馴染《なじ》み始めた名護署の面々と別れるのは辛いが、それも運命と思えばあきらめもつく。

「ぜひ、やらせて下さい」

「そうか。よく言ってくれた。だがこの仕事は、下手をすると命を落とすことにもなりかねない。奴らは自分の政治思想のためには警察官も殺す。マル暴（暴力団）よりもタチの悪い連中だ」

「望むところです」

「さすがだな。君が眩《まぶ》しいよ」

「私が——、ですか」

「そうだ。君の若さと気概が羨《うらや》ましい。私にもそんな時代があった。だが今は——」

泉が言葉を濁す。自分が前途多難なのを知っているのだ。

「私は泉警視の分まで、沖縄のために尽くします」

「君はシマンチュなのに、この島のために尽くせるのか」

「はい。恨みを持って生きていても仕方ありません。いつか差別もなくなります」

「そうか——。君の言う通りだ」

灰皿で煙草をもみ消した泉は立ち上がり、握手を求めてきた。

それに応えた貞吉は、深く頭を下げた。

「それで君の東京行きだが——」

泉が話題を転じる。

「米軍の輸送機で東京まで行かせるつもりだったが、この二月、日本航空の東京—沖縄線が就航した。それに乗っていってもらう。いつの便になるかは、そのうち知らせる。少なくとも四月一日から公安の教育が始まる。向こうでの生活もあるので、三月中旬には沖縄を発《た》つことになる。ただし君の仕事は極秘扱いになるので、周囲に漏らしてはならない」

「では、皆に別れも告げずに去るんですか」

「君の上司の砂川君には伝えておくので、課員だけのささやかな送別会が開かれるだろう」

「ありがとうございます」

アメリカ人がそうするように、泉が貞吉の肩を抱いてドアまで送ってくれた。

「君が東京から戻った時、私の居所は分かるようにしておく」

「はい。ぜひ」

「次に会う時、私は民間人だ。一緒に飲もうな」

「分かりました。ぜひ、そうさせて下さい」

「そうだ。一つだけ言い忘れていた」

ドアを開けながら泉が言う。

「君と一緒に東京に行く者が一人いる。那覇署の者で極めて成績優秀だ。負けないようにな」

「分かりました。絶対に負けません」

「おいおい、競ってばかりではだめだぞ。協力関係を築くんだ。それが警察一家ってもんだ」

「あっ、そうでしたね」

警察学校では、同僚と競うことを通して無二の友となることを奨励していた。

「それでは失礼します」

「元気でな」

貞吉が敬礼すると、泉も答礼してきた。

これが最後の敬礼と答礼となるのは明らかなので、貞吉は感無量だった。

十一

――ささやかな送別会か。

金槌《かなづち》で頭をガンガン叩かれているような頭痛を堪えながら、貞吉は立ち上がった。

泡盛《あわもり》がまだ胃の腑《ふ》に残っているのが分かる。

この日の朝まで四人は行きつけの店で飲み、そのまま寝込んでしまったのだ。それでも貞吉は店のママに起こしてもらい背広に着替えた。

「お世話になりました！」

大声でそう言うと、三人がのそのそと立ち上がった。

「そうだ。嘉手納《かでな》まで送るんだったな」

顔を洗った喜舎場が、店の前に置いたままのジープのエンジンをかけに行った。

砂川と神里が、貞吉の背を押すようにして店の外に出す。

四人はジープに乗り込み、嘉手納を目指した。那覇空港の民間機発着場が工事中のため、この頃の沖縄の空港は嘉手納になる。

前日に砂川から、「どうせ朝まで飲むことになるので、寮を引き払って旅立つ支度をしてこい」と言われていたのが幸いし、寮に戻ることもなく嘉手納に向かえる。

名護署から嘉手納までは五十キロメートルもないので、五十分ほどで着く。だが道は舗装していないので凹凸がひどく、ジープが凹凸に乗り上げては下る度に頭痛がひどくなった。

皆もひどい二日酔いらしく、ほとんど会話もないまま嘉手納に着いた。

「東京でもがんばれよ」

「向こうの連中に負けるな」

三人に激励され、貞吉は搭乗機に向かった。初めて飛行機に乗る緊張からか、頭痛は治まってきている。

二日酔いで乗るのは辛いが、貞吉は初めて乗る航空機に心を躍らせていた。機種は最新型のダグラスDC―4型だ。この機種はレシプロエンジンで四つのプロペラが付いている。

スチュワーデスに案内されて座席に座ったが、通路側だったので窓の外がよく見えない。窓側には、サングラスを掛けた若い女性が座っている。ショートボブと呼ばれる米国で流行のヘアスタイルをしているので、最初は米国人かと思ったが、見ている雑誌は「婦人公論」だった。貞吉が「こんにちは」と挨拶しても、女性は形ばかりに小首を少しかしげただけだった。それに鼻白《はなじろ》んだ貞吉だったが、DC―4が滑走路を動き始めると緊張してきた。すでにヘリコプターに乗った経験はあるものの、またそれとは違う。

いよいよDC―4が空に舞い上がった。貞吉は懸命に窓の外を見ようとするが、隣の女性は一瞥《いちべつ》もくれずに雑誌のページをめくっている。

――飛行機に乗り慣れているのか。

巡航高度に達した頃、女性が突然言った。

「あなたが東貞吉さんね」

「えっ」

貞吉が茫然《ぼうぜん》として女性の顔を見つめる。

「どうして俺――、いや私の名前を知っているんですか」

「真野凜子《まのりんこ》よ。よろしくね」

女性はサングラスを外すと、愛想笑いを浮かべた。その顔は目鼻立ちがはっきりし、誰が見ても美人と言えるものだった。

「よろしくねって、どういうことですか」

「あなたは何も聞かされていないのね」

「聞かされるも何も、送られてきたチケットに書かれていた日時に嘉手納に来て、この機に乗っただけですよ」

「そうなのね。じゃ、教えてあげる」

真野は那覇署に勤務する女警で、貞吉と一緒に東京に行き、公安の教育を受けるという。

「もう一人の公安というのは君だったのか」

「私はあなたより先輩で年上よ。これからは敬語を使いなさい」

「は、はい」

真野が当然のように言う。

「反政府活動家も、相手が女性だと安心するというの。それで米軍将校の面接があり、私が選ばれたってわけ」

「それで真野さんは、どちらの出身ですか」

自分でも間抜けな質問だとは思ったが、目前の女性は洗練された雰囲気を持っており、とても沖縄出身者には見えない。

「厳密にはカリフォルニア州ロサンゼルスよ。日米が開戦してからは、同州のマンザナー戦時下日系人強制収容所で過ごしたわ」

「モンタナですか」

ＤＣ―４の騒音は半端ではないので、機内で会話をするのも大変だ。

「マンザナーよ。シエラネバダ山脈が見えるだけの砂漠の中の収容所」

そう言われても、土地勘が全くない貞吉には、どこのことか分からない。

「なぜ日本に来たんですか」

「父も母も日本人だからよ。もちろん私の国籍も日本。父は九州の出身で貿易商だった。母が収容所で死んでから、父は私を育てられなくなり、沖縄にある母の実家に預けたの。それで通訳として琉球警察に採用されたってわけ」

「通訳でしたか」

貞吉の言い方が気に障ったのか、真野が口を尖《とが》らせて言い返した。

「それだけじゃないわよ。私はクレー射撃の国際大会にも出たことがあるの。だから通訳以外でも使えるという理由で、採用されたんだわ」

「クレー射撃が警察の仕事にどう役立つんですか」

「あなたは何も知らないのね。人質を取った銀行強盗を遠くから撃つとか――」

「ああ、そんな映画を見たことがあります。でも、どうして公安をやろうと――」

「通訳や狙撃手《そげきしゅ》じゃ、面白くないでしょ」

真野の生意気な物言いが気になり、貞吉は皮肉を言った。

「それはそうですが、それなら警察よりも、モデルか何かになった方がよかったんでは」

「そういう言い方は、女性に対する差別よ。アメリカだったら非難されているわ」

「そうなんですか。すいません。真野さんが美しいからつい――」

真野が貞吉をにらみつける。

「私に変な気は起こさないでね。私には米軍将校のボーイフレンドがいるんだから」

「これは仕事です。それくらいのことは心得ていますよ」

「そうだったわね。いつの間にか旅行気分になっていたわ」

今度は真野が問うてきた。

「あなた、東京は初めてなの」

「はい。初めてです」

「私もよ」

真野はそう言うと話題を変えた。

「あなたのことを聞かせて」

「私には語るべきことなんてありませんよ」

それでも貞吉は、出身地やこれまでの足跡を正直に語った。

「あまり波瀾万丈《はらんばんじょう》じゃないのね」

「すいません」

「いいのよ。誰もが私のような人生を歩んでいるわけじゃないから」

——悲劇のヒロインのつもりか。

美人にありがちな自意識の強さに、貞吉は辟易《へきえき》した。

「見て、あれが富士山じゃない」

真野に言われて身を乗り出すようにして窓外を見た。一瞬だけ雪をかぶった山が見えたが、それよりも真野の衣服から発する石鹸《せっけん》のような香りに驚いた。それは米軍将校の奥さんと同じ匂《にお》いだった。

DC—4が羽田に着くと、真野は全く他人のように先に立って歩いていった。

誰も出迎えていなかったらどうしようと思っていたが、ダークスーツを着た背の高い人物が真野に手招きをしていた。その目つきは鷹《たか》のように鋭い。

真野は名乗り、頭を下げている。

「東貞吉です。よろしくお願いします」

遅れて貞吉が挨拶する。

「君が東君か。活躍は聞いている。私が君らの世話役に任命された沢崎茂《さわざきしげる》。鹿児島の出身だ」

沢崎が握手を求めてきたので、貞吉は強く握り返した。真野は自分が先に握手を求められなかったことに不満なようだ。

——それが日本ってもんだ。

米国と違い、日本には男と女が握手するという習慣はない。

空港を出ると車が待っていた。初めての東京なので見るもの聞くもの珍しく、貞吉は周囲を見回していたが、真野は平然と前方を見据えている。

運転席に座った沢崎が語り始める。

「どこまで聞いているのかは知らないが、君らに託された使命は重大だ」

「はい」と二人が声を合わせる。

「われわれ日本の国土は、共産主義国家に対する防波堤のような位置にある。米国は自由主義を守るために日本に大軍を駐留させている。その兵力は日増しに増えていくに違いない。それは沖縄とて同じだ。となれば、それに反対する勢力も出てくる。われわれは米軍の安全を背後から守り、反政府主義者たちに付け入る隙を与えないようにせねばならない」

「はい」

「不幸にして――」

沢崎が口惜しそうに言う。

「今、日本と沖縄は分断されている。だが、これから官民共に人的交流をしていくことで、少しずつ融合が始まる。そうすれば返還の日も近いはずだ。われわれは同じ日本人として互いに力を合わせていかねばならない」

素直にうなずく真野の瞳《ひとみ》は輝いていた。

やがて車は都心に入っていった。貞吉があまりに周囲を見回すので、沢崎がたしなめた。

「東君、分かったな」

「あっ、はい」

「研修が始まったら、しっかりやってくれよ」

「もちろんです」

沢崎によって男女別棟の寮に案内された二人は、ようやく荷を解くことができた。

いよいよ公安としての教育課程が始まる。

十二

警視庁内の指定された教室に入ると、すでに二十人ほどの若者が座っていた。女警も一人おり、真野は早速話しかけている。

教壇に上がったベテラン教官が声高に言う。

「君らには重大な使命がある。反政府主義者たちの不法行為や暴力行為を取り締まり、国民に安心をもたらすことだ。誰に感謝されなくても、公園で遊ぶ子供たちの笑顔を見て、自分たちのやっていることが報われていると思え」

「これから君らは一体だ。親兄弟以上に公安としての『血の団結』を忘れず、力を合わせていかねばならない」

「だからといって互いに甘えてはならない。厳しく自分を追い込み、仲間も追い込む。その繰り返しによって真の戦闘集団が作られていく」

「この世に解けない問題などない。あきらめない意欲が想像力を促し、やがて答が見えてくる」

「正攻法やセオリーだけで、何事もうまく行くわけではない。違った角度から攻める方法を自分なりに考えるのだ。そうした創造性を養うことも、この研修の目的だ」

「何があっても使命を完遂することだけを考えろ。それだけを日々念頭に置いて事に当たることで、その積み上げげは膨大なものになる」

「誰にでも失敗や挫折《ざせつ》は付き物だ。その時に環境や他人のせいにした者は負け犬となる。何か自分に落ち度はなかったか、徹底的に探ってみろ。それを見つけられた時、君らは成長の階段を一歩上ったことになる」

「頭のいい人間は物事を頭で考える。だからすぐに『無理だ、無駄だ』と思い、あきらめてしまう。今日から君らは、『無理と無駄』という言葉を頭の辞書から排除しろ。そしてひたすら考え抜くのだ。考えることだけが成長を促す。それを忘れるな」

こうしたありきたりな精神論の中にも、きらりと輝くようなメッセージがあることに貞吉は気づいた。

——よし、やってやる！

学歴がないことで物怖《ものお》じしていた貞吉だったが、教官の話を聞いて俄然《がぜん》やる気になった。

最初の数週間は講義が中心で、公安としての基礎的な心構えや知識の習得にあてられた。とくに共産党やその下部組織の民主青年同盟の歴史や活動について詳しく教えられた。

その後、研修は初期作業と呼ばれる段階に入っていく。繰り返し行われたのは、敵陣営からスパイを獲得する方法だ。

第一段階では、偶然を装って何度か出会う方法について教授された。例えば釣りが趣味なら同じ釣り場に通って仲よくなる。またターゲットの近所に住むことで、ターゲットの生活パターンに合わせて道でばったり出会う。ターゲットの行きつけの居酒屋に通っているうちに親しくなるといった風に、自然に接点を広げていく方法だ。中にはターゲットの前を歩いて財布を落とす。わざとぶつかったり足を踏んだりして謝るといった映画のシーンのような方法まで教えられた。

第二段階の「人間関係作り」では、特定のキャラクターを演じる教官に対して、どうしたら親しくなれるかを学んでいく。最初は誰もがぎこちなく、うまくターゲットと打ち解けられない。それでも真野ともう一人の女性は、男性たちよりもうまくターゲットの心を摑むことができた。

もう一人の女性も美しく、警察が容姿も公安の条件に入れて選抜していることが分かった。

教官は「ターゲットは男性の場合がほとんどなので、女性を使うと効果的だ。だが男性の諸君も、こうした方法を応用することができる」と言い、ターゲットと親しくなるコツを様々に教えてくれた。

例えば、「ターゲットの大切にしているものを褒《ほ》める」ことや「ターゲットの自尊心をくすぐる」ことを勧めた。誰でも褒められれば悪い気はしない。とくに称賛の言葉に飢えている者、すなわち平《ひら》の共産党員などには、あからさまに褒めるくらいがちょうどよいという。

こうして親しくなった後、中期作業と称する段階に入る。これは次第に影響力を強くするもので、ターゲットの悩みごとの聞き役になってやる。何かの世話をして感謝される。体の調子が悪ければ病院に一緒に行ってやる。居酒屋の飲み代を払ってやって恩義を感じさせる。こうして精神的にも経済的にも依存させることが重要になってくる。中期作業でターゲットの心を掴めるか否かで、次の段階の行動も変わってくる。

すなわちターゲットの心を掴むことができない、ないしはターゲットに疑いを持たれた場合、自然な形でフェイドアウトしていくことになる。

例えば、こんな研修もあった。

教官が「ターゲットは四十代の共産党員。独身で女好き。パチンコをやめられず悩んでいる」といった前提条件を出し、自らその役を演じる。生徒は公園のベンチに座っている教官、すなわちターゲットに偶然を装って近づき、ターゲットの話を聞きだす。それも同情したり、共感したり、もらい泣きしたりしながら、ターゲットの心の垣根を取り払っていくのだ。

実演研修の場で、真野はその能力をいかんなく発揮した。真野はターゲットの心を掴むことに長《た》けていた。

こうしたことから、真野が実演に入ると、皆が固唾《かたず》をのんで見守るようになった。

——たいしたものだな。

貞吉にとって頼もしくもあり、羨ましくもある才能だった。

三カ月後、研修は後期作業と呼ばれる高度な段階に入った。この段階では、尾行、張り込み、盗撮などの実地訓練が行われる。

尾行訓練とは、どこかの駅に現れる特定の人物を尾行する訓練で、最初にターゲットを間違えると、とんでもないところまで連れていかれてしまうこともあった。東京の地理に疎い貞吉は、右も左もわからず何度もまかれた。だが真野は訓練の行われる場所が告げられると、周辺の地図を頭に入れておいたので、一度も尾行に失敗しなかった。

最終段階では、いよいよスパイを獲得する時の「説得」局面に入る。身分を偽変することは法律に反する可能性があるので、様々な判断が難しくなる。医師や弁護士を装うことは医師法や弁護士法に反するのでできない。セールスマンを装っても詐欺罪《さぎざい》になる。そのため最後は正直に身分を告白し、それでも離れ難い関係を構築しておかねばならない。

その段階として、「個人的興味から知りたい」「世の中のことを知りたい」といったことから入り、「絶対に活動を攪乱《かくらん》することはない」と約束する。そして少額の謝礼を払ったり食事をおごったりする。

次の段階として、ターゲットは必ず後ろめたさを感じているので、「君のやっていることは正しいことなんだ」「君の所属する組織を暴走させないために、われわれには情報が必要なんだ」「われわれは国民のために治安を維持している。君らの政治活動を妨害するつもりはない」といった正論により、ターゲットの後ろめたさを軽減していく。そうした際には必ず「私のことを組織に報告してはならない。報告すれば君は組織から疑われ、組織から抹殺される」と脅しておく。その時は、同僚に盗撮してもらった密会や金の受け渡しの写真を見せる。こうしてターゲットを徐々に離れられなくしていく。

日々学ぶことばかりで、たまに休暇はもらえたが、とても出掛ける気にならなかった。

こちらに来たら朝英に会おうと思っていたが、とてもそんな余裕はなかった。朝英は朝英で懸命に勉強しているはずなので、今回は会わないことにした。

半年後に研修が終わった。貞吉と真野凜子は優秀な成績を収めることができた。

修了後の宴会は、二人の送別会を兼ねて盛大なものになった。厳しかった教官や共に学んだ仲間たち、また窓口として世話を焼いてくれた沢崎も駆けつけ、大いに盛り上がった。

貞吉は浴びるように酒を飲み、皆との別れを惜しんだ。クールな真野でさえ涙ぐんでいた。

考えてみれば日本と沖縄は別の国なのだ。ここで会った人たちとは二度と会わない可能性が高い。これから二人は、教官も仲間も助けてくれない世界へと旅立っていくことになる。

――当面、真野と二人だけの戦いになるわけか。

貞吉は、腹を据えて掛からねばならないと思った。

昭和二十九年（一九五四）十月、貞吉と真野は嘉手納飛行場に降り立った。

いよいよ新たな戦いが始まる。

十三

十一月八日、警察の独身寮から琉球警察本部がある那覇署に出勤すると、いつになく慌ただしい雰囲気が漂っていた。駐車場には報道関係者も含めた多くの車両が止まり、私服や制服の警察官が入り乱れ、署内に出たり入ったりしている。

——何か事件だな。

擦《す》れ違う者たちに問おうかと思ったが、それなら自分たちの部屋に急いだほうが早いと判断した貞吉は、階段を駆け上がるようにして三階の刑事部に駆け込んだ。

「おう、来たか」

貞吉と真野凜子の上長にあたるのは、刑事部捜査第二課の谷口亮仁《たにぐちりょうじん》警視だ。

谷口は三十代半ばで、貞吉たちの前に東京まで研修に行ったこともあるエリートの一人だ。

「遅いわね」

真野にそう言われ、貞吉は小声で言い返した。

「遅刻したわけじゃない」

「二人ともこちらに来てくれ」

二人が競うように谷口のデスクに向かう。

「実は、沖縄刑務所で暴動が起こった」

貞吉はわが耳を疑った。

「それで、現場で指揮を執っている隊長から呼び出しが掛かった」

隊長とは、初代琉球警察トップの仲村兼信警察隊長のことだ。どうやら隊長直々に鎮圧の指揮を執っているらしい。

「私にも詳しいことは分からないが、現場でわれわれの任務の説明をしてくれるそうだ。用意ができ次第、出掛ける」

谷口が責任者の捜査第二課は詐欺などの知能犯罪を担当する課だが、この時は公安の仕事も兼任していた。

「どうして、われわれが出動するんですか」

　真野の問いに谷口が答える。

「刑務所には瀬長亀次郎《せながかめじろう》がいるからだ」

　それで暴動の背景と原因が分かってきた。

　貞吉と真野が沖縄初の公安警察官として活動を始める七年前の昭和二十二年（一九四七）、沖縄人民党が結成された。この政治団体の背後には日本共産党琉球地方委員会が付いており、米軍の一方的な土地使用を糾弾し、琉球列島米国民政府の信託統治を否定する活動を行っていた。

　当初は活動も不活発だったが、昭和二十七年（一九五二）に行われた第一回立法議員総選挙で当選を果たした瀬長亀次郎が主導権を握ると、活動が俄然盛り上がってきた。そのため琉球列島米国民政府すなわち米軍は瀬長をマークし、何らかの罪を着せて逮捕収監しようとする。

　貞吉と真野が沖縄に戻ったのと同じ昭和二十九年（一九五四）十月、米国民政府は沖縄からの退去命令を受けた人民党員を匿《かくま》った容疑（犯人隠匿幇助《いんとくほうじょ》）で瀬長ら人民党員らを一斉検挙し、瀬長に懲役二年の実刑判決を下した。

　これにより瀬長は、人民党関係者約五十人と共に沖縄刑務所に収監された。

　前年に配備されたばかりの黒塗りのパトカーで、三人は沖縄刑務所に向かった。

　沖縄刑務所は那覇市の中心部にあるので、琉球警察本部から車を飛ばせば十分ほどで着く。

　刑務所に隣接する学校内に設けられた対策本部の周囲は騒然としていた。

　人垣を縫うようにして三人が対策本部に着くと、琉球警察隊長の仲村がやってきた。

仲村は沖縄戦で幾度となく弾雨の中をくぐり抜けて九死に一生を得てきた猛者《もさ》なので、こうした緊急事態でも平然としている。

「状況は聞いているか」

仲村が挨拶抜きで問うてきた。仲村は不愛想で口数が少なく、何事も単刀直入を好む。

「まだ聞いていません」

「そうか」と答えつつ、仲村自ら説明してくれた。

それによると前日深夜、八つの房《ぼう》の約四十名の受刑者が示し合わせたように房外に飛び出し、次々とほかの房のドアを開けていった。虚を突かれた刑務所は受刑者たちに占拠され、看守や刑務官たちは外に追い出されたという。

この非常事態に仲村は緊急事態招集を掛け、周辺地域からありったけの警察官を集め、刑務所を包囲した。しかし包囲が完了する前に、五十人ほどの囚人に脱獄を許してしまった。

その後、警察と暴徒の間で話し合いが持たれることになったが、小さな衝突は繰り返された。それでも翌八日早朝、刑務所長が「琉球政府から調査委員を派遣して待遇などを調査させるので、要望事項を提出するように」と通告したため、刑務所内部は次第に落ち着いてきているという。

「それで、瀬長はどうしているんですか」

谷口が仲村に問う。

「瀬長は暴動に加わらず、房内で読書をしていたらしい。そこで刑務所長が暴動を沈静化してくれと頼むと、黙って本を閉じ、中庭に出て暴徒と化した囚人たちと対話を始めたそうだ」

「対話を――。何のためにですか」

「囚人たちの言い分を聞くためだ。それで条件を九つに絞って刑務所長に要求書を出した」

――瀬長という男はやり手だ。

瀬長がこの機会を逃さず、刑務所の待遇改善に取り組もうとしているのは明らかだった。これから公安の前に立ちはだかるであろう敵は、情熱だけで突っ走る活動家ではなく、冷徹な交渉家の側面を持っていた。

仲村が他人事《ひとごと》のように言う。

「囚人たちの要求は、監獄法に則《のっと》った至極当然のものだ。刑務所ではそんなことさえ実現させようとせず、囚人に暴力を振るい、狭い場所に大人数を押し込めてきたんだ」

だが仲村にも、管理者としての責任がないとは言えない。

谷口がおずおずと問う。

「で、われわれは何をするんですか」

「われわれとは――」

「はい。刑事部の公安担当のことです」

公安は貞吉と真野の二人しかいないので、公安課ではなく公安担当と呼ばれている。

「公安には、脱獄した五十人の中にいる人民党関係者を連れ戻してほしいんだ」

それで呼び出された理由が分かった。

真野が口を挟む。

「それが誰かは特定できているんですか」

「君は誰だ」

仲村が胡散臭《うさんくさ》げな顔をする。その問いに谷口が答える。

「この二人は新たに公安担当に抜擢《ばってき》され、育成されている途中で――」

「ああ、そうだったな。すぐに識別できるリストを用意させる」

その時、仲村を呼ぶ声がしたので、仲村は何も言わずに行ってしまった。

「リストをもらってくる。君たちはここで待っていろ」

谷口は急ぎ足で、仲村の後を追った。

しばらくして刑務所の正門が開かれ、警察官たちが速足で中に入っていった。話がついたのだ。

「どうやら暴動は終わったようね」

「ああ、そのようだ。だが俺たちの仕事はこれからだ」

貞吉と真野がパトカーの横に佇んでいると、谷口が戻ってきた。

「すぐに非常線が張られたので、大半は捕まえられそうだ。軽犯罪で脱走した奴もいる。まあ、そうした輩《やから》は概して薬中《ヤクチユウ》だ」

五十人のリストの大半は、麻薬に関する犯罪で収監されている者たちだった。この時代、米軍の持ち込む大麻やコカインなどが日本人の間にも蔓延《まんえん》しつつあり、それが暴力団の資金源となっていた。

「人民党関係者で逃げたのは二人だけだ。しかも末端の小僧だな」

谷口が指差す先には、二つの名前と年齢が書かれていた。

――大嶺敬章《おおみねけいしよう》　十九歳と島袋令秀《しまぶくろれいしゆう》　十五歳か。

「二人とも随分と若いんですね」

真野は落胆を隠しきれない。貞吉も少なからず拍子抜けした。

「関係者から聴取したところ、瀬長から人民党員には『逃げるな』という指令が出ていたらしい。だが、この二人には伝わっていなかったんだろう」

「つまり一人前扱いされていなかったってことですね」

「そうだろうな。瀬長の指令が伝わっていたとしても、刑務所の生活に堪えきれず逃げ出したとも考えられる」

真野が自信を持って言う。

「この二人なら容易に捕まえられます」

「何事も予断は禁物だ。それだけは忘れるな」

「分かりました」

二人が同時に答える。

「それで、どちらがどちらを担当する」

真野が間髪入れずに言う。

「年上の方をやらせて下さい」

「いいだろう。君が十九歳の方を捜せ。東は十五歳の方だ」

それで担当が決まった。

真野は「どちらが先に見つけるか勝負よ」と言わんばかりに、貞吉に向かって微笑《ほほえ》みかけた。

——こんなことで競い合ってどうする。

あきれる貞吉を尻目に、真野が谷口に問う。

「でも、どこかに紛れ込む前に捕まるかもしれないんですよね」

「そうだ。この二人が非常線に引っ掛かってくれれば、君らが捜す必要もなくなる」

気づくと、刑務所内の喧騒《けんそう》は収まりつつあった。しょせん暴動というのは、囚人側が待遇改善の要求を出し、刑務所側がそれを受理することで収まる。ただし暴動にかこつけて、どうしても刑務所から出たい者は脱走する。

パトカーに乗った三人は、静かになった刑務所を後にした。

十四

結局、二人の脱走者は非常線に掛からず自首することもなかった。そのため貞吉と真野は、それぞれの自宅や行きつけの場所に張り込み、逮捕の機会をうかがうことにした。

貞吉は島袋令秀の実家のある首里に向かった。

かつて首里は独立した市だったが、この年の九月、那覇市に編入されたばかりだ。

――雨か。厄介だな。

貞吉は酔いつぶれた労働者に扮《ふん》して、首里の住宅街の四辻《よつつじ》の隅に座った。沖縄では住宅地でもよく見られる光景なので気に留める者はいないが、冬の雨は冷たい。

左手背後にある令秀の家は、戦後すぐに建てられた典型的な中流家庭のもので、首里の家屋によくある石垣で囲われていた。赤瓦も鮮やかな屋根には堂々たるシーサーが飾られ、令秀が決して貧しい家庭の出ではないことを物語っていた。

――沖縄有数の進学校の首里高校一年生。大学生の兄の影響で人民党に加入し、その末端でビラ配りなどをしていた。瀬長が逮捕された時、たまたま人民党の事務所にいたので連行され、未決囚として投獄されたってわけか。

沖縄には少年法などあってなきがごときもので、戦果アギヤーの少年たちは逮捕されると罪を通告されるだけで収監され、未決囚として、いつまで経っても裁判が行われないこともあった。

それゆえ少年たちは隙あらば脱走を企てるので、刑務官たちは昼夜を問わず目を光らせていなければならず、大きな負担となっていた。沖縄刑務所には成人区、女区、少年区という房舎の区分けがなされており、令秀は少年区に入れられた。

――そういえば少年区は、ひどいところだと聞いたことがある。

かつてバーテンをやっていた頃、沖縄刑務所の少年区に入れられたことがある男の話を聞いた。その男によると、「成人区ではそこそこ秩序も保たれているが、十八歳未満が収監される少年区はひどいもので、喧嘩や暴力は当たり前で、看守たちも見て見ぬふりをしていた」という。

――そんな場所にいることに堪えられなかったんだろう。

気づくと、先ほどまで降っていた雨がやみ、雲間から日が差してきていた。こうした天気の時、沖縄はすべてがくっきりと見える。

――この美しい島を守っていくためだ。

貞吉には島袋令秀という少年と知り合うことで、何かが始まる予感がした。子供の頃から直感が鋭い貞吉だ。その予感は、おそらく当たっているだろう。

――だが、そんなことはどうでもよい。俺は職務を忠実に遂行するだけだ。

公安としての最初の仕事をしくじるわけにはいかない。貞吉は仕事に集中しようとした。

――令秀が家を出てくる。背後から声を掛ける。そして逮捕する。

やるべきことは極めて簡単だ。もちろん令秀が逃げ出すことも考えられるが、貞吉も脚力には自信がある。おそらく逃がすことはないだろう。

――だが、それだけでいいのか。

それでは上の命令を忠実に実行したに過ぎない。

――公安の考えは一般的な警察とは違うはずだ。

かつて東京で教育を受けた際、「警察官に必要なのは臨機応変な対応力だ」と教官が言っていたのを思い出した。

――そうか。捕まえるだけではだめだ。

貞吉がその考えに行き着いた時、建て付けの悪そうな玄関を開ける音がすると、家の中から「お前は勘当だ！」という男性の怒声と、「堪忍してやって下さい」という女性の泣き声が聞こえてきた。

――追い出されたのか。

貞吉が左後方をうかがうと、青白い顔をした少年が、石垣の門柱に身を隠すようにして外の様子をうかがっている。

――奴だ。

写真で見た令秀がそこにいた。

貞吉は四辻の死角に入ると、薄汚れた作業帽を深くかぶって寝込んでいるふりをした。

やがて、こちらに向かってくる足音が聞こえてきた。

――まずい。

しかし令秀は気にも留めず、足早に目の前を通り過ぎていく。

令秀が先の角を曲がるや、貞吉は即座に起き上がり、追跡を開始した。

尾行は、人通りが少ないうちは相当の距離を取らねばならない。とくに被尾行者がつけられることを意識している場合は、見失っても構わないくらいの距離を取る。

――だが相手は十五歳だ。

貞吉には、気づかれない自信があった。

令秀は周囲を気にしつつも背後にはさほど気を遣わず、那覇の中心部に向かうバスに乗った。労働者姿の貞吉も、すかさず同じバスに乗る。令秀は真ん中の降り口に近い場所に立ち、貞吉は運転席付近の吊革《つりかわ》に摑まった。バスは幸いにして満員で、令秀は周囲に注意を払う風もない。

開南《かいなん》通りを進んだバスは、頻繁に停留所に止まりながら神里原《かんざとばる》通りと交差する三差路の停留所に止まった。

首を動かさず、視線だけで令秀の動きを追っていると、そのバス停で、令秀は身を翻すようにしてバスを降りた。貞吉もそれに続く。

令秀は迷わず神里原通りに入っていく。通りに入ってすぐ左手に見えてきた大洋《たいよう》劇場では、『砂漠の決斗』と『砂漠部隊』という洋画が上映されている。その隣には沖縄初のデパートとなる「マルキンデパート」があり、周辺は凄《すさ》まじい雑踏となっている。

――見失うなよ。

貞吉は思い切って距離を縮めて尾行した。パチンコホールやダンスホール、またビンゴハウスと呼ばれるボールを転がして穴に入れるゲーム屋が軒を連ねている神里原通りを、令秀はどんどん進んでいく。

その歩き方は、行き先を明確に決めているものだと分かる。

神里原通りの左右には八百屋、果物屋、乾物屋などが立ち並び、売り物を通りにせり出しているので、歩くのにも難渋する。

令秀は神里原通りから浮島《うきしま》通りに入った。神里原通りが表通りなら、浮島通りは裏通りの感がある。通りの幅は狭くなり、うらぶれた居酒屋やスナックが目立つようになった。

どうするのかと思っていると、令秀は浮島通りの路地の一つに入っていった。

――ここがアジトか。

どうやら人民党の地下組織、すなわち党の会合や会報の印刷が行われる場所の一つが、ここに違いない。

――ここでガリ版刷りの機関紙をもらい、それを配っていたのだな。

令秀のような末端の党員は、党の上層部や本土から支援に来ている民主青年団（共産党の下部機関）の面々と多面的に接しているわけではなく、こうしたアジトだけを接点とした単線構造で活動している。

しばらく外で張っていると、突然怒鳴り声が聞こえ、続いて何かが倒れる音がした。

次の瞬間、戸の開く音がしたので、貞吉は物陰に身を隠した。

「刑務所を脱走するなど論外だ。しかもここに来るなんて馬鹿じゃないか！」

その後はよく聞き取れなかったが、令秀が罵倒されているのは間違いない。

「出ていけ！」という声とともに戸の閉まる音がした。

令秀が姿を現す可能性が高いと察した貞吉は、路地から浮島通りに出ると、客を装って近くの金物屋に入った。

「いらっしゃい」

商売気のなさそうな老婆が座ったまま言う。

背後を令秀が通り過ぎるのを待ち、貞吉は「また来る」と言って店を出た。令秀は国際通りを横切り、松山《まつやま》や若狭《わかさ》といった繁華街を抜け、那覇泊《とまり》港の方に向かっている。時折ちらりと見えるその顔は虚《うつ》ろで、相当の衝撃を受けているのは間違いない。

やがて那覇泊港に着いた令秀は、西に傾きつつある夕日を望むかのように、護岸壁に腰掛けた。

貞吉の待っていた絶好の機会が訪れた。

ぶらぶらと歩きながら令秀に近づいていった貞吉は、思い切って声を掛けた。

「あれー、ちゅらさんやー」

貞吉が背後から「あれはきれいだな」と沖縄口で言うと、令秀はびくっとして振り向いた。

「うどぅるかち、わっさいびーたん」

貞吉が明るい声で、「驚かしてすまなかった」と言うと、令秀はそれには何も答えず、再び海に顔を向けた。

貞吉は親しみを込める意図で沖縄口を使ってみたが、さほど効果はないようだ。

「夕日を見ながら何を考えている。彼女にふられたのか」

貞吉が明るい声で言うと、令秀は不貞腐《ふてくさ》れたように立ち上がり、護岸壁から飛び降りた。そして貞吉に一瞥もくれず、背を向けて歩き出した。

その背に貞吉が話しかける。

「おせっかいかもしれんが、人は生きている限り悩み事ができるもんさ」

令秀は立ち止まると、肩越しに貞吉をにらみつけた。「うるさい」という意思表示に違いない。

「お前さんが自殺するかと思ってさ」

「自殺しようとしまいと、俺の勝手だろう」

令秀が口を開いた。

——これで突破口が開けたな。

いかに反感を持たれようと、無視されるよりはましだ。

貞吉は令秀の前に出ると、行く手を遮るようにして言った。

「その通りだ。君の勝手さ。だがな、人というのは死のうという人を見つけると、どうしても引き留めたくなる。糸満の摩文仁の丘は自殺の名所だが、ある男が自殺しようと丘の突端に向かったところ、先着していた男がいた。そこでそいつが海に飛び込むのを待っていたが、なかなか飛び込まない。それで退屈になって話しかけてみた。すると先着していた男が、自殺したくなるのも当然と思われるほど悲惨な話をしてくれた。それで親身になって話を聞くようになり、最後には自殺を思いとどまらせる側になったという。結局、二人は朝日を背に浴びつつ、摩文仁の丘を後にしたってわけさ」

「あんたは何が言いたいんだ」

「実は、俺も自殺しようと思ってここに来た」

全く考えてもいなかった言葉が口を突いて出た。令秀の顔に驚きが広がる。

「あんたも死のうとしていたのか」

貞吉が無言でうなずく。

「そうか。それでここに来たんだな。でも、こんなところで海に入っても死ねないよ」

「だろうな。だがどうせ死ぬなら、景色のいい場所で死にたいと思うのが人情だろう」

「僕もそう思ったから、ここに来たんだ」

令秀の顔に少し明るさが戻った。

「君のお陰ですっかり死ぬ気が失《う》せてきた。せっかくだから話でもしないか」

「ああ、いいよ」

「そうだ。俺の名は隼人《はやと》。奄美から来た。君の名は――」

令秀が沈黙で答える。

「名乗りたくなければそれでいい。だが呼び名は必要だ。何と呼んでほしい。そうだ。キッドはどうだ」

令秀はキッドと呼ばれることに不満そうだったが、今だけなのでどうでもいいと思い直したのか、黙ってうなずいた。

二人は再び護岸壁に座ると語り始めた。

突然のことだったので、貞吉は作り話など考えていなかったが、何とかその場を取り繕うように、奄美出身なので賃金を減らされた上、彼女にも別れを告げられたといった類の話をした。

しかし令秀はそんな話に興味がないらしく、時折うなずいては相槌《あいづち》を打つくらいで、別のことを考えているようだ。

「それで君は、どうして自殺しようと思ったんだ」

「それは――」

令秀が口ごもる。

「話したくなければいいさ。それより飯でも食いに行かないか」

令秀の顔色が変わる。

――腹が減っているんだな。

「どうせ金もないんだろう。奢《おご》ってやるから飯を食おう。昔から『腹が減っては自殺もできぬ』というからな」

「それは『腹が減っては戦もできぬ』でしょう」

「そうだったっけ」

二人は天に届けとばかりに笑った。

世間話をしながらしばらく歩いていると、港湾労働者向けらしい薄汚れた食堂が見えてきた。

「入ろうや」

令秀が腹を押さえてうなずく。

――だが、ここでは酒を飲ませられないな。

食堂に入って席に着くと、貞吉は言った。

「トイレに行ってくる。好きなもんをオーダーしていいぞ」

「本当ですか」

「ああ、ここの値段ならたいしたことはない」

「ありがとうございます」

外に出た貞吉は、店の外側に設けられたトイレに行かずに公衆電話を手に取った。

――果たして真野は協力してくれるか。いや、真野では無理だ。

一瞬、躊躇した後、貞吉は別の番号を回していた。

「泉さん、東です。ご無沙汰《ぶさた》しております」

「東だと、珍しいな。どうしている」

「それが――、詳しいことは後で説明しますので、私の依頼を聞いていただけますか」

一瞬の沈黙の後、真剣な声で泉が答えた。

「分かった。何をしてほしい」

「二階に一部屋ある居酒屋かバーを、松山か若狭の辺りに用意してほしいんです」

「いつまでだ」

「二時間後ではどうです」

「そんな時間は必要ない。三十分後に来い」

「えっ、どうしてですか」

泉はそれに答えず、一方的に電話は切られた。

──どうして三十分で、そんな舞台装置が用意できるんだ。

貞吉は腑に落ちなかったが、泉なら何でもやれると自らを納得させた。

席に戻ると、令秀が運ばれてきた飯を懸命にかき込んでいた。テーブルの上には、店にあるすべてのメニューかと思われるほどの料理が並べられている。

──ガキは遠慮がないから困る。

貞吉は、安食堂でよかったと心底思った。

「あっ、先にいただいています」

「それは構わんが、君はよく食べるな。それだけ食べられるなら、まだ生きられるぞ」

令秀が笑みを浮かべる。

──いいぞ。どうやら良好な関係が築けそうだ。

小一時間ほど世間話をした後、貞吉は思い切って聞いてみた。

「キッド、もう帰るか」

令秀が複雑な顔をする。

「まさか帰るところがないのか」

「うん」

「学校はどうする」

「もう行きたくない」

「困った奴だな。今夜はどうするつもりだ」

「死ねなかったら、どこかで野宿するつもりだった」

令秀がぽつりと言う。

「仕方ないな。俺んとこに泊まっていくか」

「えっ、いいのかい」

「ああ、構わないよ」

令秀がほっとしたような顔をする。

「でも、あっちはだめだよ」

「あっちって何だ」

「僕はホモセクシュアルじゃない」

それを聞いた貞吉は思わず噴き出した。

「何だ、そんなことを心配していたのか。あいにく俺にもそっちの趣味はない」

「それなら泊まる」

貞吉は会計を済ませて店を出た。

港から若狭まで歩いてきた時、公衆電話を見つけた。

「そうだ。まだ宵《よい》の口だ。酒でも飲んでいくか」

「いいのかい」

「飲めるのか」

令秀が首を左右に振る。

「よし、酒を教えてやる」

貞吉が泉から聞いた番号を回すと、泉はすぐに電話に出た。

「手配できた。いつでも来い」

「もう開けているんですか」

「ああ、俺の店だ」

電話の向こうで泉が高笑いする。

――そういうことか。

警察を首になった泉は、どうやらパブかバーを開いているらしい。

「あっ、そうですか。それはよかった。それで店まではどうやって行きましたかね。道が分からなくなっちゃって」

「松山の交差点から国際通りに向かって歩くと、角に『寿屋《ことぶきや》』という看板の質屋がある。そこを左に曲がると、『エメラルド』という店がある」

「ああ、そうでしたね。じゃ、カウンターを二席取っておいて下さい」

泉に指示された道を歩いていくと、首尾よく「エメラルド」が見つかった。

十五

店に入ると、カウンターの中に泉がいた。その姿がやけに様になっているので、貞吉はつい
「似合っていますね」と言いそうになってしまった。

「いらっしゃい。おっ、今日は連れがいるのかい」

「ええ、キッドという名の友人です」

「随分と若いな。酒は飲める年なのかい」

「ええ、二十歳《はたち》です」

令秀が平然と答える。

「まだあまり飲めないようなので、軽めのでお願いします」

「あいよ。まずはビールから行くかい」

「はい。そうして下さい」

貞吉は、令秀を酔いつぶさない程度にしておくつもりでいた。

店にほかの客が入ってくることを恐れていた貞吉だが、泉がいったん外に出たので、閉店の札を下げてくれたと確信した。このあたりの呼吸は警察一家ならではのものだ。

やがて令秀に酔いが回ってきた。それまで聞き役に徹して口をつぐんでいたからか、貞吉が促さずとも、令秀は自分から語るようになってきた。

「大人って身勝手ですね」

「そりゃ、そうさ。みんな自分のことしか考えない。それが大人ってもんさ」

「もう、うんざりです」

「いったい何があったんだ」

突然、酔いが醒《さ》めたかのように令秀が口を閉ざす。

「話したくなければ話さなくていいさ。いろいろ訳ありだろうからな」

「いえ、いいんです。実は——」

令秀が身の上話を語り始めた。カウンターの中の泉は会話に加わらないように、距離を取ってグラスを拭いているが、時折視線を合わせてくる。どうやら貞吉の意図に気づいたようだ。

令秀の舌は次第に滑らかになっていった。

「そうか。刑務所を脱走するなんて、君は度胸があるな」

「それほどでもありませんよ」

内通者を育てる初期段階では、相手の信頼を勝ち取るために「とにかく褒める」ことだ。

「いや、君は年に似合わず自分の意志を持っている」

そんなやりとりを続けた末、貞吉は一歩踏み込んでみた。

「そうか。君は瀬長さんに憧《あこが》れて、人民党に入ったんだな」

「まだ入党したわけではありません。瀬長さんは『学生の本分は勉学だ』と仰せになり、十八歳未満の者の入党を認めていません」

「さすが瀬長さんだ。実は俺も人民党には心を寄せているんだ」

「本当ですか」

「ああ、俺のような学歴のない労働者の味方だからな」

「じゃ、いつか集会に来て下さい」

「それはいいけど、君は人民党を追い出されたんじゃなかったのか」

令秀がうつむく。

「どうしても刑務所から出たかったんだな」

「はい。もう堪えきれませんでした」

令秀が元気を取り戻したかのように言い訳する。

「刑務所とは恐ろしいところです。五人しか入れない獄舎に二十人ばかりが詰め込まれているんです。しかも入ったとたんに殴る蹴るの暴行を受け、一日中、暗いところで正座させられました。飯も取り上げられ、同房の連中の皿を舐《な》めることで飢えを凌《しの》ぎました」

令秀の語る少年区の過酷さは、言語に絶するものだった。

「そいつはたいへんだったな。脱獄したくなるのも分かるよ」

「隼人さんもそう思いますか」

「ああ、それだけ辛い目に遭《あ》えば仕方のないことだ」

こうした場合、称賛、同情、共感、そして相手の判断を肯定するというプロセスを経ることで、信頼感が醸成《じょうせい》されていく。

「ありがとうございます。やっと分かってくれる人に出会えた」

令秀が涙をこぼす。

「おい、泣くな。これからは人民党の活動を少し離れ、学業に専念するんだぞ」

信頼感を得てからは、自分の望むこととは逆のことを勧める。

「嫌です。僕は勉強が嫌いです。その逆に瀬長さんが大好きなんです。瀬長さんは優しくて大きな人物です。僕は瀬長さんの役に立ちたいんです」

——瀬長亀次郎、か。

こうした少年まで虜《とりこ》にしてしまうことからも、どうやら瀬長というのは相当の人物らしい。

「そうか。瀬長さんはそれほどの大人物なのか」

「ええ、琉球大学に通う兄貴に連れられて、瀬長さんの演説を聞いた時から、僕はあの人のために生きようと決意しました」

「えっ、それほどなのか」

半ば本気で言葉が出た。

「はい。あの方は沖縄のためであれば、アメリカ人にも物怖じしません」

「そうか。そんな大人はこの島にいないからな」

「そうなんです。この島の大人たちは皆、アメリカ人の顔色をうかがって生きています。しかしあの人だけは違う。僕はあの人のようになりたいんです」

令秀が目を輝かせる。

その時、初めて貞吉の心に後ろめたさという感情が芽生えた。

――俺のやっていることは、正しいことなのか。

疑問はゆっくりと頭をもたげてきた。その迷いを払拭しようと泉の方を見たが、泉は少し離れた場所でグラスを拭くことに集中している。むろん聞き耳を立てているのは間違いない。

「あの人のようになりたいのか。でも、さっき大人は身勝手だと言っていただろう」

「瀬長さんだけは違います。あの人は身勝手どころか、他人のことしか考えないんです」

令秀は純粋に瀬長亀次郎に憧れていた。それをこれから踏みにじることになるのだ。

――それが治安を維持するってことじゃないのか。

だが瀬長ら人民党の活動を抑えることは、沖縄のためというより、米軍の利益に通じる。

――俺は米軍の犬にはならんぞ。

だが公安警察官という立場に就いた以上、仲間を裏切ることはできない。

貞吉の口数が少なくなったのを気にしたのか、令秀が問うてきた。

「隼人さんも、瀬長さんの考えに同調しますよね」

「当たり前だ。彼の言っていることはすべて正しい」

「では、一緒に活動していきましょう」

「ああ、そうだな」

「よかった」

令秀が握手を求めてきた。それを貞吉は力強く握り返した。

――こいつをだますことは正しいことなのか。

貞吉は自問したが、答は見出《みいだ》せない。

口数が少なくなってきたことに泉も気づいたらしく、時折視線を向けてくる。

――何を考えている。

その目は、そう問うてきていた。

――泉さんは警察から踏みにじられたにもかかわらず、こうして俺に力を貸してくれている。

その期待を裏切るわけにはいかない。

「今回の件だけど――」

「うん――」と言って令秀が顔を上げる。その目は酔いと眠気で虚ろになっている。

「刑務所の暴動は、瀬長さんが扇動したのかい」

「あれは――」

令秀の顔に警戒心が差す。

「知らなければ話さなくてもいい」

「知っていますよ」

令秀が言い返す。その口調には、使い走りではないという自負が垣間見《かいまみ》られた。

「こんなくだらんことに、瀬長さんは絡んでいないんだろう」

こうした場合、実際に思っていることとは裏腹なことを言って、相手に優越感を抱かせるのがセオリーだ。

「いや──」

令秀が口ごもりつつ言った。

「確かに発案したのは瀬長さんではありません。瀬長さんも最初は『くだらんことはよせ』と仰せだったんです。しかし看守の暴力が目に余るものになり、最後は黙認しました」

「そうだったのか」

瀬長亀次郎は暴動の発案者ではなかったものの、彼が収監されたことで、囚人たちが勢いづいたのは間違いない。

「瀬長さんはいい人です」

最後にそう言い残し、令秀は突っ伏した。

それを見届けてから、貞吉は泉に手伝ってもらい、令秀を二階に運んだ。


「あらためて、久しぶりだな」

泉が貞吉のグラスに泡盛を注《つ》ぐ。それを貞吉は一気に飲み干した。

「こちらこそ、ご無沙汰していました」

「突然の電話で驚いたぞ」

「すぐに事情を察してくれるのは、泉さんだけですから」

「そうだな。俺も場数だけは踏んでいるからな」

その言葉には、警察を退官せざるを得なかった無念が感じられた。

「まさか、俺がバーを開くとは思わなかったろう」

「ええ、驚きました」

「決して自慢できることではないので伝えるのに迷っていたが、連絡先だけでも知らせておいてよかったよ」

泉は屈託のない笑みを浮かべ、退官した後のことを語った
突然、警察を首になり、当初は何をして食べていこうか戸惑っていた泉だが、それまで貯《た》めた金で、売りに出ていたバーを買ったという。

「それが、ここ『エメラルド』なんですね」

「ああ、前のオーナーの時と同じ店名さ。俺も客として何度か来たことがあり、常連の数も多いと知っていたからな」

「そういえば、さっき閉店の札を掛けに行っていただき、申し訳ありませんでした」

「いいってことよ。米軍の船が入っていないんで、今日あたりは客など来ないさ」

疲れたような顔で笑うと、泉が真顔で問うた。

「奴を作業員にするんだな」

貞吉が苦い顔でうなずく。

「ターゲットは瀬長亀次郎か」

「はい。そうなります」

「そうか」と答えつつ、再び泉が泡盛を注いでくれた。

「大切なことは一つだけだ。迷いがあるならやめちまえ」

「えっ」

泉が自分のグラスに注いだ泡盛を一気に飲む。

「さっき迷っていただろう。この仕事は、迷いのある者には向いていない。それが君と仲間の命

取りになる」

「迷いなど――、ありません」

　貞吉も一気に泡盛を飲み干した。

「それならいい。それから小僧にも情を移すな。あくまで作業員として見るんだ」

「分かりました」

「すべては国を守っていくためだ。瀬長さんは立派な人物かもしれない。だが君は警察官である限り、仲間を裏切ってはならない。君に迷いが生じれば、仲間にも危険が及ぶ。どんなに理不尽なことでも、命令を粛々《しゆくしゆく》と実行する。それが公安というものだ」

　貞吉のグラスに再び泡盛を注ぎ、泉が続ける。

「なあ、東、何が正しくて何が間違っているかなんて、誰にも分からないんだ。そんな未来に向かって、みんな必死に選択をしている。瀬長さんの言っていることは正しいかもしれないが、米軍がいなくなったらどうする。共産主義国家の魔の手から誰が守ってくれるんだ」

「分かっています。今は隠忍自重の時です。米軍に迎合する必要はありませんが、共に歩んでいかないと――」

　それが、警察に所属する者たちの考え方だった。

「で、これから小僧を育てていくんだな」

「はい。そのつもりです」

「相手は未成年だ。性根を据えて掛かれよ」

「ええ、危険な橋を渡らせることになりますが、これも沖縄のためです」

　深夜まで、二人は苦い酒を飲み続けた。

十六

翌朝、貞吉の説得を受け容《い》れた令秀は、実家に帰ることに同意した。

別れ際に「これからもよろしくな」と言って手を差し出すと、令秀は「もちろんです」と答え、強く握り返してきた。

令秀をバス停まで見送った貞吉は、「エメラルド」に戻って泉に礼を言うと、片付けを手伝い、午後には署に戻った。

署に戻ると、真野が得意げな顔をしていた。というのも大嶺敬章を捕らえたという。

大嶺敬章とは島袋令秀と共に脱獄した十九歳の男のことだ。

「大嶺は友人のアパートに隠れていたわ。五人がかりで捕まえたのよ。たいへんだったわ。それで東君の方は――」

「見つけたさ」

「それで捕まえたのね」

「いや、泳がすことにした」

予想外の言葉だったのか、真野の顔色が変わる。

「泳がすって、どういうこと」

「俺の作業員にするのさ」

警察ではスパイや内通者という言葉は使わず、作業員と呼ぶ。

「あっ」と言ったきり、真野が唇を嚙む。

公安の評価は、いかに早く作業員を養成できるかに懸かっている。

「さすがね。あなたは馬鹿じゃないわ」

「馬鹿だと思っていたのか」

その時、谷口が会議から戻ってきたので、貞吉はデスクの前まで行った。

これまでの経緯を説明すると、谷口は少なからず驚いたようだ。

「だが、その島袋とかいう小僧を刑務所に戻さないことにはまずいだろう」

「いや、裁判も受けさせず、とりあえず未決囚として放り込んでいただけです。しかもアジビラを配っていただけです。戻す必要はないでしょう」

「そういえばそうだな」

しばし考えた末、谷口がうなずいた。

「よし、泳がせてみるか。それで何か摑めたのか」

「はい。今回の暴動に関して瀬長は白です。すでに入っていた別の者が、瀬長の収監によって暴動が成功すると確信して起こしたようです」

「そうだったのか。だが米軍はその話を信じまい」

「どうしてですか」

谷口が机の上の丸缶から両切りピースを取り出すと、火をつけた。

「瀬長は、この事件を契機に沖縄の民主化運動をさらに前に進めようとしている。これを読め」

谷口が「琉球新報」を貞吉の前に置いた。

そこには「これは暴動ではなく、過酷な圧政に対する一つの抵抗であり、刑務所のあり方に対する抗議である」などと書かれていた。

「でも島袋によると、瀬長は白ですよ」

「たとえそうだとしても、そんな証言を米軍が聞くわけがないだろう」

「だとしたら、瀬長はどうなるんです」

「どうやら移送されることになりそうだ」

「移送ってどこにですか」

「宮古《みやこ》刑務所だ」

宮古刑務所とは宮古島にある宮古拘置支所のことだ。

貞吉は愕然とした。瀬長を離島の小さな牢獄《ろうごく》に隔離し、沖縄の人民党やその関係者との連絡を絶とうというのだ。

「そんな横暴が許されるんですか」

「君はどっちの味方だ」

その言葉に、貞吉は唇を噛んで黙った。

「なあ、東、俺たちだって言いたいことが山ほどあるさ。だがこの仕事を選んだからには、口をつぐまねばならないんだ。声を大にして何かを叫びたければ、警察官を辞めてからにしろ」

「分かりました」

貞吉が席を立つと、入れ替わるようにして真野が谷口と向き合う席に座った。

「課長、大嶺敬章を釈放して下さい」

「おいおい、何を言い出すんだ」

「私も作業員を育てたいんです」

「だめだ。大嶺は島袋と違って戦果アギヤー上がりの本物のワルだ。人民党に入っているとはいえ、どうやら真面目には活動していなかったようだ。そんな奴から情報は取れない」

戦果アギヤー上がりの食いつめ者には道が二つある。一つは暴力団の末端に名を連ねること。もう一つは食べていくために政治活動を手伝うことだ。

「それでもやらせて下さい」

しばらく真野の顔を見ていた谷口が、ため息とともに言った。

「分かった。仲村隊長に話を通しておく」

「ありがとうございます」

谷口に深く頭を下げると、真野が自席に戻ってきた。

「気をつけろよ」

「何のこと」

「経歴を見る限り、大嶺は柔な相手じゃない」

「分かっているわ」

「それならいい」

それで会話は終わった。真野は不愉快そうな顔で書類に目を通している。貞吉の視線に気づいているはずだが、無視するつもりのようだ。

一人になりたくなった貞吉は、那覇署の屋上に向かった。

真冬で空気が澄んでいるためか、沖縄の空の青さは格別だった。

誰もいない屋上には、金網に掛けられた缶の灰皿があるだけだ。貞吉は胸ポケットから「しんせい」を取り出して火をつけると、煙を胸いっぱいに吸ってから吐き出した。

――うまい。

ようやく最近になり、煙草がうまいと感じられるようになった。それも沖縄の空気のうまさがあってのことだろう。

――俺は正しいことをしているのか。

再び疑問が頭をもたげる。

――今の仕事が、沖縄を取り戻すことにつながっているのか。

自らの目指すものに至るまでの道筋は、あまりに迂遠《うえん》なように思える。

そんな疑問を捻《ね》じ伏せるようにして、貞吉は声に出してみた。

「キバレンショレ」

泉の言葉が思い出される。

「何が正しくて何が間違っているかなんて、誰にも分からないんだ。誰にも分からない未来に向かって、みんな必死に選択をしている」

――そうか。今この時、正しいと思うことをやるしかないんだな。

瀬長亀次郎が確信を持って自分の道を歩んでいるように、貞吉も正しいと思う道を歩んでいこうと思った。

――朝英、そうだよな。

幼馴染《おさななじみ》の顔が突然、心に浮かんだ。

――あの空は東京までつながっている。

それを思うと心強くなる。

貞吉は煙草をもみ消すと、屋上を後にした。

第二章　アダンの茂み

一

上司にあたる谷口亮仁《たにぐちりょうじん》警視から突然の東京出張を命じられたのは、昭和三十年（一九五五）一月のことだった。言うまでもなく真野凜子《まのりんこ》も一緒だ。何の用かは谷口も知らされていないらしく、「東京に行って沢崎《さわざき》さんから聞け」とだけ告げられた。

島袋令秀《しまぶくろれいしゅう》が心を開き始めた折でもあり、ここで東京に出張するのは痛かったが、警察上層部の意向とあらば仕方がない。令秀には「実家で不幸があったので、一週間ほど奄美《あまみ》に帰る」と告げて何とかごまかした。

今回はタクシーで警視庁に来るよう指示されていたので、羽田空港からタクシーに乗った。

東京は二度目なので、前回ほど見るもの聞くもの珍しいとは思わなかったが、大都会の空気はやはり沖縄《おきなわ》とは違っていた。

警視庁に着いて公安部に行くと、沢崎茂《しげる》が待っていた。

沢崎はダークグレーのスーツに細身のネクタイをしており、イタリア映画の悪役のようなスタイリッシュな雰囲気を漂わせている。

「さて、突然来てもらったのはほかでもない」

机が並べられた広い会議室に通された二人は、緊張の面持ちで沢崎の話を聞いた。

「今回の沖縄刑務所の一件は聞いた。それで米軍から政治家のお偉いさんに圧力が掛かり、瀬長《せなが》を宮古島《みやこじま》に移した。つまり米軍としては、瀬長が暴動の首謀者だとにらんでいるわけだ」

――事実とは違う。

瀬長亀次郎《かめじろう》が刑務所暴動の扇動者でないにもかかわらず、米軍の指示によってこうした措置が取られたことは、日本の法律などあってなきがごときものだということの証《あか》しでもある。

「たまたま刑務所で暴動が起きた十一月七日は、ロシア革命の記念日だった。米軍は共産主義者の瀬長らが、それに合わせて騒動を起こしたと思い込んでいる」

――馬鹿馬鹿しい。しかも瀬長さんは共産主義者ではなく沖縄主義者だ。

刑務所暴動とロシア革命を結び付けるなど常軌を逸している。だがそれは、米軍が市民の反乱を恐れていることの証しでもある。

「沖縄が返還されていない今、われわれはこの事件に関与はできない。したがって沖縄の非合法活動の取り締まりは、君ら二人の双肩に掛かっている」

「はい。分かっています」

真野が優等生じみた返事をした。

「それでよい。だが別の国とはいえ、米軍とわれわれの間では裏取引が成立しており、日本の警察と琉球《りゆうきゆう》警察の得た情報は共有することになっている」

「どういうことですか」と真野が問うと、沢崎が険しい顔で答えた。

「君たち二人には、警視庁公安部の指示の下で動いてもらう」

――そういうことか。

つまり貞吉《さだよし》と真野は、琉球警察の所属であるにもかかわらず、日本の警視庁の指揮下に入らねばならないということだ。

「それが、われわれをお呼びになった理由ですね」

「そうだ。つまり君たちの活動を報告してほしいのだ」

「それは、仲村琉球警察隊長の承認を取ってのことでしょうか」

「やれやれ」という顔つきで、沢崎が電話の受話器を取ってダイアルを回した。

交換手が出て、仲村《なかむら》隊長につないでいるようだ。

――余計なことを。

真野の言っていることは尤《もっと》もだと思うが、こうしたことにいちいち確認を取っていたら、相手は不快になるし、仕事の進みも悪くなる。

――だが真野は米国で生まれ育った女性だ。致し方ない。

一年近く接してきて、貞吉にも真野のやり方が分かってきた。

「ああ、仲村隊長ですか。すみませんが――」

沢崎が事情を話し、真野に受話器を渡した。

「はい、はい。承知しました」

真野は貞吉を見てうなずくと、沢崎に向き直った。

「お手間を取らせてしまい申し訳ありませんでした。早速、沖縄刑務所の暴動とその後の活動について報告します」

真野がまず自分の活動について語る。

「それで、その大嶺敬章《おおみねけいしょう》というのは、人民党の中枢にどれだけ入り込んでいる」

「戦果アギヤー出身ということもあり、党内では信頼されていないらしく——」

「戦果アギヤーとは何だ」

真野が戦果アギヤーについて説明する。

「そんな奴《やつ》らが、どうして政治活動に携わっているんだ」

「瀬長亀次郎氏は前歴で人を差別しないので、『改心しました』と言えば、誰《だれ》でも入党できます」

「それは立派なことだ。それで、大嶺は使い走りなんだな」

「今のところはそうなります」

真野が悄然《しょうぜん》とする。

「使い走りでも飛車角になることはある。だが大嶺にその芽はなさそうだな」

「その芽——」

「人民党の幹部になる芽だ。それに君は女性だ。そんな危険な連中と親しくすることは——」

「それはご心配なく。私は慎重な性格です」

——よく言うよ。

近くで接していると、真野が大胆で思い切りのいい性格なのは明らかだ。

「それならよいが、君の身が危険に晒《さら》されるというか——、何かあっても公にはできない立場だということは、わきまえているね」

「分かっています。この仕事に携わる限り、何があっても自己責任です」

公安の仕事は公にできないので、万が一命を落としても、闇《やみ》から闇へと葬られる。

「その覚悟があるならよい。で、君の方はどうだ」

貞吉が令秀のことを語った。

「そうか。君の方が、筋はよさそうだな」

その言葉がどれほど真野を苛立《いらだ》たせるか、沢崎は気づいていない。

「だが、くれぐれも馴《な》れ合うなよ」

「馴れ合うとは——」

「公安の仕事も、しょせん人と人との付き合いだ。相手に情が移る。その情という代物《しろもの》を馴らすことができるかどうかが、勝負の分かれ目だ」

沢崎が視線を真野に移す。

「君は女性だ。その点では、さらに困難な技術が必要になる」

「分かっています」

沢崎がため息を漏らす。

「君らの敵の人民党が一筋縄ではいかないように、われわれの敵の共産党も手強《てごわ》い相手だ」

第二次世界大戦後、アメリカ合衆国を中心とする自由主義・資本主義陣営は、ソビエト連邦を中心とする社会主義・共産主義陣営を敵視し、新たな対立構造が形成された。冷戦である。

それに伴いＧＨＱ（連合国軍最高司令官総司令部）は日本の「非軍事化・民主化」政策を方針転換し、日本を太平洋防衛の防波堤として育てることにした。だがその時には、民主化の流れで各団体に労働組合ができており、その指導的立場の政党として、日本共産党が戦前とは比べ物にならないほどの力を持ち始めていた。

「ＧＨＱの油断により、日本にも暴力革命を辞さない共産党が根付いてしまった。だが言論の自由、結社の自由、集会の自由などという民主主義の象徴たる条文が憲法第二十一条にある限り、彼らの存在を容認せねばならない。だが彼らが法律に反したことを仕出かせば、話は別だ」

沢崎によると、日本共産党は武力闘争によって社会秩序を破壊する反社会的集団だが、その存在を憲法で保障されている集団でもあるため、法に反しない限り、力によってそれをつぶすわけにはいかない。つまりその活動を常に監視し、少しでも法に反することを行えば逮捕に踏み切るというのが、警視庁のスタンスだという。

「しょせん末端の作業員は釣餌《つりえ》でしかない。ゆくゆくは攻略対象を党幹部にスイッチしていくことになる。むろん末端の者でも、将来の幹部になり得る素養を持っている者ならいい。だが、そうした将来性のある者ほど作業員に仕立てるのは難しい」

確かに末端の者は、政治的な信念がさほどない上に様々な誘惑に弱い。つまり作業員に仕立てやすい。だがそんな者から重要な情報は手繰り寄せられない。その逆に、政治的信念の強い幹部たちを作業員に仕立てるのは容易ではない。そのジレンマを、いかに克服していくかが公安の仕事なのだ。

「今の君らでは、人民党の幹部は落とせまい。だからこそコネクトしている奴らを徹底して信用させ、少しでも人民党の動きを摑《つか》むのだ」

真野は口惜《くや》しそうな顔をしているが、それが二人の実力なのだから仕方ない。

「実は、われわれも共産党に対して同じことをしている。だが決してうまくはいっていない」

真野の顔が一瞬明るくなる。

「それは、十分に食い込めていないということですか」

「まあ、そういうことだ。話を聞く限り、われわれも含め、東《ひがし》君が最も有望な線を握っている気がする」

「どうしてですか」

真野が不服そうに問う。

「まず島袋という少年は純粋だ。彼は瀬長某《なにがし》という指導者に一途《いちず》に傾倒している。そういう者ほどターゲット、つまり瀬長某から信用されやすい」

今度は貞吉が問う。

「でも令秀、いや島袋は末端の末端で、瀬長さんとは口を利いたことがありません。しかも人民党の窓口からは、瀬長さんの指示に従わず刑務所から脱走したことで、半ば追放に処されています。そんな少年をどうやって――」

「それは君次第だ。研修でも習っただろう」

真野がすかさず言う。

「小さな穴をこじ開けよ。こじ開けられた者だけが宝の山を見つけられる、ですね」

「そうだ。それを見つけられるかどうかに、公安としての適性の有無がある」

――どうやって、そんなものを見つけられるんだ。

今の令秀は見習いとしてもデッド・エンド（行き止まり）であり、そこから這《は》い上がることなどできそうにない。

――それでも令秀は、瀬長さんへの憧《あこが》れだけは持ち続けている。それが小さな穴なのか。

貞吉は、そこから突破口を切り開いていかねばならないと思った。

「君は今、瀬長さんと呼んだね」

「あっ、はい」

沢崎の目つきが険しいものに変わる。

「いいか。われわれ警察官だけで会話をする時、ターゲットは呼び捨てにしろ」

「なぜですか」

「敬称を付けたり、親しみを込めて『さん』付けしていると情が移る。つまり自分でも知らぬ間に尊敬する気持ちが芽生えてしまうんだ」

「そういうものですか」

「そうだ。共産党にしろ人民党にしろ、指導者は一筋縄ではいかない者たちだ。逆に感化されることだってある」

真野がすかさず問う。

「これまで、そんな事例はあるのですか」

「公安の歴史は浅いので、逆スパイになった者はいない。というか――、いないと思う。だが暴力団に潜入した者にはいる」

「どうしてですか」

二人が同時に問うた。

「酒と女と薬だ。よほど強固な意志を持っていない限り、その誘惑には勝てない」

沢崎が悲しげな顔をする。きっと同僚か顔見知りが落とされたのを知っているのだろう。

沢崎が顔を引き締めて続ける。

「だが酒と女と薬が、政治思想に置き換えられないとも限らない。そうでなければレーニンのロシア革命だって毛沢東《もうたくとう》の共産革命だって成功しなかったはずだ」

――それは一理ある。

瀬長ら人民党の主張が自分の心に楔《くさび》を打ち始めているのを、貞吉は感じていた。

「だからこそ、君たち二人が選ばれたんだ」

――どういうことだ。

真野にも何のことだか分からないらしく、首をかしげている。

「真野はアメリカ生まれの女性で、東は奄美諸島の生まれだ。つまり生粋の沖縄人ではない。だからこそ、今の沖縄を客観的に見られると思ったのだ」

――そうか、われわれを琉球警察初の公安に選んだのは東京だったのか。つまり米国人に愛着があり、また政治思想に冷静になれる女性である真野と、沖縄でも差別されているがゆえに、沖縄の政治的熱狂から一歩引いた立場を取れるシマンチュの俺《おれ》だから選ばれたというわけか。

ようやく二人が選ばれた理由が分かってきた。

「つまり君ら二人は、表の顔は琉球警察の一員だが、裏の顔は警視庁の一員だ」

「双方の命令や指示が齟齬《そご》を来《きた》した場合、どちらの指示に従えばよいのですか」

「言うまでもなく、こちらの指示だ。それは米軍の意向だと思っていい」

――つまり警視庁も琉球警察も米軍の支配下にあるのだ。

すべてが明らかになってきた。共産党が人民党と相通じた時、警視庁公安部と琉球警察が別の命令系統であってはうまくいかない。米軍や警視庁の上層部は、それを見越しているのだ。

「われわれも君たちに大いに期待している。その期待を裏切らないでほしい」

沢崎の目が光った。

それからは共産党や人民党がいかに恐ろしい敵であり、日本の安定した現状を覆す存在なのかを、入れ代わり立ち代わり現れる公安のベテランたちから、二人はさんざん刷り込まれた。

「いいか。共産主義は一党独裁で、民衆に対して絶対的な隷属を強いる。極めて強い思想統制を行い、それに異論を唱えれば、有無を言わさず殺される。なぜだか分かるか。皆が同じ考えでなければ統制が取れなくなるからだ」

またベテランの一人は、こうも言った。

「共産主義というのは理想論だ。だから政治思想にうぶな奴は、すぐに取り込まれる。だが君らがそうなれば、危険に晒されるのは同僚になる」

夜になってようやく解放されたが、その後に赤ちょうちんに連れていかれた。むろんそこでは仕事の話は一切せず、世間話に終始した。おそらく懐柔が目的なのだろう。

こうしたことから、貞吉にも今回の急な上京の意味が分かった。

――これは、われわれをつなぎ止めておくためのカリキュラムの一つなのだ。

沢崎たち警視庁公安部が、沖縄の情報を摑んでおきたいというよりも、貞吉と真野が逆スパイにされないための教育の一環だったのだ。

別れ際、沢崎は「君らの帰りの便は明後日の午前便にした。明日一日、東京の発展を見ておけ」と言った。

突然そう言われても、行きたいと思う場所はすぐに思いつかない。しかしホテルで寝て過ごすのも退屈だ。真野と一緒に銀座や浅草といった観光地を回るのも気づまりだが、今後の円滑な人間関係を考えれば、誘うだけ誘っておこうと思った。

帰りのタクシーの中で、真野に「君は明日どうする」と問うと、真野は「東京の友達と会うわ」と答えた。

――東京の友達か。

その言葉で貞吉は、自分にも一人だけ「東京の友達」がいることを思い出した。

二

擦《す》り切れたガクランの上にマントを羽織り、角帽の下に無精髭《ぶしょうひげ》を生やした若者たちが、下駄を鳴らして闊歩《かっぽ》していた。

——ここが学生の町、早稲田《わせだ》か。

都電を降りた貞吉は、学生の中を縫うようにして待ち合わせ場所の大隈《おおくま》講堂の前に出た。

——立派なものだな。

写真で見たことはあるが、「私学の雄」と呼ばれるだけあって堂々たる佇《たたず》まいの建物だ。

「おい、貞吉！」

その時、背後で声がした。

「朝英《ちょうえい》、久しぶりだな！」

二人は再会を喜び、抱き合わんばかりに互いの肩を叩《たた》き合った。

しばらく見ないうちに、朝英の顔からはあどけなさが消え、黒々とした無精髭を伸ばしているためか、精悍《せいかん》さが目立つようになっていた。そのガクランは道行く学生たちに負けないくらい擦り切れており、その履く革靴も革が剝《は》げ落ちている。マントを翻し、学生たちの間を颯爽《さっそう》と歩く姿も堂に入っている。

——郷に入れば郷に従えか。

誰よりも早稲田の学生然としたその姿形に、貞吉は感嘆するしかない。

「積もる話は後だ。まずは校内を案内しよう」

朝英の案内で校内に入ると、通りの中央に大隈重信《しげのぶ》像があった。それが誰だか貞吉は知る由もないが、朝英が丁寧に教えてくれた。

校内では何人かの学生が、ガリ版刷りのチラシを配り、何かの演説をしている。無理に押し付けられた一枚には、「レッドパージ反対！　警察は無実の人々を即刻解放せよ！」と下手な朱字《しゅじ》で書かれていた。

そのチラシを見ていると、朝英ものぞき込んできた。

「ああ、そのことか。かつてGHQがあった頃《ころ》、レッドパージといって共産党員の追放が行われたんだ。ところが共産党員でなくても、共産党のシンパだとか、彼らの主催する集会に出たとかいう罪で、教師や公務員は教職を追放され、一部は刑務所にぶち込まれた。今でも公職に復帰させてもらえない人々がいて、学生たちは怒っているんだ」

GHQこと連合国軍最高司令官総司令部は昭和二十七年（一九五二）まで存続していたが、それを引き継いだ日本政府は在日米軍やその背後の米国政府の顔色をうかがい、ドラスティックに政策を変えていくことをしない。つまり公職を追放された者たちの復帰は認められず、刑務所にぶち込まれた者も釈放されていない。

「こんな話を警察官のお前にしても迷惑だよな」

「いや、そんなことはない」

朝英は、貞吉が警察官なのは知っていても公安とまでは知らない。

感心したように校舎群を眺めていると、朝英が「俺の下宿に行って酒でも飲もう」と言って歩き出した。

正門を出た二人は、そのまま新刊書店や古本屋の並ぶ広い通りを歩いていった。

「ここが鶴巻《つるまき》通りだ。戦前はもっと雑然としていたらしいが、空襲で焼け野原となって、戦後になってから街並みが整理されたそうだ」

それでも鶴巻通りには、随所に下宿屋が立ち並び、「入居者募集」の札が下がっている。また窓が開け放たれた雀荘《ジャンそう》からは麻雀牌《マージャンパイ》をかき混ぜる音が、ビリヤード場からは玉を弾《はじ》く音が聞こえてくる。食堂、銭湯、居酒屋も軒を連ね、どの店も盛況らしく、学生が出たり入ったりしている。

「こっちだ」

中華料理屋の脇《わき》の路地を入った朝英は、しばらく迷路のような狭い道を行き、一軒の下宿屋の前で止まった。

「ここが俺の住む光明荘《こうめいそう》だ」

曇りガラスに「光明荘」と書かれた引き戸を開けると、脱ぎ捨てられた靴や下駄が溢《あふ》れていた。その悪臭が凄《すさ》まじい。

「靴や下駄は、それぞれの下駄箱に入れるようにと、大家からは厳しいお達しが出ているんだけどね。誰も守る者はいない」

そう言う朝英さえ、その場に革靴を脱ぐとそのまま框《かまち》に上がった。

「失礼します」と言ってから、貞吉もそれに倣《なら》う。

二人は廊下を軋《きし》ませながら奥に向かった。部屋のいくつかは開け放たれており、ちらりと見ると、上半身裸でステテコを穿《は》いた若者が、寝転んで難しそうな本を読んでいる。

「ここは玄人《くろうと》下宿と呼ばれ、最初から下宿屋として造られた建物なんだ。でも下宿屋が足らなくてね。今は素人《しろうと》下宿といって一般の家屋まで下宿屋になっている。さあ、ここがわが家だ」

朝英が鍵《かぎ》の掛かっていないドアを開けた。

「広さは四畳半。便所は共用だが、調理場と流しは専用だ」

「さすが朝英だな。部屋が片付いているじゃないか」

「お前が来るから片付けたのさ」

朝英は、「まあ、座れ」と言って染みだらけの座布団を勧めた。

「学生生活は楽しそうだな」

窓の外からは、校歌か応援歌をがなる声が聞こえてくる。

「ああ、楽しいことは楽しいが、まともには眠れないので耳栓をしている」

「夜もこんな感じなのか」

「もちろんだ。昼も夜も変わらん。静かなのは早朝だけさ」

そう言いながら、朝英は体をひねると押し入れの奥から一升瓶を取り出した。

「テーブルの上に置いておくと、誰かに飲まれちまうんでね。こうして隠しておくんだ」

うれしそうに「奄美」とラベルに書かれた黒糖焼酎《しょうちゅう》を取り出した朝英は、割れ茶碗《ちゃわん》にそれを注《つ》ぐと貞吉の方に押した。

「まずは再会に乾杯だ」

自らの茶碗にも焼酎を注いだ朝英は、アメリカ人がよくするように茶碗をぶつけてきた。

それに応《こた》えた貞吉は、「乾杯」と言って一口飲んだ。

「島の味だな」

思わずため息が出る。

「ここで飲めるなんて驚きだろう。島の人が持ってきてくれたんだ」

貞吉が飲み干すと、朝英が再び注いでくれた。

「そうだ。出前を取ろう。何が食べたい」と問われたので、貞吉は「ラーメンでいい」と答えた。

朝英が出前を頼みに行っている間、本棚の背表紙を見て回った。政治学やマルクス経済学といった本が大半だが、本と本の間に二つ折りになった一枚のチラシが挟んであった。何の気なしにそれを手に取ると、政治集会のチラシのようだ。

――民主青年同盟主催の集会か。どこかでもらって、栞《しおり》代わりに使おうと本棚に挟んだんだな。

そう思って戻そうとしたところ、チラシの裏の走り書きが目に入った。

その内容を読めば、朝英が集会に出て熱心にメモを取っていたと分かる。

――何だこれは。

そこには、「最後まで戦い抜かねばならない」と書かれ、そこに下線が二本も引かれている。

――奴は何を考えているんだ。

その時、廊下を小走りにやってくる足音がした。貞吉は慌ててチラシを元の場所に戻した。

「出前を頼んできたぞ。今日はどうする。泊まっていくか」

「いや、明日の午前便で帰るので、ラーメンを食べたら失礼するよ」

「そうか。残念だな。次はもっと時間があるといいな」

「ああ、何とかする」

やがて二人は届けられたラーメンを食べながら、ひとしきり思い出話に花を咲かせた。

時を忘れて語り合っていたが、ふと腕時計を見ると九時を指している。

「そろそろ帰る」

「そうか。仕事がんばれよ」

「ああ、お前も学業に精進しろよ」

貞吉が二人分のラーメン代を置くと、朝英は「いいのか」と聞いてきた。

「曲がりなりにも、俺は給料をもらっている。学生さんに奢《おご》るのは当然だ」

「すまんな」

その言葉から、朝英がぎりぎりの生活をしているのが察せられた。

「駅まで送る」という朝英に、「その時間を勉強にあてろ」と言い残し、貞吉は光明荘を出ていこうとした。すると玄関口まで追い掛けてきた朝英は「待て」と言うや、半分以上残った焼酎の瓶を差し出した。

「持ってけよ」

「馬鹿だな。明日帰るんだぜ」

「それでもいい。ほかにやるもんがないんだ」

「だからといって――」

そこまで言って貞吉は黙った。朝英の気持ちが痛いほど分かるからだ。

貞吉は笑みを浮かべると言った。

「では、もらっておく。でも一人ですべては飲めないので、残りは捨てることになるだろう」

「それで構わん。逆に飲みすぎて明日の飛行機に乗り遅れるなよ」

「分かってるよ。じゃあな」

「また来いよ」

貞吉は一升瓶を提げながら都電の駅へと向かった。

別れ際に一度だけ背後を振り返ると、朝英が手を振っていた。それに笑って応えた貞吉だったが、あのチラシを見てしまったことが、いつまでも心の片隅に引っ掛かっていた。

――心配することはない。朝英は他人に感化されるような男ではない。

そう自分に言い聞かせると、貞吉はチラシの裏に書かれた走り書きを忘れることにした。

三

沖縄に戻った夜、まだ早かったので泉《いずみ》の経営する「エメラルド」に顔を出すと、なんとカウンター前のスツールに島袋令秀が座っていた。

「あっ、隼人《はやと》さん！」

「よう、令秀じゃないか」

振り向いた令秀の顔に笑みが広がる。カウンター内にいる泉が意味ありげにうなずく。

貞吉は驚きを鎮め、さも当たり前のように令秀の隣に座ると、泉はさりげなく外に出ていった。ドアに掛かっている札を「Closed」にしてくれたのだろう。

「ようやく帰ってきたんですね」

「ああ、さっき戻ったばかりだ。子供の頃に可愛《かわい》がってくれた婆《ばあ》ちゃんが死んじまってね。ねんごろに葬ったよ」

偽りの故郷の奄美本島の作り話をしながら、外から戻ってきた泉にビールを注文する。

「隼人さんには、帰る場所があっていいな」

「何を言っている。君にもあるだろう」

「首里《しゅり》の実家なんて帰りたくないですよ」

令秀が父母の悪口を言う。

「だからといって、お父さんやお母さんは、ここまで君を育ててくれたんだ。大切にしなければならないぞ」

「隼人さんは学校の先生のようなことを言うんですね。マスターは今、『だったら家を出て自立したらどうだ』と言っていましたよ」

「マスター、令秀を煽《あお》ったら困りますよ」

「そいつは悪かったね」

三人は声を合わせて笑った。

ひとしきり世間話をしていると、唐突に令秀が切り出した。

「実は――、僕には行きたいところがあるんです」

――まさか東京か。

だが、令秀の口から出てきた言葉は意外なものだった。

「僕は宮古島に行きたいんです」

宮古島は沖縄本島の南西約三百キロメートルにあり、沖縄生まれの人間でも行ったことのある者は少ない。

「ほう、なんで」

「瀬長さんがいるからです」

――そうだった。宮古島には瀬長亀次郎が収監されている。

昭和三十年（一九五五）一月十二日、瀬長は宮古島へ移送されていた。

東京に行っていたこともあり、貞吉はそのことを忘れていた。

「君は瀬長さんに会いに行きたいんだな」

「はい。これまで僕は単なる使い走りでした。だから瀬長さんと話をすることなんてありませんでした。でも宮古島に行けば、お会いしていただけるんじゃないかと思うんです」

「それは難しいかもしれんな」

「どうしてですか」

――待てよ。これはチャンスじゃないのか。

貞吉の脳裏に閃《ひらめ》くものがあった。

刑務所から脱走することで、令秀は人民党から叱責《しっせき》され、それからは使い走りもやらせてもらえていないようだ。その信用を回復し、再び人民党の末端に復帰させるには、何らかの策が必要だ。そのアイデアを令秀の方から出してきてくれたのだ。

研修での教えの一つが思い出される。

「小さな穴をこじ開けよ。こじ開けられた者だけが宝の山を見つけられる」

貞吉は前言を翻した。

「いや、よく考えると不可能ではないかもな」

「そうでしょう。刑務所には面会という制度があります。琉球警察に面会の申請をすれば、許可が下りるはずです」

「これまで人民党の誰かが面会に行ったのか」

「兄貴の話だと、親族以外の面会の申請は、すべて却下されたようです」

令秀は兄というか細い線で、まだ人民党とつながっていた。だが令秀の話によると、兄は人民党の集会に出る程度で、人民党の活動に積極的に協力しているわけではないらしい。

――やはり兄貴にわたりをつけるのはだめだ。令秀を瀬長のお気に入りにするしかない。

公安としての使命感が、貞吉の胸底からむくむくと頭をもたげてきた。

「それなら、面談するための理由が必要だな」

「そうなんです。それが思い浮かばないので、隼人さんにお知恵を拝借したいんです」

――高校生というメリットを生かせば、何とかなるかもしれない。

警察側の手続きについては簡単に通せる。USCAR《ユースカー》も認めてくれるはずだ。要は人民党側に怪しまれずに、令秀を面談させる手立てを整える必要がある。

「そうだ。確か君は高校で新聞部に所属していたな」

「はい。最近は活動をさぼってばかりですが――」

「高校生の新聞インタビューなら、警察が通してくれるかもしれないぞ」

「なるほど、その手がありましたね。でも顧問の先生は及び腰になるかもしれません」

「それなら君が直接申請すればよい。学校など恐れるに足らないんだろう」

貞吉は令秀の誇りを刺激してみた。

「その通りです。われわれの新聞は学校側の制約を受けません」

「その意気だ。何事もやってみなければ分からない」

「でも、宮古島まで行く手立てがありません」

沖縄から宮古島への定期船はなく、漁船をチャーターするか、何かの用事で宮古島に行く船に乗せてもらうしかない。

「手立てならあるぞ」

カウンターの中でグラスを拭《ふ》いていた泉が会話に加わる。

「それは本当ですか」

令秀の顔が輝く。

「俺は港湾関係に知り合いがいるので、宮古島に行く船を見つけて無賃で乗せてもらえるようにしてやる」

「どうして、そこまでしていただけるんですか」

「話を聞いていて、君の情熱に打たれたんだ」

「ありがとうございます」

貞吉が念を押す。

「まずは許可を取らねばならない。申請の仕方は知っているな」

「はい。それは調べておきました。それでできれば――」

令秀が言葉を濁す。

「何だよ、はっきり言えよ」

「隼人さんも一緒に来てくれませんか」

――いいぞ。そう来なくっちゃな。

行ったことのない島に行くのだ。十六歳の令秀としては心細いに違いない。おそらく誘われるとは思っていたが、誘われなかった場合、どうやって一緒に行こうか考えていた矢先だった。

「それはちょっとな」

「やっぱりだめですか。そうですよね。隼人さんには仕事がありますからね」

「いや――」

貞吉がにやりと笑う。

「しょせん俺は大島ドッコイだ。決まった仕事なんてない。宮古島には行ったことがないから、行ってみたい気もする」

「でも隼人さんは、働かないと生活費が稼げませんよね」

「その心配は要らない。奄美に帰って親類にねだって、たんまり金を借りてきたからな」

むろん口から出まかせだが、高校生の令秀には通じるはずだ。

「そうだったんですね。それはよかった」

貞吉が泉に目配せすると、泉がうまく応じた。

「よし、船便は調べといてやる。今日はもう帰んな」

「はい。宿題もしなければなりませんからね」

令秀はスツールから降りると、出入口に向かった。

「しっかり勉強しろよ」

令秀が飲んだのはコーラ一本なので、泉が「お代は要らないよ」と言って送り出した。

その後、泉の知恵を借りつつ今後の段取りを決めた貞吉は、深夜になってから「エメラルド」を後にした。

——これで瀬長亀次郎への道が開けるかもしれない。

東京で反政府勢力への敵愾心《てきがいしん》を植え付けられてきたこともあり、貞吉は人民党への反発を強めていた。

警察への手続きはすぐに終わったものの、宮古島への渡航は三月になった。というのも令秀の春休みに合わせねばならないからだ。令秀は一刻も早く行きたがったが、貞吉の意を受けた泉から、「三月下旬の船なら乗れるそうだ」と言ってもらったので助かった。

三月でも沖縄の海は十分に暑い。貞吉と令秀の二人は半袖《はんそで》姿でデッキに寝ころび、海風に当たっていた。

「いい船便を見つけてもらえましたね」

「そうだな。宮古島へ生活物資を運ぶ定期便なら、何とか潜り込めるということで、マスターが手配してくれた」

宮古島の人口は八島合わせて約七万人もいるので、生活物資の補給船も一千トン級になる。

「マスターには感謝ですね」

「ただし生活物資の積み下ろしは手伝わねばならない」

「分かっていますよ。でも、めんどうくせえな」

「そう言うなよ。俺だってめんどうだよ」

二人は蒼天《そうてん》に届けとばかりに笑った。

「それで、瀬長さんに何を聞くのか考えてきたかい」

「はい。まず今の待遇や日々の生活についてですね」

「そうだな。そこから始めるのがいい」

「それから祖国復帰と土地防衛についてです」

「そうだ。沖縄にとって独立と解放ほど大切なことはない」

「その通りです。いつまでも沖縄だけが足枷《あしかせ》をはめられているような現状を、われわれは瀬長先生と共に打開していかねばなりません」

長くなった髪を風になびかせながら力説する令秀を見ていると、貞吉は後ろめたい気持ちになってきた。

――そんなことではだめだ。

東京にいる沢崎らのいかつい顔を思い浮かべてみたが、後ろめたさは変わらない。

警察側のロジックは明確だった。

日本は戦争に負けた。そのために自国を守る軍隊を持てなくなった。だが戦勝国のアメリカは、新たな仮想敵のソ連や中国から太平洋を守らねばならない。つまり日本を防波堤にせねばならなくなった。そのためには基地が必要になり、最も都合のいい場所にある沖縄が選ばれた。

——日本政府としては、「沖縄の人々には気の毒だが、堪《こら》えてもらわねばならない」といったところなのだろう。

沢崎はこうも言った。

「合衆国政府には植民地的野心は微塵《みじん》もない。不安定な国際情勢の下では、日本を守るために太平洋の前線基地が必要だ。それゆえ米軍の駐屯は致し方ないことなのだ」

——無条件に米軍の要求を受け容《い》れることが、本当に致し方ないことなのか。

だが沢崎の言っていることが、大半の日本国民の考えなのだ。

貞吉は、警察の資料庫に籠《こ》もって読んだ瀬長亀次郎の演説記事を思い出していた。

その中に、こうした一節があった。

「日本政府が無条件降伏によって受諾したポツダム宣言には、『民主主義の復活強化を阻む一切の障害の除去』『言論、宗教、思想の自由と基本的人権の確立』『軍国主義の一掃と平和的かつ民主的な日本の建設』が謳《うた》われている。しかしそのどこにも『占領軍は絶対無限で全く制約を受けない権力を持つ』とは書かれていない。占領軍総司令部にもＵＳＣＡＲにも日本国憲法を守ってもらわない限り、日本にいてもらうわけにはいかない」

——瀬長さんの発言は筋が通っている。

世の中が筋論だけで動かないのは、貞吉にも分かる。しかし沖縄だけが、いつまでも敗戦の責任を背負わされているような現状には不条理を感じる。

「隼人さん、何を考えているんですか」

頭の背後で腕を組み、空を見ていた令秀が問うてきた。

「あっ、いや、死んだ婆ちゃんのことを思い出していたんだ」

「本当ですか」

「なぜそんなことを聞くんだ」

「今、隼人さんはとても厳しい顔をしていました。そんな顔で優しい婆ちゃんのことを思い出しているわけがないでしょう」

——令秀は賢い。しかも成長している。侮《あなど》ってはだめだ。

貞吉は己を戒めた。

「図星だな」

「では何を考えていたんですか」

「瀬長さんのことさ」

本土に住む大半の日本人は沖縄の苦しみを全く理解していないと、貞吉は語った。

「その通りです。僕もそう思います。でも、どうしてそこまで知っているんですか」

「港で働いていると、たまに内地の新聞を読む機会があるんだ。もちろん古新聞さ。その中で沖縄のことに触れている記事に出会うことなんてめったにない。本土の連中は沖縄を生贄《いけにえ》に差し出し、それで戦争を忘れ去ろうとしているんだ」

「隼人さんも勉強しているんですね」

令秀が感慨深そうに言う。

「当たり前だ。俺だって字くらいは読める」

「でも漢字は苦手だって言ってたでしょう」

令秀が高らかに笑う。その屈託ない笑顔を見ていると後ろめたさが募る。

「さて、もうすぐだぞ」

鬱屈《うっくつ》した気持ちを振り払うように、貞吉が明るく言うと、令秀は緊張してきたのか、前方に見えてきた島々を黙って凝視した。

沖縄本島泊《とまり》港を午後五時に出港した船が、宮古島の平良《ひらら》港に着いたのは翌日の午前十一時だった。二人は荷揚げ仕事を手伝うと、瀬長が収監されている刑務所に向かった。

四

間近に見る瀬長亀次郎は、奇妙としか言えない容貌《ようぼう》の持ち主だった。背丈は沖縄人の平均よりやや低いが、顔は骨張っている上に長い。額は広く髪の毛は後退し始めている。とくに異様に高い頬骨《ほおぼね》と長い顎《あご》は、個性的な顔の多い沖縄人の中でも珍しい。

窓一つない面会室は、天井から裸電球が垂れ下がっているだけで薄暗い。その中に、机が一つと椅子《いす》が三つ置かれていた。その一つに瀬長が腰掛け、対面の椅子に令秀、そのやや後ろの椅子に貞吉が座った。さらに二人の背後に一人の刑務官が立つ。

令秀がもじもじしながら自己紹介すると、事前の打ち合わせ通り、貞吉を「協力者」という形で紹介してくれた。

「君は教師ではないんだね」

「はい。一介の労働者です。島袋君の情熱にほだされ、ここまで来ました」

「そうか。いずれにせよ二人ともよく来てくれた。こちらに移送されてから、ほとんど誰ともしゃべっていないんで人恋しかったんだ」

令秀は緊張のあまり答えられない。そのため貞吉が代わりに答えた。

「そうでしたか。さぞご苦労なさっているんでしょうね」

「ああ、私には胃痛の持病があってね。食べ物にも注意しなければならんのだが、そんなもんに刑務所は頓着《とんちゃく》してくれん。それで致し方なく食べられるものだけを口に入れているよ」

瀬長はガリガリと言っていいほど痩《や》せていた。というのも瀬長は胃下垂症の上に十二指腸潰瘍《かいよう》を併発しており、食餌《しょくじ》療法の必要があったからだ。後に医師の指示があるまで、瀬長は一般の囚人と同じものを食べねばならなかった。

貞吉が背後から令秀の肩をつつく。

「おい、しっかりしろ」

「あっ、はい」

「そんなに緊張しなくていいんだよ」

瀬長の言葉で、ようやく令秀は落ち着きを取り戻した。

「では、取材を始めさせてもらってもよろしいですか」

「もちろんだ。何でも聞いてくれ」

一つ咳払《せきばら》いすると、令秀が最初の質問を発した。

「ここでの暮らしはいかがですか」

背後の刑務官が咳払いする。瀬長に対して「待遇について文句を言うな」と警告を発しているのかもしれない。

——負けるな、令秀！

貞吉は心中でそう叫んだ。

「快適だよ。毎夜、壁が壊れている部分から鼠君《ねずみ》がやってくるんだ。そのおかげで睡眠中に手や耳をかじられるので安眠できない。そこで私は一計を案じた。壊れている壁の近くに残飯を置いたんだ。すると私の体はかじられなくなった。だから今は快適さ」

瀬長が刑務官に聞こえるように、皮肉たっぷりに言った。

「そ、それでは沖縄が置かれた現状についてどう思われますか」

瀬長が背筋を伸ばす。

「われわれは戦争に負けた。だからといって『負けたんだから仕方がない』と言っていたらだめだ。戦争をしたのは東京の政府であり、沖縄人ではない。われわれは勝手に巻き込まれ、故郷の地を戦場にされた。それがようやく終わったと思ったのも束の間《つかま》、沖縄だけがすべてを奪われた。そんな理不尽なことなどあってたまるか。われわれは戦争に負けて親兄弟を殺された上、土地まで奪われたんだ。これでは戦争で死んでいった者たちも浮かばれない。おっと、高校生向けの話なのに熱くなってしまったな」

瀬長が人懐っこい笑みを浮かべる。

「お怒りはご尤もです。では、これからどうしていくつもりですか」

「まずは、土地の強制収用を認めないことから始める」

昭和二十八年（一九五三）、沖縄に「土地収用令」なるものが公布された。これは地主が米軍との間に賃貸契約を結ばないと言っても、基地建設のため、米軍は土地を強制的に取り上げることができるという理不尽な法令だった。これにより突然、人々の暮らす土地に有刺鉄線が張られ、ブルドーザーが運び込まれ、家屋はなぎ倒され、ターブックワ（美田）は蹂躙《じゅうりん》された。

それを土地所有者が押しとどめようとすれば、米兵の銃剣によって脅された。しかも翌年、アイゼンハワー大統領は、日本政府に何の了解も取らずに「アメリカ合衆国は沖縄を軍事基地として無期限に保有する」と宣言した。しかも土地の使用料を一方的に「一括払い」とし、その後の支払いは発生しないという常識では考え難い措置も取られた。こうした措置は、主権国家に対して考えられないことだったが、当時の日本政府は反論一つしなかった。

瀬長の声音が熱を帯びる。

「今後も増えるはずの米軍による土地の買い上げや一括払いには、断固反対する。すでに基地化してしまった土地については、合理的な算定に基づく金額を認めさせ、一年ごとに使用料を支払わせる。米軍による家屋取り壊しなどの損害は、持ち主の要求する適正な金額を補償する。さらに不要となった土地は元の持ち主に返還し、新たな土地の収用は行わせない。これらの原則を米軍に認めさせることから始める」

人が変わったかのように熱弁を振るう瀬長に、二人は圧倒されていた。

――これが瀬長亀次郎か。

その理路整然とした論理、分かりやすい内容、そして一歩も引かない意志の強さ、これらが瀬長という人物を形成していた。

「米軍には、もはや一坪たりとも土地を渡すわけにはいかない。われわれは、日本復帰の前に米軍の実質的支配から抜け出さねばならない。日本政府に対しても、もう沖縄を政治的交渉に利用させない断固たる決意が必要だ。沖縄は沖縄人のためにあることを、内地の人間に知らしめねばならない」

岩塊のような顔に汗を浮かべながら、瀬長は語る。もちろん自分の弁舌に酔うようなセンチメンタリズムは持ち合わせていないので、顔色を変えずまくしたてるだけだ。

令秀の問い掛けと瀬長の答えが一段落した時だった。

「君はどう思う」

瀬長の視線は令秀を通り越し、貞吉に据えられていた。

「私、ですか」

「そう、君だ。これからは君のような青年が、島袋君のような少年を指導していかねばならない」

「いや、私は島袋君と親しいだけで、とくに政治的信条など持ち合わせていません。だいいち私は単純労働者ですから」

瀬長が首を左右に振る。

「謙遜《けんそん》することはない。大学教授だろうと労働者だろうと、同じ沖縄人だ。皆がそれぞれの考えを持ち、意見を発信していく。そこからすべてが始まるんだ」

瀬長が自らに言い聞かせるように言う。

「われわれ一人ひとりは小さい。小さすぎる。戦時中のように米軍が機銃掃射すれば、何の抵抗もできずに殺されるだけだ。だがいかに米軍だろうと、八十万の沖縄人は根絶やしにはできない。沖縄人全員が声を大にして正当な権利を主張すれば、米軍でさえたじろぐ。そんな世の中を実現するために、これからも私は闘っていく」

令秀を見ると、机に突っ伏して泣いていた。あまりの感動にどうしていいか分からないのだ。

「島袋君、今の君は一人の高校生にすぎない。だが信念を持って勉学に励むことで、君は瀬長亀次郎を超えていける」

「先生を――、超えていけるなんて――」

令秀が顔を上げる。その瞳《ひとみ》は涙に濡《ぬ》れて輝いていた。

「いや、超えていかねばならん。君ら若者が私の築いた礎の上で、新たな闘争を繰り広げるのだ。そうすれば米軍はいなくなる。君らが老いれば、そのバトンを次の世代に渡していけばよい。その繰り返しによって、いつの日か沖縄を沖縄人の手に取り戻すのだ」

その時、貞吉たちの背後に立つ刑務官の洟《はな》をすする音が聞こえた。仕事で陪席している刑務官でさえも、瀬長亀次郎という男の熱に圧倒されているのだ。

――この人は尋常ではない。

瀬長の話を聞いていると、貞吉の胸奥《きょうおう》からも、燃えるような何かが噴き上げてくる。

――だめだ。俺は警察官じゃないか。

それを捻《ね》じ伏せようと貞吉は懸命になっていた。

「君も苦しいんだな」

その言葉は貞吉に向けられていた。一瞬どきっとしたが、貞吉はすぐに立て直した。

「はい。苦しいことばかりです」

「その苦しさは、どこから来ている」

「私は奄美大島出身のシマンチュで、働いても働いても得られるものは少なく、先の見通しが立ちません」

「沖縄の労働者の低賃金は、米軍と琉球政府がもたらしたものだ。君が希望を持って生きていくためにも、ウチナンチュもシマンチュも力を合わせて米軍を追い出さねばならない」

「はい。その通りです」

令秀が机を叩く。

「瀬長先生、僕も闘います」

「島袋君、君は学生だ。勉学を修めてからでも闘うのは遅くない」

「しかし――」

瀬長が慈愛の籠もった眼差《まなざ》しを向ける。

「君は焦らなくていい。今は勉学に励むのだ」

そこまで話した時、刑務官のかすれた声が背後から聞こえた。

「面会時間の六十分が経《た》ちました」

「分かった。ありがとう」と答えて、瀬長が二人の背後にいる刑務官に頭を下げた。

瀬長が立ち上がるのに合わせて、貞吉と令秀も椅子を引いた。

「瀬長先生、何でもお手伝いさせて下さい！」

「分かった。しばらく待つのだ。きっと君の出番が来る」

「は、はい」

「隼人君とやら」

瀬長が鋭い眼光を貞吉に向ける。

「島袋君を頼むよ」

「もちろんです。瀬長先生の教えを忘れず、しっかり勉強させます」

「そうだ。では、またな」

瀬長は相好を崩すと、刑務官に腕を取られて面談室から出ていった。

茫然《ぼうぜん》としてその後ろ姿を見送る令秀を横目で見つつ、貞吉も言葉では表せないような感動に包まれていた。

――俺もアダンの茂みに囚われてしまうのか。

アダンとは亜熱帯から熱帯にかけて生育する植物の一種で、高さは二メートルから六メートルにもなり、極めて密集した群落を作る。そのため群落の中に人が踏み入ると、方向が分からなくなり、出られなくなることがある。

――俺はどこへ行くんだ。

もはや貞吉には、自分の果たすべき役割どころか、自分の行き先さえ分からなくなっていた。

五

昭和三十年（一九五五）三月、瀬長亀次郎の謦咳《けいがい》に接したことは、貞吉にとって大きな衝撃だった。瀬長の言っていることはまさに正論であり、しかも「米軍排除」とか「沖縄独立」といった過激な言説ではなく、沖縄の土地を少しずつ住民の手に取り戻していこうという現実的なものだった。

だからこそ貞吉の心に波紋が広がった。瀬長が過激な理想主義者だったら、貞吉は敵愾心をかき立てられたことだろう。しかし瀬長は至極まっとうな運動家だった。

この一件をきっかけにして、いっそう瀬長に傾倒した令秀は、学校が終わると毎日のように図書館に通い、瀬長に関する過去の新聞記事や論説を読みふけるようになった。そして夕方になると「エメラルド」に行き、その日に仕入れた知識を熱く語るのが習慣になっていった。

そのため貞吉は、公安が最も苦労する「接点の確保」と「フェイスタイムの増加」という難題を容易にクリアすることができた。

その日も令秀は力説した。

「沖縄の面積は日本全体の百七十分の一にすぎません。しかしその狭い土地に、米軍基地の多くが集中し始めているのです。これほどの不条理はありません」

令秀が「エメラルド」のカウンターを叩く。酒を飲んでいないにもかかわらず、令秀は熱くなることが多い。それが若者特有の病なのを、貞吉は十分に知っていた。今の沖縄が置かれている状況に悲憤慷慨《ひふんこうがい》する己の姿に、令秀は酔っているのだ。

「おいおい、物事には順序というものがあるんだ。瀬長さんも『まずは、土地の強制収用を認めないことから始める』と言っているだろう。もっと現実的になれよ」

貞吉がたしなめたが、令秀は熱くなるばかりだ。

「このままでは沖縄の中に基地があるのではなく、基地の中に沖縄があるようなことになります。しかも米軍は私有地を半ば強制的に取り上げ、ただ同然の借地代しか払っていません。このままいけば、沖縄にはろくな産業が育たず、いつまでも貧しいままです。こんなことでいいんでしょうか！」

「おいおい、静かに頼むよ」

マスターの泉が嫌な顔をする。ほかの客もいるので、それがポーズだけとは言えない。

「いいか、令秀」

貞吉が重ねてたしなめる。

「お前の気持ちは分かる。だが今更どうなるもんじゃない。基地の建設は日々刻々続いているんだ。それを強制的にやめさせる力は、俺たちにはない」

「そういう事なかれ主義が沖縄をだめにするんです！」

「事なかれ主義じゃない。現実論だ」

「現実論なら現実論でいいんです。でも隼人さんたち大人は皆、訳知り顔でそういうことを言うけれど、誰も具体的な方策を打ち出せないじゃないですか。現実論に立脚するなら、その前提で対策を練るべきです！」

その時、一組だけいた客が立ち上がった。

「マスター、お愛想」

「ああ、申し訳ありません。店がおごりますから、もう少しいて下さい」

「いいよ。青臭い話を聞かされるんじゃたまらんからね」

二人の客の顔には笑みが浮かんでいたが、気分を害しているのは明らかだった。

マスターは「料金は要りません」と言って平身低頭している。客は「また来るよ」と言って出ていったが、その顔には「もう来ない」と書かれていた。沖縄には腐るほど同じような店があり、少しでも嫌なことがあれば、別の店に行けばいいだけだ。

客を送り出した泉が戻ってくると、令秀は椅子を降りて頭を下げた。

「マスター、すいません」

泉がため息をつく。

「仕方がないな。ほかに行き場もないだろうから、出入り禁止にはしないでやる。だが今日はもう帰れ。家に帰って少し頭を冷やすんだ」

「はい。そうします」

貞吉がマスターに目配せすると言った。

「一緒に行こう」

「でも、うちは遠いのにいいんですか」

「構わない」

マスターも調子を合わせる。

「そうだな。隼人、そうしてやんな」

「じゃ、こいつの分も含め、料金は給料日までつけといて下さい」

泉が笑ってうなずく。

店を出た二人は首里に向かって歩き始めた。ここから歩くとなると優に一時間は掛かる。そうなると令秀の帰宅が九時を過ぎてしまう。

「タクシーに乗ろう。そのくらい払ってやる」

「いいですよ。僕は歩きたい」

「じゃ、勝手にしろ」

それでも貞吉は、令秀を家まで送ろうと思っていた。公安として作業員と少しでも一緒の時間を作りたいからか、未成年を送らねばならないという義務感からなのかは、自分でも分からない。

二人は繁華街を抜け、まれにしか車が通らない未舗装道路を首里に向かった。

令秀がポツリと言う。

「あれから、たくさんの本や雑誌を読みました」

「ああ、そのようだな」

「沖縄を除く日本は今、戦後復興から経済成長を遂げようとしています。新聞には様々な指標が載っていますが、そのどれもが前年対比で倍以上になっています。ところが沖縄はどうですか。

米軍基地という足枷によって産業は育たず、いつまでも貧しいままです。つまり沖縄を除く日本全土で『世替わり（ユーガワイ）』となっているのに、沖縄だけが取り残されているのです」

琉球語で時代のことを「ユー（世）」、替わることを「ガワイ（替わり）」という。

――本土は沖縄を踏み台にして成長しているのだ。

かつて沖縄には豊かな農地が広がっていた。それが今は米軍基地が広がり、その間を縫うように道が走っている。言うまでもなく基地は何も生み出さず、その土地が経済的に成長することはない。

――本来なら別の光景が広がっていたはずだ。

むろん農地が大半だったろうが、主要道路沿いには多くの工場もでき、そこに雇用が生まれ、沖縄の人々は豊かな暮らしを享受《きょうじゅ》できたに違いない。

令秀が声を大にする。

「僕は、かつての沖縄を取り戻したいんです。今、沖縄は土地も海も空も米軍に奪われ、土地の整備計画も町作りも独自にできません。鉄道さえ通っておらず、車の運転ができなければどこへも行けません。軍用機の頻繁な離着陸時の轟音《ごうおん》は学校の授業を妨げ、港さえも自由に使わせてもらえません。われわれは人材や産業が育つ基盤さえ奪われているんです。それだけならまだしも、われわれは米兵の犯罪の危険に晒されています」

米軍の進駐以来、米兵の犯罪は後を絶たない。とくに婦女暴行は数多く、民家に押し入ってまで日本人の女性を犯す事件が頻発していた。だがUSCARは見て見ぬふりを決め込み、犯人を逮捕しても本国に送還し、「対象者不在」を理由に裁判さえ行わずに一件落着させていた。

「こんな無法が許されるんですか」

「日本は戦争に負けたんだ」

「沖縄は負けていません！」

「だが日本は負けたという現実からは逃れられない」

「だとしたら、日本に属していた限り、負けたということ。日本からも米国からも独立したらいいじゃないですか！」

車のヘッドライトに照らし出された令秀の目は、沖縄の海のように澄んでいた。

令秀は明らかに自分の弁舌に酔っていた。だがそこからは、過激な思想の萌芽《ほうが》が感じ取れる。

「馬鹿なことを考えるな」

「どこが馬鹿なんですか」

「独立などしても、米軍を追い出すことなんてできやしない。そんな運動をすれば、沖縄は今より虐《しいた》げられることになる」

「だからといって、いつまで泣き寝入りすればいいんですか。もうこんなことはたくさんだ！」

令秀の言う通りだった。

「では、どうしたらいい」

「たとえ小さな声でも声高に叫び続けるんです。あきらめてしまってはだめです。僕がこうした話を父や兄にしても『お前は知らないが、これまでも皆で戦ってきたんだ。でもだめだった。今更どうにもならない』などと言います。でもあきらめたら、その時、本当の敗戦が待っているんです」

沖縄人は熱しやすく冷めやすい。何かに怒った時の瞬発力は強いが、中長期の戦いは苦手だ。そうした沖縄人気質を学んだＵＳＣＡＲは、何事も即座に拒否するのではなく、受け容れるふりをして何もしないといった方法を取るようになった。

通り過ぎる車のヘッドライトが令秀の顔を照らす。その顔は追い詰められた獣のような必死さが表れていた。

「僕は生涯をかけて沖縄を取り戻す運動に身を投じます。軍隊などいない平和な島を、われわれの手に取り戻したいんです！」

令秀が立ち止まって続ける。

「なぜ沖縄だけが、いつまでも戦争のつけを払い続けねばならないんですか。なぜ日本政府は沖縄を生贄に差し出し、そのまま沈黙しているんですか。あまりにひどい。ひどすぎます！」

その時、通り過ぎる車の一台が、激しいクラクションを鳴らしていった。夜遊び帰りの米兵の一団に違いない。

「うわっ！」

それに驚いた令秀が、貞吉の胸に飛び込んできた。

期せずして二人は抱き合っていた。

「心配要らない。脅かしただけだ」

貞吉が令秀を放そうとしたが、令秀は放さない。

「隼人さん――」

ちらりと令秀の顔を見ると、まだ貞吉を見つめている。

――どういうことだ。

「隼人さんは、どうしてそんなに僕のために親身になってくれるんですか」

貞吉には答えようがない。

「どうして、そんなに僕のことを――」

令秀が貞吉の胸に顔を埋《うず》めた。若者特有の甘い体臭が、暖かい夜気に乗って漂ってくる。

――なんてこった。

全く予想もしなかった展開に、貞吉はどう対応したらよいか分からない。

「隼人さんは僕のことが好きなんでしょう。ねえ、きっとそうですよね」

――誤解するなよ。俺はお前を作業員にしたいだけなんだ。

本音を言えばそういうことになる。だがそれを口にしてしまっては、何もかも終わりだ。

「隼人さん、答えて下さい」

――どうする。

貞吉は同性愛者ではない。これまで何人かの女性と肉体関係を持ったこともある。だが心の中に住む公安としての貞吉が囁《ささや》く。

――これほどのチャンスはない。

その一方、高校生の心を弄《もてあそ》ぶわけにはいかないという、大人としての理性も働く。

「僕には分かっています。こんなに僕のことを考えてくれる大人に出会ったことなんてありませんから」

――そういうことなんだな。

沖縄の大人たちは生活を再建し、食べていくのに精一杯で、子供のことなど構う者はいない。ましてやその話に耳を傾け、親身になって世話を焼いてやる大人など皆無に近い。だからこそ令秀のように感受性の強い少年は、日々孤独を感じているのだ。

――つまり、そこが勘所なのだ。

貞吉は「令秀の孤独を深め、自分だけが寄り添っていることを印象付ければ、令秀は非の打ちどころのない作業員になる」ことに気づいた。

——だが、令秀の気持ちを弄んでいいのか。

まだ迷いはあったが、公安の貞吉が理性の貞吉に勝った。

貞吉がかすれた声を絞り出す。

「その通り、好きだよ」

心にもない言葉が口をついて出た。

令秀が目を閉じて顔を少し上に向けた。令秀は貞吉より背丈がやや低いので、男女と同じような体勢になってしまう。

「うれしい。うれしいです」

——それは無理だ。

通り過ぎていく車のヘッドライトが二人を照らしていく。令秀は映画の一シーンのように思っているに違いない。

貞吉は令秀を抱き締めながら、その髪を撫《な》でた。

「もう行こう」

「えっ、どうして」

「俺たちは同志だ。今はそれを大切にしたいんだ」

——令秀の思いを同志愛にすり替えねば。

それをうまくやっていかないことには、令秀との関係も断絶してしまうかもしれない。

「同志、ですか」

その声には失望の色がにじんでいた。

「君は沖縄を取り戻したいんだろう」

「そ、そうです」

令秀がゆっくりと体を離した。

「沖縄を――」

貞吉が大きく息を吸ってから言った。

「俺たちの手に取り戻そう」

「やりましょう。きっとできますよ！」

先に立って歩きだした令秀の後ろ姿には、誰かに愛されているという喜びが溢れていた。

――俺は何てことをしたんだ。

だが転がり続ける石を止めることは、もうできない。

「やろう」と言って令秀の横に並んだ貞吉は、その肩を抱き寄せた。

令秀が貞吉の肩に頭をもたせかける。それが嫌ではない自分がいることに、貞吉は新鮮な驚きを感じていた。


――何をやっているんだ！

貞吉は公安としての自分を取り戻そうとした。

「最近、人民党の手伝いはしていないのかい」

「していませんね。あの連中は、瀬長さんがいないと何もできないんです」

「だからといって、いつまでも背を向けているわけにもいかないだろう。皆で力を合わせて戦っていくのに合法的な政党は必要だ」

「そうですね。でも――」

「罵倒《ばとう》されて追い出されたことが気になっているのか」

「そうなんです。あの時――」

令秀が口惜しさを言葉ににじませる。

「僕は口惜しかった。あの連中は事務所で偉そうなことばかり言っているだけで、何もしないくせに――」

「大人なんてそんなもんさ。瀬長さんの言葉を町の隅々まで届けていたのは君だったんだろう。それはみんな知っている」

ヘッドライトに照らされた令秀の顔が明るくなる。

「見ている人は見ているんですね。人民党の広報員の渡久地《とくち》さんからも、そう言われました」

「そうか。それならその渡久地さんとやらを通して幹部に謝罪し、また活動を再開したらどうだ。瀬長さんが戻ってくるまでに地ならしをしておくことも必要だ」

瀬長はいまだ宮古島の獄につながれているが、特赦を求める陳情活動は続いており、いつ何時、釈放されるか分からない。

「渡久地さんは人民党内では下っ端なので頼りになりません」

「でも戦争には駆り出されたんだろう」

「はい。沖縄戦で砲弾を前線に運んでいたと言っていました」

「じゃ、その人は本物だ」

こうした場合は断言することが大切だ。

「どうしてですか」

「たいていの大人は、敵と戦ったとか、敵を何人殺したという話ばかりする。その大半は嘘《うそ》だ。

でも渡久地さんは『砲弾を運んでいた』とだけ言っていたんだろう」

「はい、そうです。『戦争は怖かった』とも言っていました」

「きっと渡久地さんは、自分のことを嘘で飾らない気骨のある人物だ」

「ええ、無口ですが一生懸命ガリ版を刷っています」

「よし、渡久地さんに仲介してもらい、幹部に謝罪しろ」

令秀は何も答えない。

——人民党に戻ってもらわねば困るんだ。

このまま令秀が人民党と切れたままでは、相手をしている意味がない。

「君は沖縄を取り戻したいんだろう」

「それはそうですが——」

「だったら踏み出さねばならない。確かに役立たずどもに謝罪するのは口惜しいだろう。だが男なら、大局に立って考えるんだ。謝罪くらい大事の前の小事だ」

「それなら一緒に来て下さい」

「何を言っているんだ。君はもう高校二年生だろう。いわば一人前の大人だ。自分の始末は自分でつけねばならない」

令秀が俯《うつむ》き加減になって何か考えている。

気づくと、道の左右に家や店が目立ち始めた。知らないうちに首里の市街地に入っていたのだ。

「分かりました。やってみます」

「それでいい」

その後、令秀を家の近くまで送った貞吉は、複雑な気持ちを抱えたままタクシーに乗って那覇《なは》市街に戻っていった。

六

下宿に戻ると、大家の文字によるメモがポストにあり、「エメラルド」の泉に電話するように書かれていた。

――至急連絡請う、か。

貞吉は警察の寮に住んでいない。後をつけられることも考えられるからだ。夜間に何か緊急の連絡がある場合、深夜まで営業している「エメラルド」に連絡するよう、上司にあたる谷口亮仁警視には伝えてある。

自室に入らずに近くの電話ボックスに向かった貞吉は、「エメラルド」の番号を回した。

「泉さんですか。東です」

「ああ、よかった。谷口さんから緊急連絡だ。署に来てくれとのことだ」

「こんな時間に――」

「ああ、俺にも詳しいことは分からない」

「分かりました。ありがとうございました」

電話を切った貞吉は通りに飛び出すとタクシーを拾い、那覇署に向かった。

谷口から話を聞いた貞吉は、かねてからの危惧《きぐ》が現実となったことを覚《さと》った。

「真野とは全く連絡が取れないんですか」

「ああ、ここ二日間、定時連絡も入らず、実家にも帰っていない」

真野が何らかの事件に巻き込まれた確率は高い。

「どこか心当たりはないんですか」

「ない」と答えて谷口が首を左右に振る。

「どこに行くとか、聞いていないんですか」

「私も細かい報告までは受けていない。君こそ何か聞いていないか」

「聞いていません」

谷口が言い訳がましく言う。

「私だって、彼女の行動すべてを把握しきれない」

「当然のことです。公安は自らの責任で自らの安全を確保せねばなりません」

「そうか。分かってくれるな」

谷口が救われたような顔をする。

「何か手掛かりはないんですか」

「奴しかいない」

奴というのは、真野が作業員に仕立てようとしていた大嶺敬章のことだ。

「大嶺はどこにいるんです」

「分からない。この島のどこかにいるはずだが、われわれは奴の所在を摑んでいない」

谷口が図らずも使った「われわれ」という言葉に、貞吉と真野が含まれていないのは明らかだ。

――公安とは、そういうもんだ。

東京の研修でも公安は孤独な仕事だと聞いていた。しかも貞吉と真野の二人は、普段からほかの警察官と親しく接していないので、そういう扱いになるのは致し方のないことだ。

「大嶺の所在は全く摑めていないんですね」

「ああ、全くだ」

「では、真野の身柄を保護することを最優先に考えてもいいですか」

「どういうことだ」

谷口の顔に不審の色が浮かぶ。

「蛇《じゃ》の道は蛇《へび》です。闇社会の事情通に問い合わせます」

「金は出せんぞ」

「分かっています。相手の望む条件で折り合いをつけます」

「条件――」

「何かを見逃すとか、そういった類《たぐい》のことです」

少し考えた末、谷口が答えた。

「いいだろう。一刻を争うことだ」

「ありがとうございます」と答えて、部屋を出ようとする貞吉の背に、谷口の声が掛かる。

「東君、これからは、こうしたことが起こらないようにしてほしい」

――何だって。われわれだって懸命にやっているんだ！

怒りを抑えて貞吉が答える。

「分かりました。これからは互いに互いの身を守りながら動きます」

「それでいい。私も辛い立場なんだ。私はここに詰めているから、真野の居場所が分かったら連絡してくれ。もちろん夜勤の連中と一緒に私も駆けつける」

「よろしくお願いします」と言って谷口を一瞥《いちべつ》すると、貞吉は音をたてて部屋のドアを閉めた。

――真野は生きるか死ぬかなんだぞ。そんな時に自分の保身か。しょせん二人は厄介者なのだ。だが、得体の知れない異物を抱え込まされた谷口の苦衷《くちゅう》も分からないではない。

署を出る前に、貞吉は電話を取ってダイアルを回した。

呼び出し音が二つ鳴っただけで、相手が出た。

「はい。『カルメン』」

「ああ、あんたか。よかった」

「まさか、サツの兄さんかい」

「ああ、そうだ。ミスターKはいるかい」

「何さ、私に用じゃないのね」

女のからかうような笑い声が、受話器越しに聞こえてくる。

「そのうち用もできるさ。今日はミスターKに用がある」

「分かったわ。内線で聞いてみるから待ってて」

そう言うと電話は待機音に変わった。

ほんの数十秒のはずだが、気が遠くなるような時間が流れる。

「君か」

「はい。いつぞやお世話になった東貞吉です」

「何の用だ」

「ある女を探しています」

「私は行方不明者まで知らんぞ」

「まずは、話を聞いてもらえませんか」

沈黙が垂れ込める。何かの罠《わな》と警戒しているのかもしれない。

「いいだろう」

ようやくKが返事をした。

「君を信じよう」

「ありがとうございます」

受話器に向かって一礼すると、貞吉はゆっくりとそれを置いた。

七

安里《あさと》十字路でタクシーを降りた貞吉は、人目を避けるようにして「カルメン」に向かった。

中に入ると、あの時と同じように煙草《タバコ》と体臭の交じったような臭《にお》いが立ち込め、耳を覆いたくなるばかりのソウルミュージックが流れていた。

視線で例の女性に合図すると、共に裏に向かった。

裏通りには、あの時と同じように饐《す》えた臭いが立ち込めていた。

「あんた、また来たんだね」

「ああ、ミスターKに用ができたんでね」

「話は通っているから勝手に行きなよ」

「すまんね」

そう言って背を向けた貞吉に、女は言った。

「約束は守ってよ」

「約束って何だ」

「飲みに来るって言ったよね」

「そんな約束をした覚えはないが、めったなことで警察官を誘わない方がいい」

女は笑い声を残して店の方に消えていった。

貞吉が外階段を上がってノックをすると、「入れ」という声が聞こえた。

「失礼します」

前回会った時と変わらず、Kは回転椅子に座り、出入口に背を向けていた。その右手には葉巻が握られている。だがその香りは前回とは違う。

「葉巻を変えましたね」

「ああ、よく覚えていたな。これまでは『コイーバ』というブランドの葉巻を吸っていたんだが、この前、泊港に着いた船がこいつを運んできた。『ロメオ・イ・フリエタ』というチャーチル愛用の葉巻だ。どうだ、やるかい」

Kが右手の葉巻を高く掲げる。「ロメオ・イ・フリエタ」とは「ロミオとジュリエット」のスペイン語読みだ。

「私は葉巻はやりません。遠慮しておきます」

「そうか。一本一万円近くする上物だ。俺だって一日に二本しか吸わない」

「それなら、なおさら味の分かる方が吸った方がいいでしょう」

「それもそうだな。ところで女を探しているそうだな」

Kが唐突に本題に入った。

「ええ、少しばかり厄介な女でね」

「お前のコレか」

Kが小指を立てる。横からネオンの光を浴びているので、指の先までよく見える。

「残念ながら違います。もっと厄介な女です」

Kがため息をつく。

「サツの『もぐり』をしている女が消えたってわけか」

「もぐり」とは潜入捜査のことだ。

「早い話がそういうことです」

「サツの総力を結集して探せばいいだろう」

「ドジな連中が騒げば、見つかるもんも見つかりませんよ」

Kが椅子を軋ませて笑う。

「その通りだ。で、権限はもらってきただろうな」

「抜かりはありません」

「では、こちらの条件から言わせてもらう」

——ということは、何か摑んでいるんだな。

何も摑んでいなければ、Kが条件を出してくるはずがない。

「泊港に入る予定のコスタリカ船籍『アルカディア号』の査察をなくしてもらおう」

「荷下ろしはありませんね」

「もちろんだ。沖縄は積み込みだけで、韓国《かんこく》へ行く」

荷下ろしがあると米軍が黙っていない。武器や麻薬が沖縄に出回ってしまうからだ。

「それならいいでしょう。でも何か下ろしたら知りませんよ」

「ああ、沖縄では物資を載せるだけだ」

「それなら約束します」

「そうか。すまんな」

「で、そちらの知っていることは――」

Kが声をひそめる。

「目星は付いている。おそらくあの女だろう」

「女を見たんですか」

「ああ、見てから買った」

――なんてこった。

Kは人買いまでしていたのだ。

戦後の沖縄では、あまりの貧しさから娘を売ることが頻繁に行われていた。専門業者は「仲買人《ナカイリ》」、娘を売ることは「辻売《チージウイ》」と言われた。ここで言う辻《つじ》とは、那覇港からほど近い地にある辻という名の遊郭街から取られている。売られた娘たちは当初、辻などで働かされていたが、警察の取り締まりが厳しくなるにつれ、娘を買った抱親《アンマー》たちは海外へ売り払うようになった。

「特徴を言え」というKに応じ、貞吉が真野の特徴を話した。

「どうやら間違いないようだ。こいつと同じように上物だな」

Kが再び葉巻を掲げる。

「あなたは、人身売買までしていたんですか」

「そうだ。ブローカーが連れてくる訳ありの上玉を香港《ホンコン》の金持ちに売りつけている。それも俺の商売の一つさ」

闇社会の顔役と言っても、やっていることはその辺のヤクザと少しも変わらない。

「だが、女警はまずい」

「女警と知って買ったんじゃないんですか」

「俺も騙された」

「じゃ、渡してもらえますね」

Kがため息をつきつつ言う。

「俺は金を出した。その損失は警察が補塡《ほてん》してくれるのかい」

貞吉が沈黙で答える。

「それが答えか。仲間が誘拐されても冷たいんだな」

「ない袖は振れません」

「じゃ、俺の損失はどうする」

貞吉には答えようがない。

「明朝には船が出る。俺の書いた証明書を持って船に行き、女を請け出してこい。ただし俺の損失となる五千米ドルは、お前が売った奴から取り戻せ」

「つまり恐喝しろってことですか」

そうなると警察官としてではなく、秘密裏に動かねばならない。

「ワルを恐喝するんだ。構わないだろう。締め上げれば金は返してくるさ。それより急いだ方がいいぞ。船が出ちまったら手遅れになる。どうするね」

貞吉がため息をつくと言った。

「いいでしょう。女を請け出したら、大嶺敬章から金を取り戻します」

「何だ、名前まで知っているのか」

「でも、居所は摑んでいません」

「そいつは女が知っているだろう。それより後ろを向きな」

「えっ、どうして」

「これから証明書を書く」

貞吉が出入口のドアの方を向くと、Kは机を開けて紙のようなものを引き出し、何かを書いている。筆の走る音から、Kが万年筆を使って英語を書いていると分かる。

「これでいい。持っていけ」

Kは封筒を滑らせると、再び背を向けた。すでに面は割れているので、サインをする手元を見られたくなかったようだ。

封筒を内ポケットに入れた後、貞吉は問うた。

「船の名は何というんですか」

「香港船籍の『オリエンタル・ルビー』だ。泊港の八号岸壁に着けられている」

「恩に着ます」

出口まで行った貞吉は一つ問うた。

「ところでこうした場合、女は乱暴されているんですか」

「お前は何も知らないんだな」

Kが鼻で笑う。

「乱暴した女を売るのは、この世界で禁じられている。まあ、俺もプロだ。一目見れば乱暴されているかどうかは分かる」

「つまり犯されていないと――」

「気になるのか」

「はい。回されて心神喪失か何かになっていると厄介なんでね」

「その心配はない。だいたい、そんなやわな玉じゃないだろう」

「ええ、そうだと思います。ありがとうございました」

外に出た貞吉は、タクシーを拾うと泊港まで急がせた。

八

港は闇に包まれていた。それでも、そこかしこに停泊している船舶には位置を知らせる常夜灯がついているので、うっすらと港の様子は分かる。

船腹に「オリエンタル・ルビー」と書かれた船は出港準備を始めており、船上では何人かの船員が動き回っていた。

――何とか間に合ったか。

貞吉が船に向かって声を上げようとした時だった。突然、背後からヘッドライトが照らされた。反射的に倉庫の陰に身を隠すと、やってきたのは米軍の払い下げらしき幌《ほろ》付きの「ダッジＷＣ」だった。

この車種はジープよりも一回り大きく、分隊の輸送用に使われていたものだ。貞吉が隠れている場所から見える助手席のドアには、米軍車両を識別する白い星が描《か》かれたままだ。

ダッジは船の前まで来ると停止した。運転席と助手席から二人の男が降り、幌の中から一人の男が飛び降りる。一人が船に向かって懐中電灯を振ると、別の一人がダッジのリアドアを開けた。

男が手を差し出す。中から出てきたのは女性だった。

——しかも四人か。

女たちは怯《おび》えきっており、四人で身を寄せ合って嗚咽《おえつ》を漏らしている。

——人身売買だな。

沖縄は戦場になったため、多くの働き手を失った。そのため、やむなく春をひさいで食べていくしかない女性もいる。たいていは米兵の性の捌《は》け口《ぐち》となるが、中には人身売買の魔の手に引っ掛かってしまう者もいる。

昭和二十九年（一九五四）に琉球政府労働局が発行した『琉球労働』という小冊子には、県内二十七カ所の特飲街《とくいんがい》で働く特殊婦人の総数を二千人前後としているが、実際は一万人以上いたと言われる。彼女たちの中には地縁血縁から切り離された上、無理な借金を抱えさせられ、海外へ売られていく者もいる。そうした者の大半は消息を絶ち、二度と日本の土を踏むことはない。

やがて船上で動きがあり、タラップが下ろされた。そのタラップには船員が一人乗っていて、さかんに手招きしている。男たちは女たちの背を小突きながら、そちらに向かおうとしていた。

——どうする。

相手は三人で、船員も抵抗してくるかもしれない。しかも貞吉の第一の目的は、真野を助け出すことにあるのだ。

——そのためには、あらゆることを瞬時に行わねばならない。

貞吉は頭の中で手順を確かめた。

——やるしかないな。

ホルスターの留め金を外した貞吉は大きく息を吸うと、一歩踏み出した。

「よし、そこまでだ！」

ホルスターから45口径のM1911を抜いた貞吉は、警察学校で習った通り、腰だめで銃撃の構えを取った。

「警察だ。人身売買の現行犯として逮捕する！」

そこにいる全員が一斉にこちらを向く。万が一に備え、ヘッドライトが点《つ》いたままのダッジの陰から声を掛けたので、相手に姿は見えにくいはずだ。

「女たちは逃げろ！」

だが男たちに囲まれた女たちは逃げようがない。

ようやく今起こりつつあることを知った女の一人が逃げようとした。だが男の一人がその腕を摑んだ。女の悲鳴が護岸に当たる波濤《はとう》の音にかき消される。

次の瞬間、貞吉は引き金を引いた。凄《すさ》まじい音が耳をつんざく。

だが貞吉が狙《ねら》ったのは、ダッジのタイヤだった。「プシュー」という間の抜けた音とともにタイヤの空気が抜けていく。

銃撃音に驚き、女たちが悲鳴を上げて逃げ散る。男たちは反射的に女たちを押さえようとするが、空に向けて放たれた第二弾に驚き、その場に立ちすくんだ。

「手を挙げろ！」

一人が手を挙げると、残る二人もそれに倣《なら》った。付近には、女たちが脱ぎ捨てていったハイヒールが散らばっている。

この混乱に気づいたのか、船上では怒鳴り声が聞こえ、人の動きも慌ただしくなった。

――タラップが引き上げられる前に乗り込まなければ。

だが、女たちが逃げきれる十分な時間を稼いでやらねばならない。じりじりと時が過ぎていく。すでにタラップにいた船員は姿を消している。その時、タラップの巻き上げが始まった。

――もう限界だ。

「お前らはラッキーだ。見逃してやるから、さっさと立ち去れ！」

貞吉が空に向かって第三弾を放つ。

反射的に一人が走り出すと、それに二人も続いた。三人は瞬く間に倉庫の陰に消えていった。

逮捕できないのは残念だが、一人でできることには限りがある。貞吉の第一の目的は、船中に囚《とら》われているはずの真野を救い出すことなのだ。

男たちの姿が消えたのを確かめた貞吉は、タラップ目指して駆けた。だがタラップは巻き上げられようとしている。

――一か八かだ！

走りながら拳銃をホルスターに収めた貞吉は、ぎりぎりのところでタラップの端を摑んだ。貞吉の体重が掛かったためか、タラップの動きが止まる。下を見ると、すでに船は岸を離れている。

――落ちたら死ぬかもしれない。

大型船の船腹の脇に落ちると、船底に引き込まれると聞いたことがある。

懸垂《けんすい》の要領で、腕の力だけで自分の体を引き上げる。何とかタラップに片足を掛けることに成功した貞吉は、それを伝って船上に飛び降りた。

次の瞬間、何かが飛び掛かってきた。銃を抜く暇もない。

貞吉は素早く身を入れ替えると、背後からその手首を摑んで捻じ上げた。外国人らしい悲鳴が夜の闇に響く。そのまま手首を放さず相手を押し倒し、その背を踏みつけると、「Raise your hands（手を挙げろ）」という声が聞こえた。

　振り向くと、一人がライフルのような銃を構えており、その背後には何かの武器を手にした船員たちがいる。銃を持つ男は髭面の白人で、船員はアジア人のようだ。

　――抜けばやられる。

　一瞬、ホルスターの銃を抜こうと思ったが、銃を構える白人との距離が五メートルほどしかなく、どんなに腕が悪くても外すことはないと思われた。

　貞吉は素直に両手を挙げた。白人が「銃を取り上げろ」と命じると、アジア人らしき男が近づいてきてホルスターの留め金を外し、貞吉の拳銃を持ち去った。

「警察か」

「ああ、そうだ」

　貞吉は簡単な英語なら話せる。

「そこから飛び込め。運がよければ生きて戻れる」

　すでに船は港を出ていた。はるか彼方に泊港らしき灯が見える。

「It's not a good idea（そいつはいい考えじゃないね）」

　その言葉に船員たちがわく。

「自分の運に賭《か》けてみろよ。それとも、ここで撃たれたいか」

　確かに船の側としては、ここで貞吉を撃って海に捨てれば済む話だ。

　――それでも撃たないということは、人を殺したくないんだろう。それなら話は早い。

　貞吉は早々に切り札を切ることにした。

「あんたが船長か」

「そうだ」

「それならミスターKを知っているな」

船長の顔に驚きの色が浮かぶ。

「今から内ポケットに手を入れて、ミスターKの手紙を取り出す」

そう宣言すると、貞吉はゆっくりとした手つきで内ポケットに手を入れて封筒を取り出した。

そして「取りに来い」と言いつつ封筒を前に差し伸べた。

船長の合図で、アジア人らしき男がそれを受け取って船長に渡した。船長がそれを黙読する。

「ここに書かれているのは本当か」

「ああ、囚われている女は警察官だ。琉球警察が米軍管轄下の警察なのは知っているだろう」

船長の顔に戸惑いの色が浮かぶ。

「俺を殺して女を売れば、米軍が黙っていない。必ずお前を見つけ出す」

実際はそんなことはないのだが、ブラッフは大きいに越したことはない。

船長は決断がつかないらしい。

「ここでボートを一つ寄越《よこ》せ。それで女と俺は港に戻る。お前らは香港でもどこへでも行くがいい。それでディールとしよう」

「よし、分かった」

船長がうなずく。

——助かったか。

貞吉は安堵《あんど》感《かん》から、その場にくずおれそうになった。

やがて船が止まり、女が連れてこられた。

――やはり、ビンゴだな。

「あっ」と言ったきり、真野が目を見開いて貞吉を見ている。

「お目当ての女か」

「ああ、間違いない」

「これでディールだな」

船長が真野の腕を持つと、荒々しく背を押した。真野が貞吉の方に走り寄る。

「なんで、東君がここに――」

「話は後だ」

船長が指示を出すと、救命ボートが下ろされ始めた。

「さあ、これでいいだろう。さっさと行け」

船長がアジア人らしき男に合図し、貞吉に拳銃を返した。

「あんたとは、いいディールができたな。また、会おう」

そう言い残して梯子《はしご》を下りようとする貞吉に、船長が答える。

「It's not a good idea」

二人がボートに降りると、入れ替わるようにボートにいた船員が梯子を上っていった。すぐに梯子が巻き上げられ、「オリエンタル・ルビー」は闇の中へと消えていった。

それを確かめた貞吉が真野に問う。

「さて、どうする」

「キスでもしてほしいの」

「ハリウッド映画なら、そうするだろう」

「いいわ」

真野は笑みを浮かべて貞吉の頬にキスをし、「ありがとう」とだけ言った。

「今日のところは、それで十分だ」

「おつりは要らないわ」

すでに真野は船外機に取り付き、プーリーに掛かったロープを引いている。何度か引いた後、ようやくエンジンが掛かった。

「話は聞きたくないの」

「今はそんな気分じゃない」

気づくと、東の空が白んできていた。海面が濃藍《こあい》色から薄青色に変わっていく。

——何とかミッションはクリアしたな。

貞吉の長い一日が終わった。


軋み音のする重いドアを開くと、いつものようにKが背を向けていた。

「どうやら、うまくいったようだな」

「お陰様で、じゃじゃ馬を取り戻せました」

「ははは、じゃじゃ馬か。そう言えばあの女、何も言わず私をにらみつけていたな」

Kに勧められずとも、貞吉は対面の椅子に座した。

「じゃじゃ馬は、自分が警察官だと口を割らなかったんですね」

「ああ、言わなかった。根性のある娘だ」

「確かに——」

「お前は『オリエンタル・ルビー』を逃がしてくれたんだな。無線が入り、それを知った」

「当然のことです。逃がさなければ、殺されるだけですからね」

「そりゃそうだ」

Ｋが腹を揺すって笑う。

「それで、今日は約束したものをお持ちしました」

貞吉は袋から札束を出した。

「大嶺とかいう小僧を捕まえ、金を奪い返したんだな」

「ええ、そうしないと、ここに来られませんからね」

貞吉と真野は谷口らに内緒で、真栄原新町《まえはらしんまち》の隠れ家に踏み込んだ。寝込みを襲われた大嶺は窓から屋根を伝って逃げ出そうとしたが、真野が追いつき、格闘の末、屋根から蹴落《けお》とした。

その顚末《てんまつ》をＫに話すと、Ｋは腹を抱えて笑った。

「そいつはいい。あの娘がやり返したわけだな」

「ええ、おかげで大嶺はあばらを折って『警察を訴える』と息巻いていましたが、『逮捕しないでやる』と言うと静かになりました」

「そりゃ、お前らは非合法的な活動をしたんだ。逮捕なんてできない」

「もちろんです」

「それで、金はいくらある」

貞吉が札束を滑らせる。

「大嶺も少し使ったので、四千六百ドルほどです。大嶺の部屋を探って見つけました」

「そうか。こんなことが見つかれば首だろう」

「さあ、それはこちらの事情です」

「そうだな。俺には関係ない」

Ｋが声を上げて笑う。

「ますます気に入った」

「足りない分は少しずつ返します」

「それは要らん。手間賃だ」

「ありがとうございます」

突然、Ｋが椅子を回転させた。サングラスを掛けてはいるが、その顔の様子ははっきり分かる。

「よろしいんですか」

「もうお前は抜けられないからな」

「よして下さいよ。私は汚職警官になるつもりはありません」

「それは分かっている。お前に賄賂《わいろ》を渡して便宜《べんぎ》を図ってもらおうとは思わんさ。だが沖縄の治安を維持し、犯罪を減らすために協力し合おうじゃないか。その目的のためなら、私のような闇社会の人間とも手を組めるだろう」

――どうする。

今後の貞吉の仕事を考えると、Ｋの情報網がさほど役に立つとは思えない。

「おそらく、あなたの情報網は、今の私の仕事とは、あまり接点がありません」

「そういうことか。ということは、お前は政治絡みの仕事を担当しているんだな」

「お察しの通りです。むろんヤクザ担当に異動にならないとは限りませんが――」

「お前ならヤクザ担当をしても頭角を現せる」

「お褒《ほ》めに与《あずか》り恐縮です」

貞吉が皮肉っぽい笑みを浮かべる。

「困った時は遠慮なく来い。そして出世しろよ」

「では、また」

「ああ、またな」

Kの部屋を出た貞吉は、飲み屋が軒を連ねる裏町を歩きながら一つ気づいた。

——最初に来た時とは何かが違う。

擦れ違う誰もが貞吉に目を向けようとしないのだ。彼らにとって貞吉は動いている物体にすぎない。

——つまり俺は奴らに同化してきているのか。

沖縄という空間に、貞吉は溶け込みつつあるのだ。

——もはやこの島からは逃れられない。

かつてアウトサイダーだった貞吉だが、今はどこへも行けないことを覚った。

九

昭和三十年（一九五五）九月、石川《いしかわ》市の嘉手納《かでな》海岸の近くで少女の遺体が見つかった。祭りを見に行こうとしていた六歳の女の子が米兵に拉致《らち》され、乱暴された上、絞め殺されたのだ。

由美子《ゆみこ》ちゃん事件である。

事件発生から三日後、車の目撃証言が決め手となり、米軍高射砲部隊のハート軍曹（白人）が逮捕された。米軍法廷はハートに死刑判決を下して米国に送還したが、その後、何の音沙汰《おとさた》もなく、減刑されたか釈放されたことは明白だった。

この凄惨《せいさん》な事件を目の当たりにしても、琉球政府は米軍に軍紀粛正を申し入れることしかできなかった。

由美子ちゃん事件の一週間後、再び米兵による少女強姦事件が具志川《ぐしかわ》村であった。またほぼ同時に、越来《ごえく》村で強姦《ごうかん》未遂事件も起こり、米軍が全く対策を講じていないことが明らかになった。

――そういえば世良の姉も、強姦によって人生を狂わされた一人だったな。

戦後沖縄の宿痾《しゅくあ》の一つが、独身の米兵たちの旺盛《おうせい》な性欲だった。それでも戦後間もない頃は表に出ることはなかったが、昭和も三十年代に入り、世界的に人権が重視され始めると、最も卑劣な行為として糾弾されるようになった。それでも米軍は金で事件をもみ消そうとしたり、有罪判決の出た者を本国に送還したりするだけで、事を収めようとした。

――もはや、それで収まる訳がないにもかかわらずだ。

一連の強姦事件によって、沖縄に住む八十万人の怒りは頂点に達する。すでに米軍による軍用地強制接収をめぐる「島ぐるみ闘争」が始まろうとしており、それが一連の事件によって加速し、戦後初の抗議運動が始まった。

そんな最中の昭和三十一年（一九五六）年四月九日、瀬長亀次郎が釈放される日がやってきた。逮捕から一年半が過ぎ、その途中、亀次郎は宮古島から沖縄本島に移送されていたので、那覇にある沖縄刑務所からの出所となる。

貞吉は令秀に誘われ、沖縄刑務所の前まで行った。すでに刑務所の正門前は黒山の人だかりで、人の肩の間から顔を出して眺めるという状態だった。貞吉より背の低い令秀は、ピョンピョンと跳ねながら刑務所前の様子を見ようとしている。

あれから令秀は、渡久地に頼んで人民党への復帰を遂げていた。令秀によると皆、「過去のことはもういい」と言って水に流してくれたという。瀬長の懲役年数が短縮され、思ったよりも早く釈放されるという情報が入り、人民党が明るい雰囲気に包まれていたのも幸いした。

「隼人さん、中で人の動きがあるようです。いよいよですよ」

令秀の頬は紅潮し、興奮しているのが分かる。

「落ち着けよ」

「これが落ち着いていられますか」

周囲を埋め尽くした人々も、それは同じらしく、誰もが瀬長の登場を今か今かと待ちわびているようだ。

九時十五分、正門の脇にある小さな鉄扉《てっぴ》が開けられ、中から数人の刑務官が姿を現した。それを見た沿道の人々がどっと沸く。「出獄万歳」「民族の父瀬長亀次郎歓迎」「長い獄中の闘いご苦労さん」などと書かれた横断幕やプラカードが揺れる。沖縄各地にでき始めた労働組合の大旗《たいき》がそこかしこで翻り、「わー」という歓声が渦巻く。

そして遂に、白いスーツにネクタイを締めた瀬長が現れた。

皆に手を振りながら瀬長が笑みを浮かべると、群衆から万歳三唱が巻き起こった。それは、はるか彼方《かなた》の沿道を埋め尽くした群衆にまで伝わっていった。

こうした混乱を予想した琉球警察では、あらかじめ刑務官や巡査が一定間隔で沿道に立って群衆を抑えたので、あたかも瀬長の前に花道が開けたかのようになった。

刑務所の鉄扉の前に立った瀬長が大声を上げる。

「皆さん、お出迎えありがとうございました。長らくこのレンガ塀の中に押し込められていましたが、今日ようやく出所しました。今晩七時から県民の皆様にご挨拶《あいさつ》することになっています。その時、祖国復帰のために、今後とも闘い抜く決意に変わりないことをお伝えします！」

群衆の中から拍手と歓声がわき上がる。

この日の夜七時から美栄橋《みえばし》広場で開催される「出獄歓迎大会」で、瀬長は出所後初の演説をすることになっている。

——今、瀬長さんは県民という言葉を使ったな。

沖縄が米軍の統治下にある間でも、瀬長は日記に書く時も発言する時も必ず沖縄県とし、沖縄人を沖縄県民と呼んだ。日本人であり沖縄県民であることは、瀬長にとって絶対に譲れない誇りだった。その点、「沖縄独立」を叫ぶ独立強硬派とは一線を画していた。

——瀬長さんには、「自分は日本人だ」という誇りがある。単なる共産主義者ではない。

貞吉はそのことを確信した。

瀬長は自宅まで歩いて戻ることになっていた。沿道には人が押し掛け、幾重にもなって瀬長に声を掛けて拍手を送っている。その中を左右に手を振り、笑顔を振りまきながら瀬長が行く。

やがて瀬長の背中が小さくなっていった。

「これでいいだろう。さあ、早く学校に行くんだ」

「分かりました。でも今日だけは、先生も大目に見てくれるんですよ」

「いいから、さっさと行け」

「じゃ、夜に美栄橋広場でお会いしましょう」

そう言うと令秀は手を振りながら走り去った。

令秀同様、そこかしこに学生服を着た高校生らしき若者の姿が見られた。政治意識の高い若者たちは、瀬長の釈放が何を意味しているか分かっているのだ。

——これを契機に、また闘争が始まる。それを抑制し、過激な行動に走らせないようにするのが、われわれ公安の仕事だ。

貞吉はそう思うことで、自分の仕事に意義を見つけようとした。

東京で聞いた沢崎の言葉が脳裏に浮かぶ。

「共産党の暴力主義の闘争は、陰に陽に警察や自衛隊を中心とする国家の治安維持機関を弱体化させ、最終的な武装蜂起によって民主主義を破壊しようとしている」

——本当にそうなのか。いや、共産党と人民党は違う。人民党は日本国より強大な米国と対峙《たいじ》しており、武装蜂起などあり得ない。しかも共産思想に毒されているわけでもなく、沖縄を取り戻すために懸命なだけではないのか。

瀬長は、米軍と妥協しながら少しずつ沖縄を取り戻していくという現実路線を唱えていた。だがUSCARは人民党を共産党と同列に見ており、危険分子として取り除こうとしている。その手先こそ琉球警察の公安なのだ。

——俺はどうしたらいいんだ。

幾度となく己に発せられた問いが脳裏を駆けめぐる。だが、その答えが見つからないのは分かっていた。

気づくと沿道の群衆も思い思いの方向に散っていき、先ほどまで人で溢れ返っていた刑務所前の沿道も、随分とまばらになっていた。

貞吉はいったん下宿に戻ってから、美栄橋広場に行くことにした。

美栄橋広場には、立錐《りっすい》の余地もないほど人が詰めかけていた。

それでも何とか令秀と会えたので、群衆に押されながら、二人は仮設舞台のある前方へと進んでいった。やがて壇上の司会者から群衆に、「着座するように」という放送があった。その指示に従い、二人もその場に腰を下ろした。

二人のいる場所から仮設舞台上にある演台までは、相当の距離がある。それでも人民党員たちが後方までスピーカーを設置してくれたので、壇上の声はよく聞こえる。

「凄《すご》い盛り上がりですね」

「ああ、みんな瀬長さんの釈放を待ちわびていたんだ」

「これからどうなるんでしょうか」

「大切なのは、この熱気をいかに持続させるかだ。USCARは瀬長さんを二年ほど投獄すれば、沖縄人の熱気も冷めると思っていた。だが逆に、たまりにたまった熱気は噴出する時を待っていたのだ」

その点では、USCARの思惑は完全に裏目に出た。しかし沖縄人の熱しやすく冷めやすい気質を思うと、この盛り上がりが、いつまで続くかは分からない。

「瀬長さんが沖縄を変えていくんですね」

「ああ、そうなるだろう。あの人の下なら皆はまとまれる。それが大きな力となり、USCARを追い詰めていくことになる」

「楽しみですね。いつかこの島から米軍がいなくなるかもしれないんですね」

――残念ながら、そうはならないだろう。

昨今の国際情勢を顧みると、それは夢物語だった。米国を中心とした自由主義陣営とソ連を中心とした共産主義陣営の対立、いわゆる冷戦は激化の一途をたどっていたからだ。

第二次世界大戦終了後、世界は両陣営に二分された感があった。中国大陸では米国の支援する中国国民党とソ連の支援する中国共産党が内戦を繰り広げたが、共産党が勝利し、昭和二十四年（一九四九）に中華人民共和国の建国が宣言された。一方の国民党は台湾《タイワン》へと追いやられた。

また終戦直後、米ソ間の取り決めにより朝鮮《ちようせん》半島は三十八度線で南北に分断されたが、昭和二十五年（一九五〇）、突如として北朝鮮が大韓民国《だいかんみんこく》へと侵攻を開始し、朝鮮戦争が始まった。当初は北朝鮮が優勢だったが、米国の参戦によって押し返され、昭和二十八年（一九五三）に休戦となった。これにより朝鮮半島は二分され、両陣営が対峙する最前線となった。

長らくフランス領だったベトナムでも独立運動が起こり、ベトナム人たちはフランス人を追い出すことに成功するが、こちらも米ソで南北に分断され、後のベトナム戦争へとつながっていく。

こうした冷戦構造があったものの、一九五〇年代の米国の総生産は世界の四割に上り、まさに覇権国家となっていた。

——その米国に、たった一人で挑もうとしている男がいるのだ。

「あっ、いよいよですよ」

仮設舞台の辺りが騒がしくなると、手を振りながら瀬長が姿を現した。耳を圧するばかりの歓声と拍手が広場全体を包み込む。

右手を軽く上げた瀬長は、マイクに口を近づけると第一声を発した。

「瀬長亀次郎、ただいま帰りました！」

万雷の拍手がそれに応《こた》える。

「さて、世界情勢は混沌《こんとん》としてきています。大国間の覇権戦争は民衆を圧迫し、多くの悲劇が世界各地で生まれています。それでも圧迫された諸国民、諸民族のスローガンは独立です。英米仏など帝国主義諸国のプロレタリアートも、その植民地主義に反対して被抑圧民族の独立を助けねばなりません。ソ連や中華人民共和国などの共産主義陣営の諸国民も、民族の独立を支持することが大切です。したがって圧迫された民族の独立は、世界史的革命スローガンとすべきです。言うまでもなく日本国民は、いち早くアメリカへの従属から離れ、民族の独立を勝ち取るべきです。そのためには沖縄八十万県民は、アメリカの侵略政策の前線基地と化した沖縄の日本復帰と、侵略反対・平和の擁護をスローガンとして高く掲げ、独立と平和を勝ち取らねばならないのです。私は——」

瀬長は一拍置くと、力を込めていった。

「そのために、残りの生命を捧《ささ》げることを、ここに固く誓います!」

そこにいる誰もが立ち上がり、瀬長に割れんばかりの拍手を送った。

——瀬長さんは全く共産主義者ではない。

瀬長が唱える民族の独立とは日本民族全体のことを指し、沖縄だけのものではない。

瀬長の演説は、米軍の一方的な土地収用問題と、劣悪な環境での労働問題、そして米兵の犯罪事件への批判へと続いていった。そのどれにも群衆は同意を示し、そこかしこから「そうだ、そうだ!」という叫び声が聞こえてくる。

最後に「ありがとうございました」と言って一礼した瀬長は、舞台上の来賓《らいひん》一人ひとりと握手を交わしながら、壇上の自席に戻った。

続いて司会者が募金の呼び掛けと閉会を告げる。

「瀬長さんというのは、本当に凄い方ですね」

「そうだな」と答えながら、貞吉が立ち上がる。

「これからどうしますか。僕は事務所の方に行ってみようと思うんですが」

「俺は人民党員でもないし、遠慮しておくよ」

「どうしてですか。党員かどうかなんて関係ありませんよ。沖縄は一つですから」

時計を見ながら貞吉が言う。

「それはそうだが、明日は仕事だしな」

「そうでしたね」

令秀が寂しげな顔をする。

貞吉としては、令秀以外の人民党員に面が割れることだけは避けたかった。

「次の集会の日付と場所が分かったら教えてくれ」

「分かりました」

「明日は学校だろう。早く帰れよ」

「はい、はい」と言って笑みを浮かべる令秀を残し、貞吉はその場を後にした。

十

釈放されるや、瀬長亀次郎は活発に動き出した。その活動がどういう方向に向かっていくのかは、米軍も関心のあるところらしく、五月も押し迫った頃、貞吉と真野凜子に会いたいという申し入れがあった。

二人は谷口と共に琉球政府が入る泉崎《いずみざき》の行政府ビルに出向いた。このビルの一階と二階に琉球政府が入り、三階と四階にＵＳＣＡＲが入っている。

一階と二階には、これまで何度か来たことのある貞吉だが、三階以上に行くのは初めてだった。

「トーマス・S・マーカム大佐にお会いしたいのですが」

受付でそう告げると、フォックス・フレームの眼鏡を掛けた白人女性が、何も言わずに案内に立った。その木で鼻をくくったような態度からは、あからさまな人種差別が見て取れる。

――馬鹿にしやがって。お前が戦って勝ったのか。お前が血を流したのか。

貞吉は憤りを感じたが、フォックス・フレームはわれ関せずとばかりに、ふんわりと広がったスカートを振るようにして前を行く。

一つのドアの前で止まったフォックス・フレームがノックをすると、中から「Come in」という声が聞こえた。

それを確かめたフォックス・フレームは、一人でドアの中に入った。どうやら日本人の来訪者を入れるかどうか確かめているようだ。

すぐに出てきたフォックス・フレームは、三人に入るよう身振りで指示する。結局、フォックス・フレームは最後まで一言も発しなかった。

「失礼します」と言って三人が入室すると、「Thomas S. Markham」と書かれたネームプレートの後ろに座る男は、それまで磨いていたらしきゴルフクラブを持ったまま、「そこに座れ」と顎《あご》で指示した。言うまでもなく「Please」は付けない。

やりとりは英語で行われる。

「いろいろ騒がしいことになってきているようだね」

挨拶抜きにマーカムが問うと、谷口が問い返した。

「人民党の瀬長亀次郎の件ですか」

「ああ、そうだ」

「われわれとしては、少しでも法律に反することをやれば逮捕するつもりです」

「少しでもね――」

マーカムがため息をつく。民間情報教育部（Civil Information & Education Department）の副民政官（Deputy Civil Administrator）という地位にあるマーカムだが、実際は沖縄における米軍の諜報《ちょうほう》活動の全権を握っている。

「この島に共産主義者は必要ない」

マーカムが分厚いファイルを開く。

――瀬長さんは共産主義者ではない。

貞吉は一瞬、躊躇《ちゅうちょ》したが思い切って言った。

「お待ち下さい。われわれが調べたところ、瀬長は純粋な意味での共産主義者ではありません」

マーカムの目が光る。

「おい、やめろ」と谷口が口を挟んだが、マーカムはそれを制して問うてきた。

「その理由を聞かせてもらおう」

「瀬長は共産主義者というより民族主義者です。瀬長は沖縄の日本復帰を望み、沖縄の人々を県民と呼んでいるほどです」

「こいつは面白い。世界のプロレタリアートと共に闘争を呼び掛けている男が共産主義者ではないと、君は言うのか」

「はい。たとえその演説や書き物の中にプロレタリアートという言葉が出てきても、瀬長は民族の独立を唱えているだけであり、ソ連や中国といった共産主義諸国も、民族の独立を支援すべきだと言っています」

この時になって、ようやく貞吉は気づいた。

――そうか。瀬長の演説の訳文に問題があるんだ。

貞吉は勝負に出た。

「ミス真野、君はどう思う」

突然のことに、さすがの真野も息をのんで、すぐに答えられない。

「OK、君がアメリカに住んでいた女性だね。君の意見が聞きたい」

マーカムが優しげに問うと、真野が思い切るように言った。

「ミスター東が言ったように、瀬長は日本の共産党にも配慮してはいますが、アメリカ人の言う共産主義者ではありません」

「No Kidding！（冗談を言うな！）」

マーカムが言下に否定したので、真野が強い口調で言い返した。

「英語訳に問題があるのだと思います」

「そんなことはない。君らは瀬長に洗脳されているんじゃないのか」

マーカムが両手を広げて「あきれた」というポーズを取る。

昭和二十七年（一九五二）八月、民政副長官のビートラー少将が立法院で行った「反共演説」で、「人民党の主義および目的が、国際共産主義の原則および目的と軌を一にしているという疑うべからざる証拠を、本官は持つのであります」と言って以来、USCARは人民党を共産主義者の集団と決めつけていた。それを貞吉が否定したので、マーカムは強く反発したのだ。

真野が結論付ける。

「人民党のメンバー個々の考え方は別として、これまでの演説内容を精査しても、瀬長に共産主義思想はありません」

「だからと言って民族主義者だと言えるのか」

　貞吉が答える。

「瀬長は故郷の沖縄を愛しているだけなんです」

　マーカムが沈黙する。その脳裏には、おそらく彼の故郷の風景が浮かんでいるのだろう。そして己に「お前が故郷を愛するのと同じくらい、瀬長も故郷を愛しているのだ」と語り掛けているに違いない。

　マーカムが低い声で問う。

「瀬長は、この島から米軍を追い出そうとしているのではないのか」

「現段階では、それが困難だと心得ています。だから瀬長は米軍と共生すべく、土地問題にしても労働問題にしても、少しでも状況を改善しようとしているのです」

「本当にそうなのか」

「瀬長は理想主義者ではありません。ベストではなくベターなものを求めているだけなのです」

「分かった」

　マーカムがファイルを閉じる。

「どちらでもよいことだ。実は東京から連絡が入り、日本の共産党が人民党をオルグしようとしているらしい。工作員も送り込んでくるという。まずは、それが誰かを特定し、人民党がどうするかを探ってほしい。それとだ――」

　マーカムの目が光る。

「人民党の資金源を断つ。まずは資金源の調査から始めてくれ」

谷口が「分かりました」と答える。

——いい気なものだな。

谷口は管理者にすぎず、実際に策を考えて動くのは貞吉と真野なのだ。

「以上だ」

マーカムがゴルフクラブでドアの方を差した。「もう行け」という意味らしい。

三人は席を立つと、マーカムの部屋を後にした。

帰りがけにフォックス・フレームの女性に「Thanks」と声を掛けたが、汚物を見るような視線を返してきただけだった。

十一

「——というわけです」

USCARでの顛末を語り終わった貞吉が、ジョニーウォーカーのロックを飲み干す。

泉がグラスを磨きながら問う。

「そのマーカムとやらも、上から命じられているだけだ。瀬長さんが共産主義者じゃないという証拠をいくら突き付けようと、『はい、そうですか』と言って改めることなんかしないさ」

「だからと言って、共産主義者と決めつけて弾圧の対象にすることもないでしょう」

「奴らは敵がほしいんだ。奴らの敵はすべて共産主義者なのさ」

一九五〇年代、日本ではレッドパージの嵐が吹き荒れていた。

日本の降伏後、占領政策を担ったGHQ（連合国軍最高司令官総司令部）は日本の民主化を推進すべく、日本共産党員をはじめとする弾圧されていた人々を解放した。そのため一気に労働運動に火がつき、各地で大規模なデモやストライキが行われるようになった。

それと軌を一にするかのように、中国大陸では共産党が国民党を押しまくり、アメリカ本国では共産主義者に対する脅威論が声高に叫ばれるようになった。その結果、アメリカ本国でもマッカーシズムの嵐《あらし》が吹き荒れ、共産主義者のレッテルを貼《は》られた人々が公職から追放された。多くのジャーナリストや映画人が第一線から弾き出されるという、民主主義国家にあるまじきことが平然と行われたのだ。

「つまり沖縄でも、赤狩りが行われているというわけですね」

「そういうことだ。とくに瀬長さんは、一九五〇年代初頭から労働問題に取り組んでいる。つまり労働者の代弁者と目されているのさ」

「USCARのスポークスマンのビートラー少将は、労働者が政党の支配下で組織化されることは、『政治の自由（政党支持の自由）』を脅かす行為として非難していましたからね」

「そういうことだ。米軍の基地建設が急ピッチで進む中、仕事のない労働者たちは食べていくために低賃金で危険な上、劣悪な労働環境の下で酷使され、さらに人種差別的な扱いさえ受けている。それを少しでも改善すべく、瀬長さんは労働法の制定を目指した。むろん労働法の支配下に米軍を組み込むことが前提だ」

「つまり瀬長さんは、労働者の生活を少しでも改善させるために奔走してきたわけですね。それをUSCARは『人民党主導による労働者の組織化』にすり替え、人民党を共産党と同じだとしたわけです」

瀬長は、米軍関係の施設で働く六万八千余（一九五二年時点）の労働者の基本的人権を守ろうとしただけだった。労働法が制定されれば、労働者は団結権、団交権、罷業《ひぎょう》権が保証され、不当労働行為を訴えることもできる。

「瀬長さんは自由と民主主義を掲げるアメリカを評価していた。だからこそ、それを沖縄にも適用できるはずだと思っていた。だが米国政府は、それを許さなかった」

「われわれが日本人だからですか」

「そうだ。アメリカの若者たちを殺した憎い日本人だからだ。その日本人を叩きのめしたんだから、奴らは人種差別するのが当たり前だと思っている」

「まさにダブルスタンダードですね」

「その通り。それは、異民族や反対意見を言う者を殺し尽くすソ連や中国共産党、そして――」

泉が声をひそめる。

「ナチス・ドイツと変わらない」

「でも人は働かなければ食べていけない。USCARは労働者の足元を見ているわけですね」

「そうさ。日本人を生かさず殺さず、米国のために命の限り働いてもらうだけだ。まさに江戸幕府の農民政策と同じだ」

「支配者は被支配者が多くいなければ豊かにならない。エジプトやローマ帝国の昔から、この構造は変わらないんですか」

「そういうことだ」

泉がため息を漏らした時、突然ドアが開いた。

「なんだ、この店は」

入ってきたのは、明らかにヤクザとおぼしき三人の男たちだった。一人は小柄で、一人は坊主頭、もう一人はヤクザにしては太った男だった。

――戦果アギヤー崩れだな。

その中途半端な姿形は、ヤクザになりきる覚悟のなさを表しているかのようだった。

「いらっしゃいませ」

泉の顔には笑みが浮かんでいたが、目は笑っていない。

「やけに辛気《しんき》臭《くさ》い店だな」

「居心地も悪そうだな」

そう言いながら三人は、五脚しかないカウンター前のスツールの三つを占めた。その端には貞吉が座っている。ほかに客はいない。

「何か作りますか」

泉が卑屈なほど丁重に問う。

「ビールでもくれ」

「はい」と答えて泉がビールを開けてグラスに注ぐ。

「俺たちはこの町を取り仕切っているんだ」

「へえ、そうでしたか」

泉のこめかみに浮かぶ青筋を見た貞吉は、背筋がぞっとした。

「お前はここで店を開いているのに、那覇大城会《おおしろかい》を知らねえのか！」

「はい。存じ上げません」

「知らねえだと！」

坊主頭にアロハシャツの若い男が、カウンター越しに泉の胸倉を摑む。

「お客さん、やめて下さいよ」

そう言いながら泉が男の手首を締め上げる。

「あっ、いたた！」

「てめえ！」

ビール瓶とグラスが倒れる。

「こっちへ来いや！」

太った男がカウンターを大きく回り込んで、中へ入ろうとする。

「お客さん、ここは立ち入り禁止なんですよ」

坊主頭の手首を摑んだまま、泉が太った男の股間《こかん》を蹴り上げた。

「あっ、ぐうう」

太った男がその場にひざまずく。泉は「あーあ、お客さん、こんなところに寝ちまったら困りますよ」と言いながら男をまたいで、カウンターの外に出ようとした。坊主頭の手首を摑んだままだ。

「放せ！」

坊主頭は、体が伸びきったままカウンターを横に移動させられた末、最後には手首を返されて転倒した。

「やるのか、てめえ！」

貞吉がスツールから下りると、坊主頭を助けようとしていた小柄な男が向き直った。

小柄な男は虚勢を張ったが、明らかに気弱になっている。

「おい、てめえら！」

泉がどすの利いた声で言う。

「てめえらは『用心棒料』などと言って、近くの店からみかじめを取っているだろう。この店では、そんなことはさせねえぞ」

「何だと！」

「来るなら来い！」

だが小柄な男は泉の迫力に恐れをなしたのか、その闘志は完全に消え失《う》せている。

「覚えてやがれ！」

そう言うと二人は昏倒《こんとう》した一人を左右から抱え、店の外に出ていった。

泉は黙って割れたビール瓶を片付け始める。

「泉さん、いいんですか」

「ああ、こうでもしないと、奴らは幾度でも金をせびりに来るからな」

「だけど、あの様子じゃ、仲間を連れてくる気ですよ」

「だろうな。久しぶりに暴れてみるか」

泉がにやりとする。

「ここで暴れるわけにはいかないでしょう」

「確かに、それは困るな」

泉が他人事《ひとごと》のように笑う。

「少なくとも、私は傍観させてもらいますよ」

「そうだな。公安の立場からすれば当然のことだ」

「令秀がいなくてよかったです」

「そう言えば、奴はどうした」

「試験だと聞きました」

そんな会話をしていると、突然ドアが開いた。言うまでもなく先ほどの連中だ。急所を蹴られた男だけがいない。

「おい、さっきお前が蹴った男は、救急車に運ばれて病院に搬送されたぞ。治療費を払ってもらおうか！」

坊主頭が勢い込む。

「そうか。じゃ、家宅侵入罪で警察を呼ぼうか」

「けっ、警察なんて来るわけねえだろ！」

事実はその通りなので、苦笑するしかない。

「その野郎もまだいたのか！」

坊主頭が貞吉を指差す。

「おい、お客さんに手を出すなよ」

泉が一歩前へ踏み出すと、二人は下がった。

「俺たちは仲間を呼んできた」

「ああ、そうか。弱い犬ほど衆を恃《たの》むもんだな」

「何だと、この野郎！」

勢い込む坊主頭を制して、小柄な男が言う。

「いい度胸だ。大城さん、お願いします」

チンピラが外に声を掛けると、肩をいからせながら数人の男たちが入ってきた。その背後から、大柄な男がドアをくぐってきた。

「あっ」

「お前は――」

グラスの氷を見つめていた貞吉が顔を上げる。

――なんてこった。

「まさか、泉さんか」

「そうだ」

「こいつは驚いた」

「俺もだ」

その時、大城と呼ばれた男が貞吉の存在にも気づいた。

「あっ、お前は――」

「大城さん、その節はお世話になりました。東ですよ」

「お前も警察をやめたのか」

「大城さんもそのようですね」

大城が左右に言う。

「お前らは帰っていろ」

「えっ、でも――」

何か言いたげな坊主頭の後頭部を大城が叩く。

「いいから、すっこんでろ！」

男たちが引き揚げていくと、店内は三人だけになった。

泉が険しい顔のまま言う。

「大城、お前がヤクザになったのは風の噂《うわさ》で聞いていた。いつかうちにも来ると思っていたぜ」

――そうか。泉さんは大城を呼び寄せるためにやったんだな。

泉は大城がヤクザになったことを知っていた。そこでたまたま「那覇大城会」と聞いて、あえて大城を呼び寄せるためにチンピラを痛めつけたのだ。

「泉警視、いや、今は泉さん、その節はお世話になりました」

「それはいい。だがどうして警察をやめて、こんなことをやっている」

「そいつは聞かないで下さい」

「飲んでいくか」

大城が逡巡《しゅんじゅん》する。

「大城さん」と貞吉が声を掛ける。

「過去のことは水に流しましょう。もう三人とも警察官じゃないんだ」

大城が遠慮気味に問う。

「お前、いや、君は何をやっている」

「基地建設の労働者です」

「それにしては焼けていないないな」

――侮《あなど》れないな。

だが貞吉は、その理由をすでに考えていた。

「内装を主に担当しているんでね。ペンキを塗ったり、壁紙を貼ったりしています」

「そういうことか」

泉が言う。

「大城、お前に説教するつもりはない。だが、いつかはまっとうな道に戻らねばいかんぞ」

「分かっています」

大城が悄然《しょうぜん》と首《こうべ》を垂れる。どうやら泉には頭が上がらないようだ。

「再会を祝して乾杯しよう」

「分かりました。そうさせてもらいます」

泉がビールを開けて、磨き上げたばかりの三つのグラスに注いだ。

「再会を祝して！」

三人がグラスを合わせる。

大城は苦い顔をしてビールを一気に飲み干した。

「ありがとうございます」

「いいってことよ。いつでも飲みに来い」

「は、はい」と答えると、大城はドアの方に向かった。

——時の流れは人を変えていく。よい方に変わる者もいれば、悪い方に変わる者もいる。

貞吉がそう思った時、ドアノブに手を掛けたまま大城が振り向いた。

「東、お前は俺のことを恨んでいないのか」

貞吉は笑みを浮かべ、アメリカ人がするように肩をすくめた。

それを見た大城はうなずくと、店の外に出ていった。

「大城も長くはなさそうだな」

泉が独り言のように言う。

それが沖縄ヤクザの運命《さだめ》なのを、貞吉も十分に知っていた。

十二

令秀が目を見開く。

「えっ、本当ですか。そいつは見たかったな」

「泉さんは強かったぜ」

泉が照れくさそうに言う。

「よせよ。相手はヤクザだ。弱みを見せれば付け入られる。連中は弱い奴からすべてを吸い尽くすが、強い奴には触らないようにする。お前らもよく覚えておけ」

「はい！」と答えて、令秀がコーラをストローですする。

泉が笑みを浮かべて言った。

「それにしても令秀、よかったな」

「はい。今は個人の寄付を募る仕事をしています。先日、瀬長さんと少し話ができたのですが、私のことを覚えていてくれたので、思わず泣いてしまいました」

「それでも令秀、活動資金を集めるのはたいへんだろう」

「そうなんです。これから運動が広がっていくのに資金がついてこないと、会計係の方がこぼしていました」

「そうか。些少《さしょう》ながら力を貸したい」

そう言って貞吉がB円紙幣の百円券を十枚出すと、「俺も出すよ」と言って泉も同額を出してくれた。

「すいません」

それを拝むように受け取った令秀は、大切そうにポケットに入れた。

「必ず本部に届けます」

「そんなことは分かっているさ」

泉が笑みを浮かべて言うと、貞吉が問うた。

「資金集めと言っても、個人の寄付だけでは限界があるだろう」

「そうなんです。でも人民党を支持してくれる民商と呼ばれる方々がいらっしゃるんで、随分と助かっています。私は幹部の方と一緒に民商を回っているんです」

「民商――」

貞吉と泉が顔を見合わせる。

「はい。人民党系民主商工会と呼ばれる非公式の組織で、沖縄で商売している方々のことです」

「そうなのか。それは心強いな。それで、どんな会社が民商なんだい」

令秀は得意げに何社かの名を挙げた。どれも沖縄では名の知れた企業や商店だった。

「そうか。資金的な裏付けがあれば、人民党の活動もうまく回り始めるはずだ」

「そうなんです。これもひとえに瀬長さんのおかげです」

令秀がうれしそうに言う。

「そうだな。あの方は素晴らしい。あっ、もうこんな時間だ。帰った方がいいぞ」

時計を見ると、七時を回っている。

「まだいいですよ」

「帰り道は一時間ほど掛かるんじゃないか」

「バスを使えば二十分やそこらです」

「だが、受験勉強もあるだろう」

令秀がため息をつく。

「そうでしたね。じゃ、帰ります」

一瞬、送ろうかと思った貞吉だったが、迷った末、スツールから下りなかった。

「では、また――」

何かを期待していたのか、ドアの前でもじもじしていた令秀が、勢いよくドアを開けた。

「気をつけてな」

泉の声と同時にドアが閉まった。

「東、うまく聞き出せたな」

「ええ、人民党の資金源を調べるようにと、USCARから指示がありましたからね」

「そうか。活動費を断つことから始めるんだな。つまり兵糧攻めか」

「はい。多額の寄付をした企業の後ろ暗い点、例えば脱税に近い行為、密貿易、闇営業といった不正行為を調べ上げ、摘発していくつもりでしょう」

どの企業も戦後間もない頃にできたものなので、叩けば必ず埃《ほこり》が出てくる。それを琉球政府から指摘させ、人民党シンパ企業の財力を削《そ》ぎ落とし、寄付する余裕をなくしていくというのが、USCARの狙いなのだ。

「今回は令秀の知っていた情報だったが、これからは知らないものも調べさせねばならない。よほどうまくやらないとたいへんだぞ」

「その通りです。どんな理由付けをするか、その都度考えねばなりません」

「どうも、ややこしいことになりそうだな」

「ややこしいこと――」

「ああ、令秀はお前に好意を抱いている」

　泉は見抜いていた。

「どうして、そんなことが分かるんですか」

「あいつの目を見れば分かる」

「さすがですね」

　泉が黙って差し出したジョニーウォーカーのロックを、貞吉が一気に飲み干す。

「それで、どうする」

「どうするって――」

　熱い塊が胃の腑《ふ》の中で揺れる。

「一線を踏み越えなければ、やがて令秀はお前を疑う。愛情が憎しみへと変わっていくことも十分にあり得る。だが――」

「だが、何ですか」

「一線を踏み越えれば、思いのままに操れる」

　――そんなことができるか！

　貞吉は喚《わめ》き出したい気分だった。

「俺は、そっちの方はまともなんですよ」

「それは知っている。だが、すべてはお前次第だ」

「なぜ、そうやって俺を追い込むんですか」

「追い込んではいない。俺はただの飲み屋のマスターだ。だが人間の機微は知っている。愛憎は紙一重だ」

——それでも俺にはできない。

令秀を利用するために、偽りの愛情を持つことなどできない。ましてや性的行為など論外だ。

深い沈黙が垂れ込める。

「そろそろ帰ります」

「ああ、それがいい」

貞吉はB円紙幣の百円券を二枚置くと、酔った頭をふらつかせながら店を出た。

外は雨だった。だが貞吉は濡《ぬ》れるのも厭《いと》わず歩いた。

——これでよかったのか。

いつか令秀が、貞吉の真の姿を知ることも十分に考えられる。その時、令秀がどれだけ衝撃を受けるか分からない。

——それを防ぎ、俺のことを完全に信じさせるには性的関係を持つしかないのか。まさか、それだけはできない。

雨は貞吉の心の中にまで降り込んできた。


瀬長亀次郎の出獄から二カ月が経った六月、「プライス勧告」によって沖縄に動乱の季節が訪れる。

昭和二十九年（一九五四）一月にアイゼンハワー大統領が「沖縄を無期限に保有する」という宣言を出すと、これを元にUSCARは、「軍用地の借地料を十年分一括払いにする（要は永代借地権の設定）」という通達を琉球政府に通達した。これに対し、瀬長ら琉球政府の立法院議員たちが「土地を守る四原則」を決議する。

ちなみに「土地を守る四原則」とは、「一括払い反対（永代使用させない）」「適正補償（住民の望む借地料を一年ごとに払う）」「損害賠償（米軍が土地に与えた損害を償う）」「新規の土地接収反対」の四点で、ＵＳＣＡＲとしては受け容れ難いものだった。

その後、折衝は続いたが、ＵＳＣＡＲが強制的に土地の収用を続けたため、沖縄の住民運動は激しくなり、翌昭和三十年（一九五五）五月、琉球政府は代表団をワシントンに送り、ＵＳＣＡＲの行為を糾弾した。

それを受けて同年十月、現状調査の目的でプライス下院議員を団長とする一行が沖縄にやってくる。琉球政府は公平なジャッジを期待したが、翌年六月「プライス勧告」という報告書が、米国政府に提出されたことに衝撃を受ける。

これはＵＳＣＡＲの軍用地接収を正当なものと認め、土地代金の一括払いも妥当なものとするという一方的なものだった。形ばかりに「借地料の値上げを認める」「新規の接収は最小限にとどめる」といったあいまいな表現が使われていたが、何の効力もないのは明らかだった。

これにより沖縄に火が付いた。「島ぐるみ闘争」が始まったのだ。

沖縄各地で反対運動が巻き起こり、各地の住民大会には二十万人余が参加した。こうした「島ぐるみ闘争」に、ようやく日本でも呼応する動きが出始め、日米安保条約の見直しなどが叫ばれ始めた。

七月二十八日に開催された「四原則貫徹県民大会」には、沖縄の全人口八十万のうち十五万人が集まった。この大会には瀬長も参加し、演説することになっていた。

「隼人さん、すごい人の数ですね」

令秀がうれしそうに言う。

「ああ、沖縄人の怒りが爆発したんだ」

会場となった那覇高校のグラウンドには、数えきれないほどの人が集まり、外であるにもかかわらず、息苦しいほどの熱気が立ち込めていた。

何人かが演説をした後、最後のトリで瀬長が壇上に上がった。

万雷の拍手が巻き起こる。

人々は常に英雄の登場を望んでいる。ヒトラーや毛沢東はそれを悪用し、多くの人々を殺した。

——だがこの人は、多くの人を救おうとしている。

「われわれは一人ですか」

瀬長が第一声で問う。

「いいえ」という声が上がる。

「その通りです。この瀬長一人が叫べば、五十メートル先までは聞こえます。しかしここに集まった全員が声をそろえて叫べば、沖縄全島にまで響きわたります。沖縄県民八十万が叫んだらどうでしょう。太平洋の荒波を越えてワシントンまで届きます！」

「わあー」という歓声が巻き起こる。

「われわれは無力です。米軍が機銃掃射で殺そうと思えば、簡単に殺せる微々たる存在です。でも米軍でも沖縄県民八十万人全員を殺せますか。絶対に殺せません。だからあきらめてはいけません。最後の一人まで叫び続けることで、道は開けるのです」

拍手と歓声は頂点に達し、瀬長の声が聞こえないほどになる。

この後、瀬長は「プライス勧告」がいかに一方的かつ不平等なものかを説き、皆で一丸となって抵抗していくことで、米国政府を動かしていこうと聴衆に語り掛けた。

「私は合法的な手段で闘い続けます。それは長く地道なものになるでしょう。それでも私は、この命が尽きるまで沖縄と共に闘い続けます。どうか皆さんも一緒に闘って下さい！」

「うおー！」という歓声が沸く。遂に全員が立ち上がり、拳《こぶし》を天に突き出した。

瀬長が壇上から下りても人々の熱狂は冷めず、「瀬長、瀬長」と連呼を続けた。

――これは凄いことになる。

聴衆と共に瀬長の名を連呼しながら、貞吉は瀬長を中心として沖縄が変わっていく予感に囚われていた。

――今日という日は、沖縄にとって記念すべき日になるだろう。

貞吉は沖縄の歴史的瞬間に立ち会っていることを実感した。

――だが、これはスタートラインにすぎないんだ。

ちらりと令秀を見ると、汗をかきながら何事か叫んでいる。それは周囲も同じで、集会が終わった後も皆、熱狂と興奮の坩堝《るつぼ》の中にいた。

耳朶《じだ》を震わせるほどの歓声の中、貞吉が令秀に言った。

「令秀、今日という日のことを、よく覚えておけ」

「はい。今日から何もかもが変わるんですね」

「そうとは限らない。これで皆の力が結集されたことは確かだが、米軍が沖縄を手放すとは思えない。これから長く地道な闘いが始まるんだ。おそらくその闘いは、瀬長さん一代では終わらない。きっと君らの世代まで続く」

「そんなに長くなるんですか。そんなことはありません。この勢いで沖縄から米軍を追い出せます！」

――それは無理だ。

貞吉は、沖縄人の熱狂が冷めやすいことを知っていた。しかも今日という日が終われば、食べていくために、誰もが退屈な日常に戻らねばならない。

――それを瀬長さんも知っている。だからこそ、長く地道な闘いを続けていこうと、呼び掛けているのだ。

「令秀、われわれは自分のなすべきことを、日々しっかりと行うだけだ。それが沖縄を取り戻すことにつながる」

閉会が宣言されても、人々の興奮は冷めず、誰もが口々に何かを叫びながら肩を組んだり叩き合ったりしている。

「それはどういうことですか」

「俺は日々の労働に力を尽くす。君は懸命に勉強するんだ」

「それが沖縄を取り戻すことにつながるんですか」

「そうだ。それが瀬長さんの望みでもある」

公安という立場とは裏腹なことを言っている自分に、貞吉は気づいた。

「そうですね。僕は琉球大学に入り、さらに運動に力を入れていくつもりです」

「その通りだ。今、日本でも学生たちが物を言い始めている。それはこの島も同じだ。これからの時代は若者が作っていくんだ」

「はい。隼人さんと一緒に新しい沖縄を作っていきます！」

令秀が屈託のない笑みを浮かべる。

「そうだ。俺たちが明日の沖縄を作るんだ」

令秀に笑みを返しながら、貞吉は喩《たと》えようのないうしろめたさを感じていた。

十三

瀬長亀次郎の戦いは続いていた。

昭和三十一年（一九五六）年十月、琉球政府主席の比嘉秀平《ひがしゅうへい》が心臓発作で急死した。そのためUSCARは主席の座に当間重剛《とうまじゅうごう》那覇市長をスライド就任させることにした。これにより空席となった那覇市長選が行われることになる。

こうしたことを踏まえ、十一月十一日の人民党中央委員会で瀬長の立候補が決定した。

瀬長は「この選挙は売国勢力対愛国勢力の戦いであり、民主革新勢力を結集し、異民族の永久軍事支配を支える売国勢力を打ち破り、日本復帰、『土地を守る四原則』貫徹、主席公選を勝ち取る」ことを掲げ、本格的な選挙運動に乗り出した。

一方、USCARに迎合的な政策を志向する保守勢力の琉球民主党も候補者を立てることになり、その調整に入った。

USCARから警察本部に戻るや、谷口、真野、そして貞吉の三人は、暗い会議室に入った。

谷口がため息交じりに呟《つぶや》く。

「You guys are not working か」

真野が口惜しげに言う。

「君たちは役に立たないという意味です。アメリカでは、皮肉交じりの侮辱を言う時によく使われる言い回しです」

――いい気なものだな。

USCARの強硬な土地政策の影響で、瀬長人気が高まるのは当然だった。それを抑えるための工作をUSCARは琉球警察に押し付けてくるが、抑えようがないのが現実だった。

貞吉は煙草に火をつけると窓際まで進み、少し窓を開けた。心地よい海風が入ってきた。

――もう冬か。

沖縄は南国なので、いつも靄《もや》が立ち込めているような湿気に満たされている。だが冬には空気が澄み、鮮やかな夕焼けに包まれることがある。

貞吉を無視して真野が続ける。

「選挙で瀬長に勝てないと思ったUSCARは、主席の当間を脅し、保守陣営の琉球民主党から統一候補を出そうと躍起になっています。しかし二人の候補の折り合いがつかず、調整は難航しているようです」

琉球民主党では、かつて衆議院議員まで務めた実績十分な仲井間《なかいま》宗一《そういち》と仲本為美《なかもといび》の二人が立つことになりそうだった。というのも保守陣営内では、当間支持派の仲井間と反当間派の仲本の対立が激しく、二分された状態が解消されないまま選挙戦に入ったからだ。

谷口が苛立ちを隠さず言う。

「マーカムは俺たちに『何とかしろ』と言うが、何ができるというんだ」

貞吉が煙草をもみ消すと言った。

「革新陣営は人民党の票だけでは心もとないので、瀬長を統一候補に押し立てるべく、社大党（沖縄社会大衆党）との折衝に入りました。社大党は平良《たいら》辰雄《たつお》と兼次佐一《かねしさいち》の二頭体制ですから付け入る隙《すき》がないこともありません」

「では、どうする」

真野が話を引き取る。

「兼次は人民党と手を組むことに乗り気ですが、平良一派は反対しています。それで平良は自ら立候補したかったのですが、兼次に抑えられ、忸怩《じくじ》たる思いを抱いているはずです」

「つまり、そこに付け入る隙があると言うのか」

「はい。平良が立候補するように仕向けるのです」

「どうやって」

「東京から来た新聞記者を装って近づきます」

「君がか」

「はい。人民党と社大党は日本復帰と主席公選以外に一致点がありません。そこを突いておだて上げます」

谷口がため息交じりに言う。

「それはだめだ。君の面が割れてしまう」

「では、どうしろと言うのですか」

真野が両手を上げ、「お手上げ」とのポーズを取る。

「電話インタビューという形を取り、日本の左派勢力が瀬長を否定し、社大党を支持していると言って激励したらどうだろう」

「それだけでは無理だと思います。とにかく会わせて下さい」

「分かったよ。やってみろ」と言うや、谷口が貞吉に顔を向ける。

「君はどうする」

「瀬長の身辺情報を洗い出します」

「奴を使ってか」

「はい。島袋令秀を使います」

令秀以外に作業員がいないので仕方がない。

「それで何か出てきそうか」

「瀬長は清廉潔白で家族を大切にしています。しかし付け入る隙があるかもしれません」

「金銭面では極貧に甘んじているし、色仕掛けも効かない男だぞ」

「分かっています。人民党の誰かが違法な選挙活動でもしていればいいんですが」

「選挙法違反に問うのか」

沖縄には、日本の公職選挙法のような独自の法があった。

「何しろ瀬長有利の情勢ですから、うまくいくかどうかは分かりません。ただ情報を取り、攪乱《かくらん》するだけでも価値はあると思います」

真野が口を挟む。

「私たちもベストを尽くしますが、瀬長が市長になった後のことも考えておいた方がよいと思います」

「そうだな。だがマーカムにそんなことを言えば、またどやしつけられるだけだ。いずれにせよ社大党は真野君、人民党は東君が担当してくれ」

それで三人の会議は終わった。

その後、真野は東京の新聞記者と称して社大党本部に電話し、幹部との面談を取り付けた。しかし党の方針が決まるまで、一切の情報は漏らせないと告げられた。それでも問うていくと、いろいろ面白い話を聞くことができた。

とくに水面下で、社大党が人民党との共闘を模索し始めているという話は興味深かった。

もしそうなれば革新勢力の結集により、瀬長の勝利は盤石になってしまう。

こうした状況下で、貞吉は一手を打つことにした。

「エメラルド」では、令秀の演説が続いていた。

「今回の那覇市長選は売国勢力を駆逐するための聖戦です。異民族の永久軍事支配から脱する第一歩となるのです。瀬長先生が当選すれば、四原則貫徹、主席公選、日本復帰が実現します」

グラスの中の氷を転がしながら、貞吉が問う。

「でも、社大党とは本当に共闘できるのかい」

「そこなんです。いまだ社大党の方針は定まらないんです」

「そんなことはないだろう。新聞各紙では共闘の線で固まったと書かれている」

令秀が得意げに言う。

「人民党事務所で、幹部の皆さんの話を小耳に挟んだんですが、実際はそんな生易《なまやさ》しいものじゃないんです」

「へえ、そうなのか。知らなかったな」

「まあ、報道される内容と実情は違いますよ」

令秀が物知り顔でそう言うと、カウンターの中から泉が調子を合わせる。

「いやー、令秀は事情通だな。こいつはまいった」

貞吉が調子を合わせる。

「たいしたものですよ」

「やめて下さいよ。僕はお茶を出したり、何かをガリ版で刷ったりするだけですから」

「それでも立派な党員だ」

「ありがとうございます。瀬長さんからも『党員の仕事に貴賤《きせん》はない。胸を張って仕事をしてくれ』と声を掛けられました」

そう言って令秀が実際に胸を張ると、貞吉が問うた。

「一つ気になることがあるんだが――」

「何でしょう」

「当間主席と社大党幹部は、学校時代の知り合いが多いというじゃないか」

「えっ、そうなんですか」

絶妙のタイミングで泉が口を挟む。

「知らなかったのかい」

「いや、知ってましたよ」

令秀が嘘を言っているのは明らかだった。

「例えば――」

泉が名前を挙げて個々の関係を教える。

「だから何だと言うのです」

貞吉が話を替わる。

「俺の職場には当間さんや社大党幹部の知り合いもいる。そこでよからぬ噂を聞いたんだ」

こうした場合、一方的に情報を取ろうとすると警戒される。そこでデタラメでも新聞の片隅に書かれているようなつまらない記事でも、思わせぶりに語ることで、情報のやりとりをしている雰囲気を作ることが大切だ。

「どんな噂ですか」

「当間さんと社大党幹部が、秘密裏に料亭で会っていたというんだ」

「どういうことですか」

「分からん」

貞吉が話を途中で投げ出すと、泉が引き取った。

「政治家の考えていることは、われわれには理解できん。だが当間さんと社大党が陰で手を結ぶ理由はある」

「ど、どんな理由ですか」

令秀の顔色が変わる。

「当間さんが社大党の存在を是認し、その権益を暗に認める。むろん当間さんの背後にはUSCARがいる」

「待って下さい。言っていることが分かりません」

貞吉が令秀に煙草を勧めると、令秀はためらわず手にした。令秀は未成年だが、知らぬ間に喫煙癖がついていた。貞吉も泉も喫煙を容認していた。というのも沖縄の未成年の若者に喫煙者は多く、いちいち注意していたらきりがないからだ。

「人民党の勢力伸張で最も割を食ったのはどこの党だ」

「あっ」

「同じ左派勢力の社大党だ。社大党の持っていた労働者、教職員、婦人会などの票田は、人民党に奪われた。人民党がなくなれば、社大党は再び左派第一党に返り咲ける」

「そんな馬鹿な。今、沖縄の革新勢力は一つになろうとしています。大同団結です。それによって平和と解放への道を進もうとしているのです」

「大人になれよ」

貞吉が令秀の持つ煙草に火をつけてやる。

「社大党の幹部は専従といって、党員やシンパからの協力金によって食べている。それが人民党のお陰で先細ってきたんだ。現実問題として、まずは収入を心配するのが普通じゃないか」

「瀬長さんは、そんなことを考えません」

「瀬長さんはそうだろう。あの人は自分のことなどどうでもいい人だからな。しかし社大党の連中はどうかな」

令秀が息をのむ。

「そんなことってあるんですか」

貞吉の差し出すグラスを受け取った泉は、そこにストレートのジョニーウォーカーを注ぐ。

「大人の世界は、きれいごとだけでは動かないんだよ」

「だからって、もしそれが事実だったら汚すぎます」

貞吉が口調を強める。

「元々、人民党と社大党の基本方針は一致していない。日本復帰と主席公選では一致していても、四原則については別の見解がある」

「でも手を組んで選挙に勝てれば、それでいいじゃないですか」

「そうじゃないんだ。俺が心配しているのは、社大党が人民党と融合すれば、社大党を通じて人民党の情報が、保守派の琉球民主党へ筒抜けになるかもしれないということだ」

「――――」

令秀が再び息をのむ。

「すべては可能性だ。用心するに越したことはない」

それで話は終わった。

令秀は釈然としない顔をして帰っていった。


令秀が帰った後、泉が問うてきた。

「で、この後はどうする」

「真野が社大党の幹部から聞いた話を、保守側にリークします」

「どんな話だ」

「人民党が社大党に出した条件です。つまり社大党から候補を出さない代わりに、水面下で人民党も土地総連の解散に文句をつけないという約束です」

「そんな条件だったのか」

「ええ、これまで人民党は土地総連の解散に終始反対してきましたが、協力を取り付けるために水面下で妥協したと言うのです」

泉が首を左右に振る。

「そんなはずあるまい」

「おそらくそうでしょう。まだ話はついていないはずです。しかし保守系新聞がこうした情報を流せば、瀬長らは社大党がリークしたと思うでしょう」

「そういうことか」

「これで革新系の統一候補は擁立できないはずです」

しばしの沈黙の後、泉が問う。

「実のところ、お前は瀬長さんに那覇市長になってもらいたいんじゃないのか」

泉の言葉が刃のように突き刺さる。だが貞吉は笑って答えた。

「ははは、ずばり言いますね。沖縄のためを思えば、その通りです。しかし私は警察官の職務に忠実です」

「その切り分けはできているんだな」

「もちろんです」

「自分の考えと職務を切り分ける。それが警察官というものだ。もし――」

泉が一拍置く。

「それができなくなったら、潔く警察をやめるんだぞ」

「分かっています」

それで話は終わった。

帰途に就いた貞吉は、自分自身に問い掛けた。

――本当にそうなのか。瀬長さんを追い込むことが沖縄のためなのか。

割り切れない思いは次第に大きくなる。それでも貞吉は、か細くなりつつある警察官としての矜持《きょうじ》に摑まっていた。

――それがいつ切れるのか。切れないのか。

これからも自分と職務の均衡が保てるか、貞吉は自信が持てなくなっていた。

十四

十二月、那覇市長選の立候補者が決定した。

保守陣営からは仲本と仲井間が立ち、革新陣営からは瀬長一人が立った。

結局、社大党は独自候補を擁立できず、また人民党に選挙協力もしないという中途半端な態度を取ることになった。その裏には人民党サイドの社大党に対する不信感があった。

十一月二十三日の日記に、瀬長はこう書いている。

「彼ら社大党派幹部は当間派と結び、沖縄における売国勢力の結集をむしろ意図している」

貞吉と真野の妨害活動が実を結んだのだ。

だがそれは、喜びよりも苦い思いを伴っていた。

――本当にこれでよかったのか。

粛々と職務をこなす冷徹な自分の中に、次第に瀬長に傾倒していくもう一人の自分がいることを、貞吉は自覚していた。


保守派二人の候補と人民党の瀬長は、激しい選挙戦に入った。もちろんそうなれば瀬長は有利だ。瀬長は拡声器を荷台に載せたおんぼろトラックの助手席に座り、那覇市内をくまなく回った。その行動力は保守系候補二人を大きく上回っていた。

そして十二月十九日、那覇市長選の合同演説会が那覇市内の中心地・壺屋《つぼや》で開催された。選挙公示や開催決定から日が浅いにもかかわらず、合同演説会には二万にも及ぶ聴衆が集まった。

貞吉もその中にいたが、令秀は人民党の雑用を手伝っているので、別々に演説を聞くことになった。

抽選で演説順序が決まった。仲本、瀬長、仲井間の順だ。

それぞれ十五分の時間が与えられていたが、仲本は激しいヤジの中での演説となり、ほとんど聞き取れない。

続いて壇上に上がった瀬長は、それとは対照的に拍手と歓声で迎えられた。

「皆さん」という最初の第一声だけで、聴衆は「おう！」と応じる。

「皆さんは東に進みますか。西に向かいますか」

その問い掛けの意味が分からず、聴衆はどよめいている。

「西に向かい、異民族の奴隷《どれい》となりたい方は保守政党に投票して下さい。東に進み、日本と共に自主独立の道を歩みたい方は、この瀬長を支持して下さい！」

言葉の意味を理解した聴衆から、割れんばかりの拍手が起こる。

「皆さんはこの沖縄を、どんな島にしたいですか。異民族の永久支配を容認し、あのおぞましい原水爆基地にし、奴隷のように扱われたいですか」

「嫌だ！」「違うぞ！」という聴衆の反応が返ってくる。

「その通りです。私は奴隷として一生を終わらせるのは嫌です。自主独立の国民の一人として人生を歩んでいきたい。そのためにも土地を取り戻さなければなりません」

瀬長の声がさらに高まる。

「この沖縄の土地は、一坪たりとも異民族のものではありません。この島は――」

瀬長は一拍置くと、声を大にした。

「われわれ沖縄人のものなのです」

割れんばかりの拍手と歓声が巻き起こる。

「この選挙は、四原則を切り崩して地主に一括払いを押し付け、原水爆基地を容認し、日本復帰を遅らせようとする保守反動勢力と、われわれ沖縄人との戦いなのです！」

凄まじい興奮が会場を包む。聴衆の踏み鳴らす足音だけでも耳を聾《ろう》するばかりだ。

「ありがとう。ありがとう」と言いながら手を振り、演説を終えた瀬長は舞台上の席に戻ったが、「瀬長、瀬長！」の連呼はやまない。

その連呼の中、気まずい顔つきで壇上に上がった仲井間は、自分の経歴を述べるのがやっとで、約七分で演説を終了した。

勝負は明らかだった。

演説後、それぞれ質問を受ける予定だったが、とてもそのような状況にないため、即時終了が宣言された。

民衆は「瀬長万歳！」「日本復帰万歳！」を連呼し、遂には壇上まで押しかけてきた。だが聴衆に囲まれた瀬長は泰然としており、一人ひとりに「ありがとう、ありがとう」と言いながら握手を交わしていた。

その表裏のない熱狂が、貞吉には羨《うらや》ましかった。

――俺は沖縄を売ろうとしているのか。

疑問が何度も頭をもたげる。

――いや、人民党の台頭を抑えることが、島民の生活を守ることなのだ。

幾度となくそう自分に言い聞かせても、自分の中で矛盾の嵐は吹き荒れていた。

その時だった。

「隼人さん、やはり来ていたのですね」

突然、背後から声を掛けられて振り向くと令秀がいた。貞吉はどきっとしたが、それをおくびにも出さず、「おう、令秀」と応えた。その時、令秀の連れとおぼしきもう一人の人物がいるのに気づいた。

――しまった。人民党の幹部だ。

顔を隠そうと思ったが、その余裕はない。

「隼人さん、こちらが渡久地さんです」

「あっ、よろしくお願いします」

渡久地がよれよれの野球帽を取って挨拶する。

――こいつが渡久地か。

渡久地の頭は半分ほど禿《は》げ上がり、そのシャツには汗染みが付いていた。

幹部でないことに安堵《あんど》はしたが、人民党の一人に面が割れたことに変わりはない。だが考えようによっては、渡久地も作業員にできるかもしれないと思い直した。

「島袋君が、いつもお世話になっています」

「いえ、こちらこそ。渡久地と申します」

渡久地は背が低く、少し太っていた。だがその濃い眉《まゆ》と鋭い眼光は、底辺から叩き上げてきた男だけが持つ意志の強さを感じさせた。

「名乗るほどの者ではありませんが、栄《さかえ》隼人と申します」

栄という名字は奄美本島で最も多い名字となる。問われた時に即答できるよう、事前に考えていた偽名だ。

「奄美のご出身と聞きました」

「はい。名瀬《なぜ》市内の出身です」

――もしかすると疑われているのか。

一瞬、ヒヤッとしたが、大人の会話では、初対面の相手の出身地を聞くのはよくあることだ。

「いやー、凄い盛り上がりでしたね」

令秀は陶然として舞台の方を見つめているが、すでに瀬長の姿はない。

渡久地を前にして居心地の悪さを感じた貞吉は、さっさと姿を消そうと思った。

「私はそろそろ帰ります。これからお二人は何を――」

「会場の後片付けと清掃です。瀬長さんから頼まれました」

令秀が胸を張る。どのような仕事でも、瀬長から頼まれたことがうれしいのだ。

「明日は学校じゃないのか」

「それを言わないで下さいよ」

渡久地が驚いて言う。

「島袋君は、もういいから帰んなさい。後は私たちでやっておく」

「そういうわけにはいきません」と言いながら、令秀が会場に並べられたパイプ椅子を畳み始めた。黙って見ているわけにもいかず、貞吉もパイプ椅子を畳んでいると、渡久地が人懐っこそうな笑みを浮かべて話しかけてきた。

「栄さんも人民党の活動を手伝いませんか」

「いや、私は日雇い労働者にすぎませんから」

「みんな同じような境遇です。私らも別の仕事を持ちながら、瀬長さんを応援しているんです」

——こうした場合は聞き返すのだ。

東京の公安で教わったことを、貞吉は思い出した。

「渡久地さんのお仕事は何ですか」

「私ですか。たいしたことはしていませんよ」

「そんなことないでしょう」

「本当にそうなんです。市内の牧志《まきし》で小さなクリーニング屋をやっています」

「ああ、そうでしたか」

クリーニング屋と聞き、貞吉は内心ほっとした。

——だが、この居心地の悪さは何だ。

渡久地は人民党でも下働きにすぎない男だが、虐げられてきた人間特有の猜疑心《さいぎしん》のなせる業か、貞吉がどのような男か、見極めようとしているかのように思える。

「令秀とは偶然お知り合いになったとか」

渡久地が五つほどまとめてパイプ椅子を担いだ。その二の腕は太い。

「はい。そうなんです。渡久地さんの腕は太いですね」

「ええ、空手をやっていましてね」

——やはり侮れないな。

渡久地が武道家としてどの程度の腕なのかは分からないが、その筋肉質の体からキャリアは長いと思われる。とくに琉球空手は真剣勝負なので、相当肝が据わっているのだろう。

「栄さん、お手伝いいただき助かります」

「いや、このくらいのことは――」

「人民党の方を紹介しましょうか」

「いえ、活動を手伝えないんで結構です」

そんな会話をしていると、令秀が戻ってきた。

「大方片付いたので、帰れと命じられました。これで失礼します」

貞吉が釘《くぎ》を刺す。

「そうか。それはよかった。今日はまっすぐ帰るんだぞ」

「分かっていますよ」

手を振りながら令秀が走り去る。

頃合いを覚った貞吉が渡久地に一礼し、「では、そろそろお暇《いとま》します」と言って、その場から去ろうとした。

その時、背後から声が掛かった。

「栄さんは、どこかでお見かけしたような気がします」

胸の鼓動が速まる。

「私のような特徴のない顔の持ち主は、どこにでもいますから」

「いや、そんなことはありません。どこでしたかね」

――そうか。那覇市牧志と言えば、警察学校のあった松尾《まつお》の隣町じゃないか！

渡久地のやっているクリーニング屋は知らないが、当時は面が割れて困る仕事に就くとは思ってもいなかったので、自由時間になれば学校の近くをよく歩いていた。

「まあ、私はずっと那覇で働いているので、どこかで擦れ違ったのかもしれません」

「ああ、そうですね。那覇は狭い町ですから。では、お気をつけて」

「ありがとうございます。では、また」

渡久地が金歯を見せて手を振っている。それにうなずいた貞吉は、安堵のため息をつきながら会場を後にした。


選挙戦の最中、米軍による新たな土地の収用が発覚する。久志村《くし》（現在の名護市辺野古《へのこ》）である。海に突き出た辺野古崎は沖縄でも有数の美しい岬として知られ、地元市民の憩いの場だったが、琉球政府の所有だったため、容易にＵＳＣＡＲに譲渡されて「キャンプ・シュワブ」となる。これを左派系新聞がすっぱ抜いたことで、瀬長待望論がさらに高まった。

一方、ＵＳＣＡＲは、ヘリコプターを使って空中から瀬長を誹謗《ひぼう》中傷するビラを撒《ま》き散らした。それには醜悪なイラストと共に、瀬長のことを「共産党の手先」とまで書かれていた。

それでもこうした「イメージ戦略」は一部に有効で、「アメリカが沖縄から出ていったらたいへんだ」と言い出す人々もいた。とくにこの頃になると、米軍の駐留に絡んだビジネスで潤う人が増え始めていた。米軍という巨大な消費集団が沖縄に浸透し始めたのだ。それは麻薬のように沖縄を捕らえていく。

選挙戦が終わり、遂に投票日が来た。

那覇市は豪雨に襲われ、山間部の人々の出足は鈍かった。瀬長の票田は都市部よりも郊外にあるので、雨は人民党に有利には働かない。

それでも僅差《きんさ》で瀬長は勝った。しかし仲井間と仲本の得票数を足せば、保守政党が勝っていたことから、薄氷の勝利だったと言える。

その裏には、瀬長が当選すれば、アメリカが様々な嫌がらせをしてくることを知る知識階級や実業家たちの危機感があった。そしてそれは現実のものになる。

いずれにせよ翌昭和三十二（一九五七）年一月五日、瀬長市政が発足する。

十五

令秀は人民党内でも信用され、徐々に重要な仕事を任されるようになっていた。

令秀は週に三度ほど「エメラルド」に顔を出すので、貞吉はそこで様々な情報を聞いた。令秀は貞吉や泉が知らない裏情報を得意になって語った。むろんそれらが人民党の秘密情報かどうかなど考えてもいない。

その中に、那覇市の財政難について瀬長たちがぼやいていたという情報があった。税金がしっかり納められていないというのだ。

貞吉がマーカムにそのことを伝えると、瀬長就任前であるにもかかわらず、USCARは那覇市への補助金の打ち切りを決めた。しかもUSCARの関与を隠すため、琉球銀行の名において、都市開発事業への融資中断と那覇市の預金の凍結を発表させた。実は琉球銀行の大株主にはUSCARが名を連ねており、こんな卑劣な手段も容易に講じられるのだ。

さらに琉球銀行総裁は、「人民党員および同調者に対しての銀行融資を停止する」という措置に出た。これにより人民党支持派の実業家や民商と呼ばれる中小企業経営者は恐慌状態に陥る。

USCARやその手先となった保守系の人々は、事あるごとに「瀬長は共産主義者」というレッテルを貼り続け、じわじわと瀬長と人民党を締め付けていった。

そうした混乱の中、昭和三十二年を迎える。

一月二日、琉球大学の仲立ちでAP通信のインタビューが実現した。

この時、瀬長は「私は反米主義者でも共産主義者でもない。もとより人民党は共産党ではない。人民党は不正と不義と闘うヒューマニズムの精神に貫かれた沖縄人の党だ。この沖縄に社会主義国や共産主義国を作るつもりはない。われわれの要綱の第一は、あくまで日本復帰だ」と語った。

そして一月七日、瀬長が那覇市庁舎に初登庁する。瀬長は六百人の市職員を前にして、「市民の利益を増やすためには、諸君の団結が必要だ。一切のデマを粉砕し、汲《く》めども尽きぬ民族愛をもって凍結した外壁を打ち破ろう。雪解けは必ずやってくる。だが手をこまねいて居眠りしていてはやってこない。前進しよう。ゆっくりと。だが断固として」という訓示を述べた。

続いて当間主席の許へ挨拶に行き、人民党の非合法化をＵＳＣＡＲに進言した当間を非難する。当間は人民党のことを共産党だと非難したが、瀬長は「共産党ではない。日本復帰党だ」と言い返した。

さらに琉球銀行を訪れて口座凍結の解除を申し入れるが、銀行側からは「軍（ＵＳＣＡＲ）の意向には逆らえない」という言い訳を聞かされた。

さらに追い打ちをかけるように、金融協会は人民党関係者への融資、預金、雇用を拒否し、建設業協会も「人民党支持者は雇用しない」という決定を下した。

それでも瀬長は屈しない。

「民主主義のルールによって合法的に勝ち得た市長の座は、いかなる弾圧によっても奪えるものではない。こうした弾圧を撥《は》ね返し、市民の生活と民主主義を守り抜く」と宣言した。

「これじゃ、商売上がったりだ」

泉が水道の蛇口をひねるが、水は出てこない。

「やはり出ませんか」

貞吉の問い掛けに、泉がため息をつきつつ答える。

「ああ、ちびちび出ることはあるが、それがいつなのかは分からない」

「で、どうしているんですか」

「近くの井戸まで水を汲みに行っている。それだけで疲れ切っちまう。うちは食い物を作っていないのでまだましさ。食堂なんかは、うちの倍以上の水が要るのでたいへんだ」

「すみません」

令秀が思いつめた顔で謝る。

「いいってことよ。だけど、いつまでこんなことが続くんだろうね」

一月十四日、ＵＳＣＡＲの意を受けた琉球政府は、信じ難い挙に出る。なんと那覇市への水道水の供給を止めたのだ。

沖縄の水の大半はＵＳＣＡＲが管理しており、那覇市との給水契約期限が切れたというのが、その理由だった。これまで自動的に更新してきたというのに、何の警告もなしに契約が切られるのは不可解極まりない。

この突然の断水に市内は混乱した。とくに飲食業が衛生環境を保てなくなった。それでも那覇市内の水道施設で自給できる分があったので、完全な断水にはならなかったが、自給水量が少ないので、供給量は普段の約三分の二以下に減少した。

瀬長らは、これを「水攻め」と呼んで非難した。市民も「瀬長市政を守れ」「井戸を掘ろう」と言い出し、各所で井戸の掘削が始まった。

令秀が思い詰めた顔で問う。

「USCARは、これからどんな手を打ってくるのでしょうか」

「分からんな」

二人が顔を見合わせる。

「われわれは瀬長さんを守っていくことができるのでしょうか」

貞吉が隣に座る令秀の肩に手を置いて言う。

「今は那覇市民一人ひとりの覚悟が問われているんだ。那覇市民が瀬長さんをどれだけ信じられるかで、この勝負は決まる」

「その通りです。瀬長さんの素晴らしさを一人でも多くの人に知ってほしいんです。いつか僕は――」

令秀が少し恥ずかしそうに言う。

「瀬長さんの伝記を書いてみたいんです」

――そこまで思っているのか。

少し後ろめたい気持ちになりながらも、貞吉は厳しい声音で言った。

「だが市民の中には、瀬長市政を嫌がる者も出てきた。やはり瀬長さんたちの唱える理念よりも、自分の生活が大切なのだ。このままいけば瀬長さんはつぶされる」

「そんなことはさせません！」

「時が経てば経つほど、米軍は沖縄に浸透する。それほど遠くない未来、切っても切れない関係になっているだろう」

「どういうことですか」

「沖縄人の多くが、米軍に食わせてもらうことになるかもしれないということだ。そうなれば瀬長さんを支持する人も減っていく」

　貞吉は令秀の危機意識を煽《あお》ることで、これまで以上に人民党の活動に邁進《まいしん》させようとしていた。

「そういうことか。なんて卑怯《ひきょう》なんだ！」

「それが現実さ」

　貞吉が吐き捨てると、令秀が口惜しげに言った。

「うちの兄貴は大学時代にあれほど政治に関心を持っていたのに、貿易商社に就職したとたん政治に関心を示さなくなり、今では瀬長さんのことを批判しています」

　泉が驚いた顔で問う。

「その青あざは——、まさか兄貴と喧嘩《けんか》したのか」

「はい」

　令秀の目の横には青あざができていた。

　貞吉が「やれやれ」といった口調で令秀を諭す。

「令秀、兄貴には兄貴の立場があるんだ」

「その立場って何ですか。沖縄をアメリカに売り渡すことが立場ですか。兄貴は、くだらない大人になっちまったんだ！」

　沖縄には抜き難い同調圧力がある。会社員になっても青臭いことを言っていると、周囲から白眼視され、やがては孤立を招く。いったんそうなってしまうと、そのコミュニティは扉を閉ざし、招き入れられることはない。それゆえ細心の注意を払って周囲の空気を感じ取り、出る杭《くい》にならないようにせねばならない。

「兄貴は大学を卒業し、米軍とも取引のある商社に入ったんですよ。そんな人間に沖縄のことを語る資格なんてない！」

泉が慰めるように言う。

「この就職難だ。とくに大卒は仕事がないんだから仕方がないじゃないか」

沖縄の雇用状況は悪化の一途をたどっていた。とくに大卒の就職先は極めて少なく、肉体労働に従事して糊口《ここう》を凌《しの》ぐ者も出てきていた。

「そんなことはありません。仕事ならいくらでもあります。隼人さんのように汗水たらして働けばいいんです。昨夜はそう言ってやりました」

「それを言ったらおしまいだ。だから殴られたんだろう。今日帰ったら、兄さんに謝るんだぞ」

泉の言葉にも、令秀は何も返さない。

貞吉が優しげに言う。

「お前はお前の信じる道を突き進んでいる。だが、その生き方を他人に強いてはいけない」

「それが兄でもですか」

「ああ、そうだ。これから兄さんは保守党を支持するかもしれない。それでも、それを受け容れるんだ」

「どうしてですか」

「考えが違っていても兄弟だからだ。すべてに政治的信条が優先するわけではない」

「それは無理な相談です。隣に座って飯を食っている兄貴が瀬長さんに批判的だなんて、僕は許せません」

　泉が諭すように言う。

「大人の世界は矛盾や不条理だらけだ。それでも、時には妥協して生きていかねばならんのだ」

「僕には、そんな生き方はできません」

「お前の純粋な気持ちは大切だ。だが、いつか妥協せねばならない日が来る」

　遂に令秀は泣き出した。

「兄貴はずっと優しかった。勉強もできた。だから兄貴は常に僕の目標でした。でも今は違う。兄貴は変わっちまったんです」

「それはお前が成長したからだ。もう兄貴の影響下から離れたんだ。同じように兄貴も、お前の目標から解放してやれよ」

　しばらく嗚咽《おえつ》を繰り返した後、令秀が言った。

「分かりました」

　貞吉がため息をつく。

「それでいい。一人で帰れるか」

「もちろんです」

　その言葉は力強かった。

　泉の口調が厳しくなる。

「兄貴とは、これまで通り何事もなかったように付き合えるか。お前にそれができれば、きっと兄貴は分かってくれる」

　大きくうなずくと、令秀は「エメラルド」から出ていった。

グラスを片付けながら、泉が言う。

「若いっていいもんだな」

「あいつは、とくにピュアですから」

「お前はどうなんだ」

何気ない泉の言葉が胸を抉《えぐ》る。

「薄汚れてますよ」

「あっ、悪かったな。そんな意味じゃないんだ」

「分かっています。断水なのにすいませんでした。そろそろ帰ります」

貞吉が椅子から下りる。

「いいってことよ。ただ──」

泉が険しい声音で言う。

「一時たりとも警察官であることを忘れるな」

その言葉が重くのしかかる。

「はい。できる限り──、いや、絶対に忘れません」

そう言い残すと、貞吉は店を出た。沖縄には珍しい清冽《せいれつ》な冷気が体を包む。

──今は冬なんだな。

夜空に懸かる月を眺めながら、貞吉は季節の移ろいを気にも留めなくなった自分に気づいた。

その時、ふと朝英のことが思い出された。

──朝英、お前も同じ月を見ているのか。いや、きっと見ている。

なぜか貞吉は、東京にいる朝英が同じ月を見ている気がした。

——お前に会いたい。そしてすべてをぶちまけたい。

貞吉は心の底からそう思った。

十六

瀬長亀次郎と人民党に対するＵＳＣＡＲの嫌がらせは続いた。とくに水攻めのダメージは大きく、那覇市の渇水状況は悪化の一途をたどっていた。

また米軍による預金口座凍結で、那覇市は通常の予算が組めなくなった。応急的に組んだ予算は野党の攻撃を食らって差し戻された。

さらに人民党員にはパスポートが下りないので、日本にも行けない。商談で日本に行かねばならない者が多くいたので、この措置による経済的ダメージは大きかった。さらにＵＳＣＡＲのブラックリストに載った者は単純労働者でも軍関連の仕事から外された。すでに職を得ている者まで、難癖をつけられて解雇されるという始末だ。

とくに都市復興事業に対する援助金停止は、行政に支障を来した。これにより基本的な都市インフラの整備もままならず、那覇市では少しでも郊外に行くと、未舗装のでこぼこ道路がそこら中にあった。

それでも瀬長は屈しない。前市長時代から不正を平気で行っていた部課長を含む職員を大量に処分し、「綱紀粛正」を徹底した。また大胆な組織改革で不正の芽を事前に摘み取り、瀬長イズムを組織の末端にまで行き渡らせようとした。

瀬長を支持する市民たちも一斉に行動に出る。これまで那覇市では、納税の義務を果たさない市民が多数いたが、それが一転し、「瀬長さんを助けるなら」と納税にやってきた。これにより納税率は九十七パーセントにまで上がり、USCARの預金口座凍結で頓挫させられていた公共工事も再開された。

資金が足らずにストップしていた久茂地川《くもじがわ》の浚渫《しゅんせつ》工事などは、市民が駆けつけて無償で協力したため一気に進んだ。

一方、保守勢力は六月の定例議会に狙いを定め、水面下での政治工作を始めていた。また金融協会は、「瀬長氏が那覇市長である限り、那覇市に対して直接間接を問わず融資しないことはもちろん、今後さらに預金取引をも拒否する」という強硬な姿勢を示した。これに同調するように琉球政府も、那覇市に対する「非協力声明」を出した。

こうした中、貞吉は令秀とさらに接近し、人民党の情報を引き出し続けた。それにより貞吉は関係者の名をUSCARに知らせ、人民党員以外にもパスポートを出させないといった手を打てた。また関係者に少しでも瑕疵《かし》があれば、沖縄県警は容赦なく家宅捜査をした。ある会社の社長など「公正証書原本不実記載の疑い」という曖昧《あいまい》な罪で逮捕された。それだけで零細企業には大打撃となる。こうしたでっち上げに近い罪の多くは、警察での取り調べの中で、人民党に協力しないことを約束すると不起訴となった。

そんな日々が続く中、珍しく真野凜子から誘われた貞吉は、一緒に飲みに行くことにした。

「珍しいな。今日はどうした」

食事の後、真野が行きつけにしているというバーでカクテルを飲みながら、貞吉が問う。カウンターでは話を聞かれるかもしれないので、二人は隅のボックスシートに腰掛けた。

「あなたと飲みたい気分になったのよ」

ブルーハワイに付けられたサクランボを弄《もてあそ》びながら、真野が言う。

「嘘つけよ。君が何の目的もなく俺を誘うわけがないだろう」

モスコ・ミュールに浮く氷を転がしながら貞吉が断じる。

「ははは、その通りね」

酒が入ったためか、真野の口調はいつもの事務的なものではない。

「カウンターパートとして、あなたは申し分のない能力を持っているわ」

「お褒めに与り、光栄だね」

「もう皮肉はやめて。確かに私たちは、これまで親しい関係ではなかったわ。でもこれからは密に連携していかなければならないと思うの」

「どういう意味だい」

貞吉がからかうように問う。

「勘違いしないでよ。公安としての関係よ」

「分かってるよ。俺は危険な花には手を出さない主義でね」

「さすがね。でも仕事は別よ」

「ああ、互いに夫婦のように気遣っていかなければな」

「その通りよ。ちょっとしたミスでパートナーを危険に晒《さら》すことも考えられるでしょう」

——何が言いたいんだ。

真野の奥歯に物の挟まったような言い方に、貞吉は苛立った。

「随分と含みのある言い方だな」

「そうね」と言って真野がため息をつく。その姿が妙になまめかしい。

「何かあったな。東京からか」

「実はそうなの」

「俺のことだな」

答えはない。それが図星なのは明らかだった。

「構わない。何でも言ってくれ」

「東京の沢崎さんが『東は大丈夫か』と聞いてきたの」

「どういうことだ」

「言わなくても分かるでしょ」

「俺が瀬長さんに傾倒しているということか」

真野は何も答えない。

「ああ、そうだ。瀬長さんの情熱には惹《ひ》かれるものがある」

「やはり、そうなのね」

「沖縄のことを思えば当然じゃないか」

「私はそうは思わないわ」

「それは違う。そう思わないように自分を仕向けているんだ」

「そんなことないわ！」

真野の激しい言葉が聞こえたのか、バーテンダーが顔を上げる。

「落ち着けよ」

「分かってるわ」

「いいか」と言って貞吉は鋭い視線を真野に向けた。

「俺は職務に忠実だ。誰も裏切っていない。これからも裏切るつもりはない」

真野は何も言わず、青いグラスを見つめている。

「もし瀬長さんの役に立ちたいと思うなら、俺は警察をやめる」

「本気で言ってるの」

「当たり前だ。俺はこの仕事に誇りを持っている」

真野がグラスを飲み干す。

「その言葉を信じるわ。これからは、お互い何もかも包み隠さず話しましょう」

「プライベートなこともか」

「茶化さないで。仕事のことに決まっているでしょ」

真野がグラスの底でテーブルを叩く。

「分かったよ。洗いざらい伝える。それでいいだろう」

「私もそうするわ」

「ありがたいね。だが一つだけ聞かせてくれ。こちらのことを全く知らない沢崎さんが、なぜ俺のことを心配する」

真野は黙って飲み干したグラスを眺めている。

「誰かが報告しない限り、沢崎さんには伝わらないはずだ」

そう言い残すと、貞吉は十ドル紙幣を置いて店を出ていった。

最後に真野の方を振り向いたが、真野はグラスに視線を落としたまま、こちらを向かなかった。

十七

六月十七日、那覇市役所で、翌一九五八年の予算を審議する定例議会が開催された。

開会が宣言されるや、保守派議員たち二十四名が起立し、「市長不信任案」が上程された。

不信任案提出の理由は、瀬長市長が就任してから半年の間、沖縄を復興させるための都市計画事業は中止され、市民生活にも支障を来しているということだった。

傍聴席にいた千五百にも及ぶ人々は怒り狂い、保守派議員に対して罵詈《ばり》雑言《ぞうごん》を浴びせ掛けたが、議長は裁決を強行した。元々、議会は保守派が多数を占めており、不信任案は二十四対六という大差で可決された。

これに対し、瀬長は「売国奴が勝つか、愛国民主勢力が勝つかの激突になる重大性を全市民に徹底させる」ことを目的として、議会解散に踏み切った。これにより市会議員選挙が行われることになる。

その数日後、首里の淡水プール広場で行われた演説会では、市会議員候補が次から次へと登壇した。この時、保守系議員がわざと持ち時間を延長して演説したため、瀬長の出番は十一時過ぎとなった。雷雲に覆われてスコールとなったが、一万余の聴衆が残り、瀬長の演説に聴き入った。

豪雨の中、瀬長は傘を差すことを拒否し、声の限りに聴衆に語り掛けた。それを見た群衆も傘を畳み、瀬長と同じように、びしょ濡れになりながら声援を送り続けた。

瀬長は拳を振り上げ、「われわれの手に沖縄を取り戻そう」と弁じた。

この演説会には、貞吉も行った。

ずぶ濡れになりながら、力を込めて叫ぶ瀬長の姿は神々しいばかりだった。

演説会は十二時過ぎに終わり、貞吉が帰ろうとすると呼び止められた。

「あの、隼人さん、でしたね」

「あっ、渡久地さん、ご苦労様です」

「いつも熱心ですね」

「市民の務めですから。令秀はどうしました」

「大学受験を控えているので、党の幹部から『受験が終わるまで来るな』と言われたんです。あいつは一浪しているので後がないんですよ」

世間話のようなやりとりをした後、貞吉が「それじゃ、また」と言ってその場を去ろうとすると、渡久地がポツリと言った。

「思い出しましたよ」

貞吉が思わず立ち止まる。

「何を思い出したんですか」

「あなたのことです」

背中に白刃を突き立てられたような衝撃が走る。

「私のことって何のことですか」

「こちらに来ませんか」

渡久地は先に立つと、人のいない方に向かった。

――正体を見破られたのだ。

こうした時の対応はいくつかある。まず、しらを切り通す。これは相手の摑んでいる情報次第となるが、その後は極めて不安定な立場となるので、もはや潜入捜査は有効ではなくなる。次に相手を説得してスパイにする。それができなければ正直に正体を明かして消えるしかない。

だが日本と事情が異なるのは、琉球警察の場合、上部機関に米軍とＵＳＣＡＲがあるため、すべての判断をＵＳＣＡＲに仰がねばならないことだ。

——下手をすると、どこかに飛ばされて巡査か事務方をやらされるな。

貞吉は覚悟を決めた。

豪雨の中、傘を差した貞吉とレインコート姿の渡久地は黙って対峙《たいじ》していた。

渡久地は煙草に火をつけようとしたが、湿ってうまくいかない。それを見た貞吉は、傘を差し掛けてやったので、ようやく火がついた。

渡久地の吸う煙草の先端部が赤く光る。それが微妙に揺れているので、渡久地も緊張しているのが分かる。

「隼人さん、あなたは警察学校に通っていましたね」

「警察学校——」

「どうやら間違いないようだ」

「何のことだか分かりませんね。そんなところに通った覚えはありません」

「あなたたちが私の車のラジエターを直してくれたでしょ」

記憶がよみがえる。

——あの時の車の持ち主か。

かつて警察学校の友人と連れだって牧志の商店街を歩いていた時、ボンネットを開けた軽三輪に出くわした。その時、車に詳しい友人が故障を直してやったのだ。

「どうです。思い出しましたか」

「いいえ、何のことだか分かりません」

こうした場合は、とにかくしらを切るように教えられている。

「しらを切るおつもりですね」

「少し失礼じゃありませんか」

その言葉で渡久地の顔色が変わる。相手を怒らせ、どの程度のことを知っているのかを探るのも、こうした際の常套《じょうとう》手段だ。

早くも渡久地が切札を投げてきた。

「東君。警察学校にも卒業アルバムがあるんだ。とんだところで足が付いちゃったね」

貞吉が息をのむ。

「那覇署に行って、『かつてお世話になった生徒さんのことを知りたい』って言ったら、簡単にアルバムを閲覧させてもらえたよ。私がまっとうな商売を長く続けているのを、みんな知っているからね」

渡久地が何かを示した。どうやら卒業アルバムの貞吉が写るページを撮影したものらしい。

「これでも、しらを切り通すかい」

万事休したことを、貞吉は認めねばならなかった。

「だから何だというのです。私の仕事の邪魔をするなら、公務執行妨害で逮捕されますよ」

証拠を提示された時は、「公務執行妨害で逮捕」といった物々しい言葉を使うように教えられている。

「おい」

渡久地の声音がドスの利いたものに変わる。

「こっちが下手に出ているからって、調子に乗るんじゃないぞ」

「どういうことですか」

「お前のことは、まだ誰にも言っていない。言うつもりもない」

「ということは、われわれに協力していただけるんですか」

「なめんなよ。俺だって沖縄をよくしたいから人民党を手伝っている。人民党の不利益になるようなことはできない。本来ならこんなことはしたくはない。だがな――」

ぎりぎりまで吸っていた煙草を渡久地が投げ捨てる。

「こっちも生活がかかっているんだ!」

――どういうことだ。

意外な展開に、貞吉は戸惑っていた。

「警察のスパイはやらないが、金は要るんだ。本業が左前だからな」

――そういうことか。

渡久地のクリーニング屋の経営が厳しいとは、全く思い至らなかった。

「そんなに厳しいんですか」

「当たり前だ。クリーニング屋ってのはな、水を大量に使う。ところが肝心の水がない。だから注文は取れても、仕事がはかどらない。それで大口の客は、那覇市外のクリーニング屋に取られちまったんだ。俺には大学に行かせている息子が二人もいる。金がないと中退させなければならないんだ」

渡久地が思いつめたように唇を嚙《か》む。

「それは同情しますが、それだけで警察をゆすろうっていうんですか」

「そうだ。こっちは生きるか死ぬかだ。黙っていてやるから三日以内に一万米ドル持ってこい」

「そんなことができるはずないでしょう」

「できるも何も、やるしかないんだよ。そうしないと、すべてばらしてやる」

「そんな金がどこにあるんですか」

「米軍に泣きつけば、そのくらいは出す」

確かに出すかもしれないが、恐喝が一度で終わらないのを、米軍も知っているはずだ。

——致し方ない。一か八かだ。

貞吉はかまを掛けてみた。

「渡久地さん、女がいるね」

「な、なんだと！」

渡久地の顔色が変わる。

「俺たちをなめんなよ。あんたは女に金を注《つ》ぎ込んでいるから、金がほしいんだ。違うか」

攻守は一瞬にしてところを変えた。だが渡久地はすぐに態勢を立て直した。

「たとえそうだとしても、それだけなら夫婦喧嘩で終わりだ。ところがお前は、もうこの仕事を続けられない。しかも令秀がどれだけ傷つくことか」

——それを持ち出すのか！

貞吉が最も触れてほしくないところを、渡久地は突いてきた。

「この写真を令秀に見せてもいいのか」

「——」

勝敗は明らかだった。

「さあ、どうするね」

「分かった。俺の負けだ。一週間後、ここに一万米ドル持ってくる」

それができるのかどうかは後で考えるとして、ひとまず時期だけでも先延ばしにしようとした。

「だめだ。三日後だ」

「それは無理だ」

「そんなこと知るか。いいから持ってこい」

しばらく考えた後、貞吉が言った。

「分かったよ」

「ははは、ざまあみやがれ」

渡久地は勝ち誇ったように金歯を見せて笑うと、闇の中に消えていった。

十八

翌日、本部に戻った貞吉は、すべてを谷口と真野に伝えた。それを聞いた谷口は電話でマーカムと協議した末、貞吉を離れた場所に移すことにした。

その間、谷口と真野が渡久地と交渉するという。

本来なら自分で処理したいが、すべてを谷口に任せることにした。

その日の夜、貞吉は米軍のバンに乗せられ、どこかの基地の宿泊施設に連れていかれた。

渡久地との約束の夜、やきもきしながら報告を待っていたが連絡はなかった。

その翌朝、基地のカフェテリアで遅い朝食を取っていると、谷口と真野がやってきた。貞吉は笑顔で手を挙げたが、二人の顔は強張《こわば》っており、よくない話になると予想できた。

――俺もおしまいだな。さて、どこに飛ばされるのか。

むろんどこかの僻地《へきち》の駐在になるくらいなら、警察をやめるつもりでいた。

「おはよう」と言って、谷口が持ってきた新聞を置く。

「そんなことより、昨夜の首尾を聞かせて下さい」

「まずは、ここを読め」と言って谷口が指し示したのは社会面だった。

――「クリーニング店店主、酔って海に転落か」だと！

貞吉が息をのむ。

「こ、これはどういうことです！」

貞吉は動転し、椅子から腰を浮かせ掛けた。

「私らにも分からんのだ」

「いや、しかし――、二人は約束の場所に行ったんじゃなかったんですか」

「それが違うの」

真野が話を引き取る。

「マーカムから金を渡すと言われ、USCARに取りに行ったら、『今夜は行かなくていい』と言うのよ。それで指示に従ったらこのざまよ」

唯々諾々《いいだくだく》とUSCARの指示に従った二人の不甲斐《ふがい》なさも、貞吉には理解し難かった。

「でも、どうして――、どうしてこんなことに――」

新聞を持つ手が震える。

谷口が弁解がましく言う。

「これは推測だが、いつまで待っても君が来ないので、仕方なく行きつけの飲み屋でしたたか飲んでから海を見に行き、転落したんだろう」

「何を言ってるんですか。どうして渡久地さんが、夜の海を見に行くんですか！」

「待て、ここは米軍の――」

「これは米軍による殺人です！」

その声に、離れた席にいる米兵たちがこちらを向く。言葉の意味は通じなくても、雰囲気で何を言っているのか分かるのだろう。

「東君、お願い。冷静になって」

「冷静になれと言われても無理です！」

――渡久地さんは、俺のせいで殺されたんだ。

それに気づいた時、貞吉は責任の重さに押しつぶされそうになった。

谷口が気色ばむ。

「真相は分からない。だが、われわれからマーカムにクレームをつけることなんてできないんだ。そんなことは分かっているだろう」

真野が付け加える。

「東君、堪《こら》えて。われわれがマーカムに『殺したんだろう』と言っても、マーカムは『知らない』と言うだけよ」

「それが、われわれの立場なんですか」

谷口が黙ってうなずく。

「ああ、どうしたらいいんだ。渡久地さんには、大学在学中の息子が二人もいるんですよ」

「だからと言って東君、米軍がやったっていう証拠なんてないわ。たとえあったとしても、われわれには何もできない」

「警察は水死で処理したのか」

「ええ、そうよ。司法解剖もしたわ」

「死体を見せてもらえませんか」

谷口が苛立ちをあらわに言う。

「司法解剖も終わり、遺体は遺族に下げ渡されたはずだ」

「じゃ、茶毘《だび》に付す前に、渡久地さんの家に行ってきます」

「何しに行くんだ」

「洗いざらいぶちまけます」

「馬鹿なことを言うな！」

谷口の怒声に、米兵や厨房《ちゅうぼう》で働く人々の視線が集まる。

「馬鹿なことなど言ってません」

「奴は警察官を脅していたんだぞ」

「だからって殺すことはないでしょう」

貞吉が立ち上がる。

「どこに行く」

「ここから出ていきます」

立ち去ろうとする貞吉の背に谷口の声が掛かる。

「君はここから出ていけないんだ」

「どういうことですか。私から行動の自由を奪うんですか」

「君が出ていこうとしたら、そう伝えるようマーカムから命令されている」

「なんてこった」

貞吉は頭がくらくらし、椅子に手を掛けて体を支えた。

「東君、冷静になって」

その言葉を無視して、貞吉が谷口に問う。

「あんたらもグルじゃないのか」

「何てことを言うんだ！」

谷口が立ち上がる。

「待って下さい。谷口さん、外していただけませんか」

しばらく二人を見比べていた谷口が答える。

「よかろう。外で待つ」

谷口が立ち去ると、真野が「座って」と言った。

「分かったよ」

貞吉が不貞腐《ふてくさ》れたように腰を下ろす。

「私たちは何も知らないわ。お願い。信じて」

煙草を取り出した貞吉は一服した。こうした時の煙草は、冷静さを取り戻させてくれる。

「よかろう。君を信じよう」

真野が声をひそめる。

「米軍は戦争で人を殺すのに慣れているの。だから共産主義者と目されている人民党員を殺すことを正義だと思っているわ」

「ひどいもんだ。沖縄人は牛馬以下か」

「私もそう思うわ。でも今の沖縄の置かれた立場では、仕方がないじゃない」

それを瀬長が打破しようとしているのだが、同じ沖縄人からも足を引っ張られ、基本的人権の取得さえ、ままならない状態なのだ。

「俺は本気で警察をやめたくなったよ」

「やめてどうするというの」

「仕事はたくさんある。食べていくことはできる」

「あなたは優秀なのよ。ここまでの貢献度も高い。だからUSCARは、あなたの立場を守るために――」

真野が語尾を濁らせる。

「俺が殺してくれって頼んだとでも言いたいのか」

「違うわ。でも人民党にあなたほど浸透するには、どれだけの年月が掛かるか分からないわ。しかも瀬長を弾劾するにはあと一息よ」

――俺は渡久地さんを殺し、瀬長さんの行く手を阻んでいるのか。

その事実が重くのしかかる。

「お願いだから続けて。個人的にもそう思うわ」

「個人的にもか」

「そうよ。パートナーとして、あなたとならうまくやっていける」

いつしか真野は貞吉の実力を認めていたのだ。

――このまま消えたら令秀はどう思う。俺に裏切られたと思うだろう。奴を傷つけることだけはできない。

警察をやめることに躊躇はないが、令秀のことだけが気になる。

「分かったよ。もう少しやってみる」

「よかったわ」

「それじゃ、荷物を持ってくる」

真野が言いにくそうに言う。

「待って。それはまだなの」

「どういうことだ」

「マーカムから、渡久地さんが荼毘に付されるまで、あなたを出すなと命じられているの」

「俺を――、俺を信じないのか」

「私たちじゃない。USCARの命令なのよ」

貞吉の全身から力が抜けた。

――俺たちは操り人形なのか。

自分たちがUSCARの走狗《そうく》にすぎないことが、これではっきりした。

「二、三日のうちに必ず迎えに来るから、それまでは大人しくしていて」

「分かったよ。好きにすればいい」

貞吉は、何もかもが嫌になってきた。

二人が帰った後、貞吉は部屋に籠もって泣いた。男は泣いてはいけないものだと祖父や父から教えられてきたので、幼い頃から貞吉は何があっても泣かなかった。だが今度ばかりは泣かずにいられない。
——俺のせいで人が殺されたんだ。
その事実が重くのしかかってくる。
——俺はどうしたらいいんだ。
慟哭《どうこく》はいつまでも続いた。

第三章　ガジュマルの木

一

沖縄《おきなわ》の夏は暑い。意識を失うほどの焦熱《しょうねつ》の中、労働者たちは米軍基地の建設に汗を流す。田畑が基地とされてしまったため、それしか仕事がないからだ。

沖縄人の誰《だれ》もが基地など要らないと思っている。ひたすら昔の沖縄を取り戻したいだけだ。しかし基地を造ることに手を貸さないと食べていけないのが、沖縄の現実なのだ。そうした矛盾を抱えながら、今日も人々は働いていた。そんな沖縄人の苦しい気持ちを代弁し、希望の光を見せてくれる唯一の人物が瀬長亀次郎《せながかめじろう》だった。

市議選は保守と革新入り乱れての乱戦になった。瀬長は連日にわたって演壇に立ち、「弾圧と干渉は抵抗を呼ぶ」と題する演説を行った。

ハーバービュー広場で行われた保守派との立会演説会では十万人が集まり、大半の人々が瀬長に惜しみない拍手と歓声を送った。そして市議選で瀬長は勝った。この時の市議選で、革新派の候補は十三人中十二人が当選している。

議会は依然として保守派が過半数を占めていたものの、不信任案成立に必要な三分の二には至らず、瀬長の解任は回避されたかに見えた。

だがUSCAR《ユースカー》も負けてはいない。彼らは卑劣な手を用意していた。

渡久地《とぐち》が荼毘《だび》に付され、貞吉《さだよし》は栄隼人《さかえはやと》としての日常を取り戻した。そうなれば、すぐにでも令秀《れいしゅう》を使って情報を集めねばならない。

久しぶりに「エメラルド」に顔を出すと、令秀が「二週間近くどうしていたんですか」と問うてきた。それで「住み込みで北部の護岸工事に従事していた」と答えると、泉《いずみ》が「ああ、やっぱりあれに行ったのか」と、うまく合わせてくれた。

令秀は、「何も言わずにいなくなるなんてひどいな」と言いながらも信じてくれた。

令秀のグラスにビールを注《つ》ぎながら、泉が釘《くぎ》を刺した。

「ビールは一杯だけだ。家に帰ったら勉強するんだぞ」

「分かっています。やりますって」

貞吉が問う。

「最近、試験の点数はどうなんだ」

「落ちてきてますよ」

「だから言わないこっちゃない」

「でも琉球《りゅうきゅう》大学くらい合格できます」

令秀が長くなった髪を左右に分ける。

「人民党からも、受験が終わるまでは出入り禁止を申し渡されているんだろう」

「ええ、まあ。でも行けば『今日だけだぞ』と言って手伝わせてくれます」

泉があきれたように言う。

「それじゃ、いつ勉強するんだ」

「大丈夫。やる時はやりますから」

令秀がビールを飲み干すと言った。

「渡久地さんの葬式に行ってきました」

それだけ言うと、こちらからの反応を見るかのように令秀が黙る。

「そうか。渡久地さんのことは新聞で知ったが、残念だったな」

「多分、隼人さんなら知っていると思いました」

「ど、どうしてだ」

「新聞をよく読むんでしょ」

「ああ、そうだ。現場の事務所にあったからな」

貞吉と泉が視線を絡ませる。渡久地の一件は泉も知っているはずなので、少し張り詰めた空気が漂う。それを気にせず令秀が続ける。

「お葬式で奥さんは泣き崩れ、息子さん二人が左右から支えていました。どうやら二人とも大学を休学して家業を続けるとのことです」

ジョニーウォーカーに浮かんだ氷を弄《もてあそ》びながら、貞吉が言う。

「そうだったのか。立派な息子さんが二人いたことが救いだな」

「はい。二人と話もしたんですが、これまで渡久地さんは酒を飲んでも泥酔したことがなく、誤って海に落ちるなんて考えられないそうです」

泉が自分のグラスにウオッカを注ぎながら問う。

「じゃ、どうして死んだんだ」

「まず考えられるのは自殺です。息子さんによると、ここのところ本業のクリーニング店の経営が芳しくなく借金もしていたようです。でもたいした額ではないので、自殺ということも考えにくいそうです。すいません。もう一杯いいですか」

「もうコーラにしろ」と言って、泉がコーラの栓を抜いて令秀に渡す。

「そうですね。そうします」と答え、令秀はコーラをビンから直接飲んだ。以前はストローを使っていたので、そんなところからも令秀の成長が感じ取れる。

貞吉が問う。

「でも、誰かに殺されたってわけじゃないだろう」

「ええ、渡久地さんは誰かに恨まれることなどなかったそうです。でも不思議なのは、琉球警察によると、渡久地さんがお亡くなりになった夜に飲んでいた店が割り出せないそうです」

――マーカムもずさんだな。

だがそれほどいい加減でも、捜査が頓挫《とんざ》すると見越しているのだ。

泉が問う。

「那覇《なは》には飲み屋だけで一千軒近くあるんだ。探すのはたいへんだろう」

「そうなんです。でもあの日、渡久地さんが立ち寄ったのは、友人宅でも、よく行っていた店でもないようです」

貞吉が煙草《タバコ》に火をつける。

「警察は自殺か転落死だと思っているんで、ろくに探さないんだろう」

「はい。そのようです。それで息子たちが友人の力を借りて聞き込みをしたらしいんですが、どうしても見つからないとか」

泉の目が光る。

「そいつは妙な話だな。それで兄弟はどうしたんだい」

「はい。他殺の疑いも捨てきれないとのことで、いろいろ探り始めています。それで行き当たったのが女です」

「やはりそうか」と言って、泉がため息を漏らす。

「開けなくてもよい箱を開けちまったたってことだな」

「ええ、それで、あの夜も一緒にいたんじゃないかと疑ったわけですが、警察じゃないと尋問ができないというわけで、警察に駆け込んだそうです。そこで担当となっている方に親身になってもらい――」

「警察が親身になるなんて珍しいな」

泉は笑い飛ばしたが、貞吉は何か引っ掛かった。

「警察は、何という人が対応したんだい」

「はい。葬式にもいらっしゃったんで名前は知っています。確か砂川《すながわ》さんとか」

――何だと。

かつて貞吉の上司だった砂川は、捜査一課長として那覇署に転勤してきていた。しかもその手足として、神里《かみざと》と喜舎場《きしゃば》も呼び寄せていた。琉球警察は急拡大しているので、こうした人事も可能なのだ。

――なんてこった。砂川さんはしつこいぞ。

貞吉は気を引き締めなければならないと思った。

泉がグラスを拭《ふ》きながら問う。

「それで女の線を洗ってもらったというわけか」

「そうです。でも女の線では何も出てこなかったようです」

「女の陰に男がいて、殺されたとかじゃないのか」

「全くそんなことはなかったようです。それで砂川さんは、人民党の事務所にいらしたんです」

胸の鼓動が速まる。

貞吉の動揺を察したのか、泉が令秀の注意を自分に向けるべく問う。

「なんで事務所なんかに行ったんだろう」

「こうしたケースでは、被害者が何かを摑《つか》んで誰かを脅していることが多いとか」

貞吉は衝撃を受けたが、動揺を隠して問うた。

「つまり脅していた奴《やつ》に殺されたんじゃないかと、その砂川とかいう警部は言っていたんだな」

「そうです。でも渡久地さんは仕事のほかには、空手と人民党の支援くらいしかやっていません。それでまず空手道場に行ったそうですが、ヤクザの出入りもない道場で、とくに問題はなかったようです。つまりヤクザの弱みを摑み、恐喝をして殺されたわけではないとのことです」

「つまり人民党の線が怪しいというわけか」

「はい。小耳に挟んだのですが、『もうその線しか残っていない』と言っていました」

――まだ何も摑んでいないな。

一瞬、砂川にすべてをぶちまけようかとも思ったが、渡久地の件はＵＳＣＡＲからきつく口止めされているので、それもできない。

泉が何気なく問う。

「金銭トラブルの線はないのかい」

「知りませんね。人民党の方々は金持ちじゃないので、貸し借りがあっても些少《さしょう》でしょう」

それは的を射た観測だった。

「でも――」と、令秀がためらいがちに言う。

「砂川さんは、渡久地さんが警察に行ったことが引っ掛かると言っていました」

「何の用事で警察に行ったんだ」

泉の声も少し上ずっている。

「殺される数日前、渡久地さんは警察学校のアルバムを閲覧したそうです。どういうことなんですかね」

後頭部をハンマーで殴られたような衝撃が走る。

すかさず泉が助け舟を出す。

「友人の娘さんに警察官との縁談話が来て、しっかり卒業しているかどうか、裏を取りに来たのかもしれないぜ」

「砂川さんは、そんなことを言っていませんでしたよ」

「では、全く理由が分からないのか」

「ええ、それで事務所の皆さんに、誰か心当たりはないか聞いていました。でも誰にもそんなものありませんよ」

コーラを飲み干すと、令秀がスツールから下りた。

「それじゃ、そろそろ帰ります。勉強がありますんで」

「まっすぐ帰れよ」

「ここ以外に立ち寄る場所なんかありませんから、ご心配なく」

長髪をなびかせながら令秀が出ていった。

しばらくの沈黙の後、ドアを見つめながら泉が言った。

「どうするんだ。このままでは砂川まで殺さねばならなくなるぞ」

「分かっていますよ！」

貞吉はため息をつくと、ジョニーウォーカーを飲み干した。

「砂川に話したらどうだ」

「ＵＳＣＡＲから口止めされています」

「だからと言って、砂川は琉球警察一のしつこい男だ。必ず真相を摑むぞ」

「やはり、そう思いますか」

「もちろん作業員を割り出すだろうな」

「つまり令秀が――」

貞吉は頭を抱えたくなった。

「ああ、奴のことだ。間違いなくそうなる」

「この件は私のミスから起こったことです。何とか火消しします」

そう言うと、貞吉は帰ろうとした。

「砂川が消されるなら、俺《おれ》も消されるな」

泉の言葉が背中に突き刺さる。

「その前に、私が消されますよ」

そう言い残すと、貞吉は「エメラルド」を後にした。

二

八月、貞吉は谷口《たにぐち》から、しばらく身を隠すことを勧められた。谷口の計らいで、沖縄北部の米軍保養施設の一室を借り受けてくれるという。そこで一、二カ月休めというのだ。

――飯を食って寝るだけの生活か。そんなところで一カ月も過ごせるか。

落胆して自宅のアパートに戻ると、一通の手紙が届いていた。

その手紙の差出人は朝英《ちょうえい》だった。

そこには「八月の休みは徳之島《とくのしま》で過ごす。お前も来い」と書かれていた。

ちょうどよい機会なので、貞吉は数年ぶりに帰郷することにした。


徳之島の海は紺碧《こんぺき》だった。

――こんなに青かったのか。

貞吉にとって思い出は極彩色ではなかった。海の青さをじっくりと楽しむゆとりさえない日々だったからだ。

島の誰もがそうだったから堪《た》えられたものの、日々の生活は苦しく、食べ物にも事欠く有様だった。だが懐かしさは苦い思い出を流し去り、楽しかった思い出ばかりが残される。その楽しかった思い出のすべてに朝英はいた。

水平線の彼方《かなた》に黒点が見えた。やがてそれは大きくなり、船の輪郭を持ち始めた。

――鹿児島《かごしま》からのフェリーだ。

亀徳《かめとく》港を見下ろすなごみ岬《みさき》に佇《たたず》んでいた貞吉は、ブーゲンビリアが咲き乱れる坂道を下り、亀徳港に向かった。

夏ということもあり、船は帰省客や観光客で満員だった。誰もが笑みを浮かべて桟橋を渡ってくる。その最後尾を長身の朝英が歩いてきた。朝英はサングラスを掛け、小さなボストンバッグを提げ、麻のジャケットを着ていた。

——来たな。

自然と笑みがこぼれる。

フェリーの待合所の物陰から「よおっ」と声を掛けると、朝英が恥ずかしげに右手を挙げた。

「貞吉は変わらんな」

「お前の方こそ」

二人の顔に笑みが広がる。

人気のなくなった待合所にボストンバッグを置いた朝英が、思い切り伸びをした。

「帰ってきたぜ」

貞吉が待合所の外に停めてある二台の自転車を示す。

「自転車を借りておいたぞ」

「随分と手回しがいいな」

二人はボロ自転車に乗って故郷の徳和瀬《とくわせ》に向かった。

「貞吉、あれからどうしていた」

「今は那覇で巡査をやっている」

「そうか。たいへんだな」

「まあな。それよりお前はどうしている」

「バイト生活さ」

朝英が平然と言う。

「何だって。希望する会社に入れなかったのか」

「いや、そうじゃない。少し思うところがあってね。東京の小さな出版社でバイトをしながら、いろいろ勉強している」

「勉強って何の勉強だい」

「主に政治だな。というか、世の中をよくするにはどうしたらよいかを考えている」

「そうか。お前もたいへんだな」

気づくと朝英の実家に着いていた。

「ちょっと待ってくれ」

朝英は中に入ると、誰かと話している。外に子供が数人出てきたので、話し相手はきっと兄貴の嫁さんだろう。

しばらくすると朝英は出てきた。

「兄貴は漁に出ている。さあ、行こう」

「おい、荷物は置かなくていいのか」

「ああ、ここには泊めてくれないとさ」

すでに朝英は、自転車のペダルに足を掛けている。

「連絡を入れてなかったのか」

「もちろん手紙は出していたさ。でも兄貴は字が読めないから、こんなことになるんじゃないかと思った。で、お前んちはどうだ」

貞吉が半ばあきれるように答えた。

「誰も住んでいない空き家でよければ大歓迎さ」

二人は自転車を走らせ、かつて貞吉一家が住んでいた家の前に立った。

七人が暮らしていた貞吉の実家も、すでに祖父母が亡くなり、弟妹《ていまい》が九州にいる親戚《しんせき》に引き取られたため、今は誰も住んでいない。だがかつて父が友人の船大工に造ってもらったと自慢していただけあって、建物自体はしっかりしている。

「へえ、思ったより住めそうだな」

「ああ、こちらに来てから暇なんで、何とか住めるように手を入れていたんだ」

「休暇を取ったんだな」

「うん。一カ月という長い休暇をもらった」

「そんなに休めるのか」

朝英が驚く。

「ああ、琉球警察は米軍の管理下にあるので、何事もアメリカナイズされているのさ」

「そうか。羨《うらや》ましいな。日本とは違うんだな」

「そういうことだ。で、ここでいいのか」

「ああ、世話になる」

「いつまでいられる」

「一週間てとこだ。その後は沖縄に行く」

「えっ、観光か」

「まあ、そんなとこだ。貞吉はどうする」

「そうだな。俺もそのくらいだ。ずっと休みを取っていなかったんで、上司からは『適当に休んでこい』と言われているが、ここは退屈なんでね」

朝英が、土間の片隅に立て掛けてあった銛《もり》を手にする。

「夕飯はどうする」

「米と漬物くらいならある」

「じゃ、蛋白質《たんぱくしつ》を取りに行くか」

銛を手にした朝英がにやりとした。

その夜、二人は存分に魚を食べ、黒糖焼酎《しょうちゅう》の盃《さかずき》を傾けた。

「朝英、さっき沖縄に行くと言っていたな」

「ああ、言ったよ」

「観光で行くのか」

朝英が笑みを浮かべる。

「お前のことだ。そこを突いてくると思った」

「じゃ、何しに行く」

「尋問かい」

「そうじゃない。話したくなければ話さなくていい」

貞吉が串《くし》に通した焼き魚を頬張《ほおば》る。

「教えてやるよ。瀬長亀次郎さんに会いに行く」

予想もしなかった名が出てきたことで、貞吉は動揺した。

「なんだって——。約束を取っているのか」

「いや、行けば何とかなるだろう」

「そうかもしれんが、またどうして——」

貞吉が焼酎にむせながら問う。

「俺は政治に関心があると言っただろう」

「ああ、知っている。だから早稲田《わせだ》大学の政治経済学部に行ったんだろう」

「そうだ。東京で学ぶものは多かった。とにかく、このままでは日本はだめになる。今の政治体制は米国に追従しているだけで、国民の幸せなど考えていない。とくに沖縄ではそれが顕著だ。だから瀬長さんたちの戦い方を学び、本土での活動に役立てていきたい。それは俺たち若者の総意であり、徳之島出身の俺が、皆の代表として沖縄の政治状況を調べてくることになった」

——そういうことか。

やはり朝英は、政治活動に絡んでいたのだ。

「お前は反米主義者なんだな」

「そうだ。ソ連や中国こそ理想の国家だ」

「では、共産主義者というわけか」

「ああ、日本民主青年同盟に入っている」

「そうだったのか」

貞吉が朝英の下宿を訪問した頃《ころ》、ちょうど朝英は共産主義思想に目覚め始めていたのだ。

「お前は警察官だな」

「そうだ。それを誇りとしている」

「米国に追従し、安保条約を守ることに誇りを持っているのか」

「そのどこが悪い。警察は反体制派を弾圧するための組織ではない。国民を守り、秩序を維持するための組織だ」

「本気で言っているのか」

気まずい空気が流れる。

「よそうや」

朝英が明るい調子で言う。

「貞吉と俺は道を違《たが》えたんだ。もう同じ道を歩いていた昔とは違う」

「そうだ。お互い選択を繰り返した末に今がある。その選択を尊重し合おう」

「ああ、それがいい」

朝英が伸びをすると横になった。

しばらくすると、寝息が聞こえてきた。その寝顔を見ていると、過ぎ去った日々が昨日のことのようによみがえってくる。

――もう、あの頃には戻れないんだな。いったん違えた道は、二度と再び交錯することはない。

数日後、朝英は沖縄に向かった。

一方、貞吉は徳之島で生活を続けながら、復帰してよいという知らせが来るのを待っていた。

十一月初旬、ようやく谷口の手紙が届き、貞吉は沖縄に戻ることを許された。徳之島には、およそ三カ月の滞在になった。

沖縄に戻った貞吉は、一段と政治闘争が激しくなってきていることに気づいた。

瀬長と反瀬長派との対決は最終局面を迎えていた。

十一月二十三日、ＵＳＣＡＲは市町村自治法の改定に踏み切った。これまで不信任案の議決は議員の三分の二の出席が要件だったが、これを過半数でも可能とした。すなわち瀬長支持派の与党議員が欠席しても、残りの反瀬長派議員だけで、不信任案が議決できるようになったのだ。

さらに不信任されたら最後、投獄された過去を持つ者は被選挙権も奪われることになった。つまり瀬長が再び那覇市長に立候補できないようにしたのだ。

これは「瀬長布令」と呼ばれ、瀬長のために設けられた布令とされ、米国の民主主義に泥を塗るものとして後世に語り継がれていくこととなる。

これに対して瀬長は、「高等弁務官（ＵＳＣＡＲの最高責任者）の布令改正は、これまで彼らが唱えてきた『民主的ルールに従って選出された那覇市長の問題は、住民の手で解決されるべきであり、米国としては沖縄の基地の治安を乱すことがない以上、自ら手を下すことはない』という宣言が嘘《うそ》だったことを証明している」と非難し、「全県民、祖国の同胞が反撃することを確信する」と声高に訴えた。

追放決定翌日の十一月二十六日、再びハーバービュー広場で、亀次郎追放反対の市民集会が開かれた。この集会には十万余の群衆が集まり、「瀬長、瀬長」の連呼が渦巻いた。この時、瀬長は「アメリカは正々堂々と私と対決することができないので、権力と弾圧で追放した。これは私が正義であり、民主主義の証明であり、人間的に勝利したという証明にほかならない」と語り、「私は勝ちました。アメリカは負けました。第二の瀬長を出すのだ。それが布告に対するこよなきプレゼントになる」と締めた。

群衆は熱狂し、瀬長の後継者に指名された兼次佐一《かねしさいち》を盛り立てていくことを誓った。かくして瀬長亀次郎の那覇市長在任期間は十一カ月で終わった。

三

瀬長の那覇市長辞任によって、昭和三十二年（一九五七）は幕を閉じた。瀬長の十二月三十一日の日記には、「『沖縄の抵抗』（は）やがては日本歴史の一頁《ページ》を費やしサンゼンと光彩を放つであろう。祖国の平和と独立勢力の支援と民族的連帯の強さ！　さあ皆さん、ますます勇気をふるいおこして原水爆基地権力者を追放するための民族的大事業におちついて、ほがらかに進もうではないか、一九五七年よ、さらば――」と記されている。

こうした発言により、徐々に瀬長に対する米国の見方も変わってきた。マッカーサー駐日大使はダレス国務長官あての書簡で、「瀬長は共産主義者というより民族主義者とみなされている」と書いたが、まだまだ米国では、瀬長を共産主義者と考える人々は多かった。

そんなある日、貞吉が署内を歩いていると、背後から「よお」という声が掛かった。

「あっ、砂川さん」

砂川は以前と変わらぬ人懐っこい笑みを浮かべていた。

「忙しそうだな」

「ええ、まあ」

「最近は何をやっている」

「私のように学歴のない一兵卒は、いつまでも下働きですよ」

「そんなことはあるまい。君は優秀だという評判だからな」

砂川が陽気に笑う。

「私なんてまだまだです」

「そうか。君も煙草を吸うようになったんだな」

砂川の視線が貞吉の胸ポケットに向けられる。

「はい。つい手を出してしまいました」

「そうか。それなら屋上で一服するか」

単に雑談がしたいのか、何かを摑んでいるのかは分からない。多忙を理由に断ろうかと思ったが、砂川がどの程度まで捜査を進めているのか探りを入れておきたい。

「お供します」

貞吉が砂川の後に続く。

屋上に出ると、抜けるような晴天だった。

——空が広いな。

久しぶりに見る沖縄の空は青かった。だが貞吉の心中には、不安と後ろめたさの黒雲が垂れ込めている。

「さっき、難しい顔をして歩いていたな。何か悩ましい事件でも抱えているのか」

貞吉は刑事部捜査第二課に所属し、主に密貿易に従事する知能犯を捜査していることになっている。

「いや、そんなことはありませんよ」

「そうかい。それならいいんだが」

砂川は太い指を胸ポケットに突っ込み、不器用そうに「しんせい」を取り出す。

「女房が煙草嫌いでね。だからいつもアパートのベランダで吸っているんだ。その時の夜景がきれいでね。それを見ていると、沖縄に生まれてきて本当によかったと思うんだ」

「そうでしたか。もう那覇の生活には慣れましたか」

貞吉も「しんせい」を取り出すと、ライターで火を点《つ》けた。

「ああ、戦争で外地に行った以外は名護を離れたことがなかったんで、いい機会になったよ」

「もう那覇の町にも詳しくなられたんですか」

「さすがにな。最近はヤクザどうしの喧嘩《けんか》が激しく、こっちも命懸けだよ」

「ヤクザの取り締まりが主な仕事なんですか」

「まあ、それだけではないけどね」

思わせぶりな仕草で紫煙を吐き出すと、砂川が呟《つぶや》くように言った。

「今よく分からない事件に足を突っ込んでいるんだ」

「この島では、よく分からない事件が多いですからね」

「ああ、だがこれは飛び切り分からん事件だ。クリーニング屋の親父《おやじ》が那覇港に浮かんだんだが、その理由がさっぱり分からん」

「ああ、あの事件ですね。単なる事故じゃないんですか」

「そうなんだ。不思議な事件でね」

砂川が事件の概要を語る。

「普通に考えれば、クリーニング屋の親父が酔っぱらって海に落ちただけなんだが、桟橋のはるか手前に片方の靴が落ちていたんだ」

——なんてずさんなんだ。

真《ま》っ暗闇《くらやみ》とはいえ、渡久地を殺して運んだ米兵たちは、靴が脱げ落ちたことに気づかなかったのだ。

「靴が落ちていたって、どういうことですか」

「いくら酔っていたからといって、片方の靴が脱げたのに気づかないものかい」

「まあ、普通は靴を探しますよね」

「そうだろう。しかし親父は靴が脱げたのを無視して、岸壁まで歩いていったことになる。それで海に落ちた。こんな奇妙な話はないだろう」

砂川は何かに引っ掛かると、ずっとそれにこだわる性格だった。

「泥酔していたと聞きましたが」

「泥酔していたら、靴が脱げた時に転ぶはずだ。転んだとしたら、その場に寝ちまうのが自然だろう」

「さあ──、そこまで酔ったことはないので、よく分かりませんが」

「家族にも聞いたんだが、その親父、渡久地という名なんだが、彼は日々の生活に追われ、新聞や雑誌はもとより、本を読むこともなかったという。つまり、夜の海を見て何かの感懐を抱くほどのロマンチストじゃないってことだ」

貞吉が話題を変える。

「遺骸《いがい》はご覧になったのですか」

「いや、荼毘に付した後だった」

胸を撫《な》で下ろす自分に、貞吉は嫌悪を覚えた。

「それで渡久地父さんは、どこで飲んでいたんですか」

「それがさっぱり分からんのだ」

砂川がフィルターぎりぎりまで吸った煙草を、屋上の金網に掛けられた缶の灰皿に捨てた。

「どこかで一人で飲んでいたんですかね」

「近くの倉庫の陰までくまなく調べたんだが、そんな形跡はない。聞き込みをしたところ、浮浪者どもも知らないというし、家族もそんなことは一度もないという」

「ヤクザの美人局《つつもたせ》に引っ掛かったかもしれないですね」

「なぜヤクザが客を殺す。ヤクザだったら恐喝するはずだ。しかも渡久地さんは現金入りの財布を所持していた」

——馬鹿な連中だ。

財布さえ抜き取っていれば、強盗の線も考えられた。だが米兵は、そこまで頭が回らない。

「渡久地さんは腹巻の中に財布を入れていたから、日本人の強盗やヤクザだったら、それに気づかないはずはないんだがな」

腹巻に財布を入れる日本人の習慣を知らないのは外国人だけだ。

「自殺の線はないんですか」

「ここ最近の水不足でクリーニング屋の経営が悪化していたらしいんだが、大きな借金を抱えていたわけではないし、子供二人にかかる金も、もうすぐ必要なくなる。自殺するケースには当てはまらないんだよ」

砂川がため息をつく。

「それで足取りを追ったところ、妙な点があってね」

「妙な点——」

「ああ、灯台下暗しもいいとこだよ。渡久地さんは死の数日前に警察学校に行っていたんだ」

「ほう、それはまたどうしてですか」

すでに知っていることだが、貞吉は興味津々という顔をした。

「どういうわけか閲覧室で、警察学校のアルバムを見たいと言ったという」

「えっ、何のために」

「分からんね。想像をたくましくすれば、いろんなことが考えられるんだが、先走ると固定観念になってしまうからね」

「なるほど、たまたまということもありますからね」

「ああ、そうだ。まあ、町で見かけた誰かが卒業生じゃないかと思って調べたということは、十分に考えられる。でもその理由までは分からん」

貞吉は二本目の煙草に火をつけた。胸いっぱいに煙草を吸い込むと、少し落ち着いてきた。

砂川も煙草をもう一本取り出すと続けた。

「渡久地さんの趣味は空手と人民党でね」

そのことは知っていたが、貞吉はとぼけたように問うた。

「空手をやっていたとは知りませんでしたが、人民党の手伝いをしていたのは新聞で読みました」

「そうだ。空手関係は何も出てこなかったが、人民党関係はきな臭い」

「どうしてですか」

「こういう事件には、たいてい金か女が絡んでいる。だがそうじゃない場合、政治活動で敵を作ったという可能性がある」

「確かに考えられることですね」

「つまり警察学校の卒業アルバムと人民党の間に何らかのつながりが出てくれれば、捜査は進展するというわけだ」

「例えば何ですか」

「これは仮説だが、人民党の活動を手伝っているある男が警察官のような気がした。だがあらぬ疑いは掛けられない。そのため卒業アルバムで裏を取ろうとしたんじゃないかな」

「それで人民党の政治家や支援者に、それらしき人物はいたんですか」

砂川が首を左右に振る。

「人民党の事務所には行ったんですか」

「ああ、最初はけんもほろろに追い返されたけどね。でも渡久地さんの奥さんが一緒に行ってくれてからは、対応が違ったな。事務所の中に入れてくれたよ」

「ほう」

「そしたら若いのが熱心に話を聞いてきた。渡久地さんと親しかったとか何とか言っていたな。その若いのが何か知っているのかと思って逆に尋ねると、懸命に『何も知らない』と答えた。あの反応は何か知っているということさ」

——令秀だ。

背筋に雷鳴のような衝撃が走る。

「本土から来ていた大学生もいたな。『瀬長さんに会いたい』とか言っていた」

——まさか、朝英か！

砂川が不思議そうな顔でのぞき込んでいるのに気づいた貞吉は、表情を気取られないよう顔をそむけた。

「本土の大学生が手伝いに来ているんですか」

「ああ、こっちの出身らしいけどね。人民党にはいろんな人が集まってきているよ」

砂川は面白おかしく何人かの例を挙げた。だが二人のこと以外、貞吉の耳には入ってこない。

「あっ、いけない。約束があったんだ。もう行かなくちゃ。いろいろ参考になりました。では。これで失礼します」

貞吉は吸い掛けの煙草を缶の灰皿に投げ入れた。

「引き止めて悪かったな。俺は考えをまとめたいので、もう一本吸っていくよ」

「失礼します」と言って一礼し、貞吉は屋上を後にした。

──危なかった。

砂川の網は着実に狭まってきていた。

──だからと言って、この一件が米軍の仕業だと分かったとして、砂川に何ができる。

しかしこの事件が明るみに出れば、反米運動は過熱し、瀬長と人民党は圧倒的な支持を得るはずだ。

──やはり砂川を取り込むしかないのか。

だが捜査の鬼とまで呼ばれる砂川を説得できるとは思えない。

貞吉は、しばらく様子を見ることにした。

四

昭和三十三年（一九五八）一月十二日、那覇市長選挙の投票が行われた。候補は二人で、元社大党委員長で社大党右派の平良《たいら》辰雄《たつお》と、社大党出身で民連（民主主義擁護連絡協議会）の兼次佐一だ。双方共に「革新派」を名乗っていたが、平良の背後には保守の民主党とＵＳＣＡＲがいるので、革新にはほど遠い。一方の兼次佐一は瀬長ら人民党の支持を取り付けており、その人気は抜群だった。

民連とは人民党と社大党左派の連合政党のことで、「日本復帰」と「四原則貫徹」を主張していた。

翌十三日、開票結果が全島民に知らされる。

人民党本部事務所の中には五十人前後の関係者がひしめき、投票結果を待っていた。夜になり、民連の候補で瀬長の推す兼次佐一の勝利が確定した。瀬長は「歴史は正しい者が必ず勝つ。正しくない者は負ける」と語り、市民の賢明さを褒《ほ》めたたえた。

無名に近い兼次が那覇市長の座に就くことで、USCARは動揺した。この結果は米国本土にも伝えられ、アメリカ政府をも憂慮させた。

その結果、アメリカ政府はUSCARに「一部譲歩」を命じた。これによりUSCARは、「軍用地料の一括払い」取り下げに応じることにした。また現在の基地と軍用地以外の土地の施政権を琉球政府に返還すると決めた。瀬長が要求することの一部だけを認めた小さな譲歩だが、粘り強い戦いの末、瀬長と人民党は遂《つい》に譲歩を勝ち取った。

瀬長の執念は、ガジュマルの木のように幹が多数に分岐してアメリカに絡み付き、遂に音を上げさせたのだ。


冷たい雨が降っていた。まだ肌寒いこの季節は外出する者も少なく、飲食業の経営は苦しくなる。

「客が来ませんね」

貞吉の言葉に泉がため息をつく。

「地元の連中も、この雨で外出しないので散々さ」

泉は陽気に言ったが、状況が深刻なのは明らかだ。とくに料理を出さないバーやスナックのような業態の場合、客単価が小さいので、常に客の出入りがないと経営が成り立たない。

泉が貞吉に問う。

「今回の那覇市長選では瀬長氏の後継者が勝ったが、おたくらはどうするつもりなんだ」

「おたくらか」と言って笑った後、貞吉は答えた。

「那覇市民の意志が堅固なものだと知ったＵＳＣＡＲは、硬軟取り混ぜた対応をしていくようです。彼らの要求に譲歩するかたわら、分断工作を推し進めていると聞きました」

「分断って、誰と誰を分断するんだい」

「瀬長さんと兼次さんです」

「そうか。兼次ってのは、本を正せば瀬長氏の弟子じゃないからな」

「そうなんです。兼次さんは社大党出身です。瀬長さん以外の人民党の候補では無名すぎて勝てないので、野党連合のような民連を作り、社大党左派の票を取り込むことで当選させたのが兼次さんです」

泉がため息をつく。

「人民党と社大党左派の仲間割れをさせるんだな」

「そうです。すでに真野《まの》が本土の新聞記者を装って兼次に近づき、離間工作を行っています」

「さすがに動きが速いな」

「それが仕事ですから」

「それも沖縄のためか」

泉が何げなく発した言葉が、貞吉を刺激する。

「皮肉ですか」

「そんなつもりはない。警察の仕事は民主主義と治安を守ることだ。その中には革新勢力の弱体化を図ることも含まれている」

「仰せの通りです。失礼しました」

しばらく沈黙した後、泉が問うてきた。

「ここのところ、令秀は顔を出さないな」

「はい。やっと大学に合格したんで、新しい友達ができたのかもしれません」

「そうか。若いっていいな。これで奴も政治活動から離れていくかもな」

「それは分かりませんが、変わらないものなんてありませんからね」

「その通りだ。俺も変わらねばならない」

グラスに口を付けようとした貞吉の手が止まる。

「えっ、何を変えるんですか」

「俺もこの年だ。ここの経営だってうまくいっているわけじゃない。ここまでは貯金を取り崩して何とかやってきたが、もう限界だ」

今まで泉の年齢を気にしたことはなかったが、五十五歳前後なのは間違いない。

「年だなんて。まだ泉さんは若いですよ」

「そう言ってくれるのはうれしいけどな。女房の父親がいよいよ動けなくなったんで、奄美《あまみ》で農業をやらないかと言われている。もしやらないなら、二束三文で土地を売るというんだ」

「そうだったんですね」

「ああ、ひとまず糊口《ここう》を凌《しの》ぐためにこの店を始めたが、元々、何十年もやるつもりはなかった。そろそろ引き時かなと思っている」

泉の顔には、いつになく寂しげな色が差していた。

「でも今更、農業をやるのは辛《つら》くないですか。年齢と共に気力や体力も衰えるし、農業は病気一つで収入の道が絶たれると聞きます」

「そこなんだ。だけど耕す土地があるだけましだ。沖縄では農業を続けたくても、土地を取り上げられ、できなくなっちまった人がたくさんいる」

米軍の土地収用によって人生を狂わされ、間接的な死に追いやられてしまった人がどれほどいるかは分からない。農業以外の仕事をしたこともない中高年にとって、土地を取り上げられることは死の宣告に等しかった。

「俺も元警察官でなければ、瀬長さんを応援していたと思うんだ」

「その気持ちは分かります」

それは貞吉も同じだった。

「でも、それもできない。お前の重荷を半分背負っちまったからな」

そこを突かれると辛い。貞吉は自分だけでは整理のつかない矛盾の捌《は》け口《ぐち》として、あらゆることを泉に語ってきた。泉から慰められることで、貞吉は己を取り戻し、ここまで警察官として働いてこられたのだ。

——俺は知らぬ間に、泉さんにも重荷を背負わせてしまっていたんだ。

もしも貞吉がいなければ、泉は堂々と瀬長を支持していたかもしれない。

「すいませんでした」

「いいってことよ。お前が沖縄のために役立つ優秀な警察官だと見込んだから、俺の持っているものすべてを伝えようと思った。当然、お前の苦しみや葛藤《かっとう》も分かち合わねばならない」

「泉さん――、ありがとうございます」

貞吉の語尾が震える。

「おい、しゃきっとしろよ。もうお前は俺がいなくても大丈夫だ。いや、俺がいたら逆にお前は育たない。お前の中の矛盾は、お前一人で片づけなきゃならないんだ」

泉の言葉が腹底に響く。

――その通りだ。もう泉さんを解放してやらねばならない。

「いいから飲もうや」

泉が貞吉のグラスにジョニーウォーカーを流し込むと、自分のグラスにも注ぎ込んだ。

「沖縄のために」

「ええ、沖縄のために！」

二人がグラスを合わせた時だった。突然、店のドアが開いた。

「いらっしゃい。あっ――」

そこに立つ者の姿を見た時、二人は唖然《あぜん》とした。

「令秀――、どうしたんだ」

雨の中を走ってきたのか、令秀は濡《ぬ》れ鼠《ねずみ》になりながら肩で息をしていた。

「隼人さん、僕を裏切りましたね」

「何だと――」

令秀の右腕がゆっくり上がる。その手に握り締められているものを見た時、貞吉は来るべきものが来たと覚った。

貞吉が何かを言う前に、泉がスツールを指差した。

「令秀、いいからここへ掛けろ！」

だが令秀には聞こえていないのか、銃を構えたまま、じっと貞吉を見つめている。

「令秀、どうしたんだ」

かろうじて言葉が出た。

「あんたはいったい何者なんだ！」

それは確証を摑んでいない者の言葉だった。

——それなら一縷《いちる》の望みはある。

「令秀、その銃を下ろせ」と言いながら、泉が近づこうとする。

「近づくな！」

令秀が獣のように吠《ほ》える。

「泉さん、この場は任せて下さい」

貞吉がスツールを下りると、令秀の体が強張《こわば》る。

「何のことだか分からないが、撃ちたければ撃て」

貞吉の言ったことが意外だったのか、令秀の顔に「えっ」という色が浮かぶ。

「俺は何一つ恥ずかしいことをしていない。何かの誤解で死ぬのは残念だが、じたばたしても始まらない。殺すなら殺せ」

泉が息をのむようにして貞吉を見ている。これが危うい賭《か》けだと分かっているのだ。

貞吉は両手を広げて、「いつでも撃て」という姿勢を取った。

「本当に撃ちますよ」

令秀は左手を銃に添えると、反動に備えて大きく股《また》を開いた。

――これは撃たれるかもしれない。

一瞬、恐怖がよぎる。一発で死ねればまだましだが、狙《ねら》いがそれて負傷した時の銃弾の痛みは、尋常でないと聞く。

令秀が目を閉じた。

――ああ、撃たれるな。

そう思った次の瞬間、泉が何かを投げた。

「うわっ！」

次の瞬間、凄《すさ》まじい発射音が響くと、天井から埃《ほこり》が降った。弾が天井に当たったのだ。

泉が投げたのは灰皿のようだ。


銃を落とした令秀は後ずさりしている。カウンターから飛び出した泉が、野球のヘッド・スライディングのような恰好《かっこう》で銃を確保した。令秀は茫然《ぼうぜん》とそれを見ているだけだ。

「令秀、落ち着け」

貞吉が大きく手を広げて近づこうとしたが、令秀は何かに憑《つ》かれたかのように大声で喚《わめ》いた。

「うっ、うわー！」

令秀がドアから外に飛び出す。その後を貞吉が追った。

五

「令秀、待て！」

ドアの外に飛び出そうとすると、泉の声が背後から追ってきた。

「ここの始末は俺に任せろ。それより奴を捕まえろ！」

むろん貞吉はそのつもりだ。このまま行かせてしまえば、令秀は何を仕出かすか分からない。

外に出ると激しい雨が降り注いでいた。それでも三十メートルほど先を、令秀が駆けていくのが見えた。

「令秀、待て！」

声を限りに叫びながら貞吉が追う。擦《す》れ違う人はほとんどいないが、たまにいる人は驚いて道を空けていく。

令秀は若いだけに足が速い。だが貞吉も、グルクンと呼ばれていただけに足には自信がある。

やがて繁華街を抜け、倉庫が立ち並ぶ一角に出た。どうやら泊港《とまり》の近くのようだ。

ようやく令秀の足が鈍ってきた。長い受験勉強で体力がなくなっていたのだろう。

「おい、待て」と言って令秀の肩を摑むと、振り向きざまに一発食らった。

「この人殺し！」

「何だと。俺が誰を殺した！」

「渡久地さんだ！」

令秀が飛び掛かってきたので、貞吉は転倒した。

二人は倉庫の陰で、くんずほぐれつのもみ合いになった。雨はさらに激しくなり、二人ともずぶ濡れになっていた。

「この裏切り者！」

令秀の拳《こぶし》を間一髪で貞吉がよける。

暴れ回る令秀の隙《すき》を突き、背後に回った貞吉はその片腕を背に回すと、膝《ひざ》で背を押さえつけた。

「放せ！」

「いいから落ち着くんだ」

「ああ、どうしたらいいんだ。すべて僕の責任だ」

令秀が泣き出す。

「いったいどうしたんだ」

「渡久地さんを――、渡久地さんをどうして殺したんだ！」

「俺が殺したって言うのか」

「そうだ。あんたは警察のスパイだ。僕を使って人民党の内情を探り、瀬長さんと人民党をつぶそうとした。それに気づいた渡久地さんを――」

「待て、先走るな」

令秀の動きが弱まったのを感じた貞吉は、ゆっくりと体を離した。

令秀はその場に両手をつき、四つん這《ば》いになって肩で息をしている。

「令秀、何の証拠があるんだ」

「見た人がいるんだ」

冷水を浴びせられたような衝撃が走る。

「何を見たというんだ」

「あんたと渡久地さんは、深刻な顔で立ち話をしていただろう」

――首里《しゅり》の淡水プール広場で行われた演説会の時のことだな。

人気のないところで話をしたと思っていたが、やはり見ている者はいたのだ。

「二人で話をしていたのは間違いない。だが世間話やお前のことだ」

「嘘《うそ》だ！」

「じゃ、何を話していたというんだ」

「見た人によると、二人とも険しい顔をしていたというぞ」

「何を言っているんだ。近くに人はいなかったし、あの暗がりでは顔つきまでは見えないはずだ」

令秀は立ち上がると、貞吉を指差した。

「嘘だ。何か深刻な話をしていたに違いない」

「しかしそれだけで、なぜ俺が渡久地さんを殺したことになるんだ」

「渡久地さんの家族から、淡水プール広場の演説会の後、渡久地さんの様子がおかしくなったと聞いた」

「どうおかしくなったというんだ」

「やけに陽気になったり、ふさぎ込んだり、とても普通じゃなかったらしい」

――それだけの根拠なのか。

令秀は思い込みが激しい。だから短絡的に貞吉を警察の犬だと思い込んだのだ。

「それだけじゃない。これまで人民党に共感を示しながら、あんたは僕から様々な情報を得ていた。よく考えると、それによって手を回されたことも多い」

図星だった。とくに令秀の情報から、人民党を資金面で陰から支えてきた民商（人民党系民主商工会）の会員に対する締め付けを強くし、その資金源を枯渇させたのは貞吉の殊勲だった。

「すべては、あんたに騙《だま》された俺の責任だ！」

「まあ、聞け」

煙草を出そうとした貞吉だったが、胸ポケットの煙草は雨に濡れ、火をつけられる状態にない。

「君が何を思おうと勝手だ。だが俺は渡久地さんを殺してはいないし、警察の手先でもない」

「嘘だ！」

令秀は憎悪の籠《こ》もった目で貞吉を指差した。

「僕は聞き込みに来た刑事さんから、警察学校の卒業アルバムの件を聞いた。それで僕も閲覧しに行ってきた。そしたらあんたがいた。本名は東《ひがし》貞吉さんだったたな」

その一言が肺腑《はいふ》を抉《えぐ》る。だが貞吉は一切、表情に表さず言い切った。

「他人の空似だ」

「嘘をつくな！」

このままだと、いつかばれるのは間違いない。だが今、令秀が決定的な証拠を摑んでいないのも確かだ。

――こうした時は「距離を置け」だったな。

東京で習ったことを貞吉は思い出していた。

「俺を信じないなら、もういい。二度とお前の前には姿を現さないし、一切の関係を断とう」

「それで済むと思っているのか」

「済まなければどうする。また銃で俺を狙うのか」

「――――」

「学生があんなものを手に入れてどうする。どうせ米兵に古い銃を高値で掴まされたんだろう。あんなものを振り回す暇があったら勉強しろ」

「うるさい！」

「もういい。俺は行くぜ」

貞吉が令秀に背を見せた。一瞬、飛び掛かってくるかと思ったが、背後から令秀の弱々しい声が聞こえた。

「あんたは本当に警察のスパイじゃないんだな」

貞吉は立ち止まると振り向かずに言った。

「当たり前だ」

「じゃ、渡久地さんを殺したのは誰なんだ」

「知るか」

「渡久地さんは、あんたが警察だと知ったから、あんたに殺されたんじゃないのか」

「それじゃ言わせてもらうが、もしもそれに気づいたなら、渡久地さんは、なぜ人民党の仲間にそれを伝えなかったんだ」

渡久地が貞吉を恐喝するとまでは、令秀も考えが及ばないはずだ。

「それは――」

令秀が口ごもったので、貞吉は畳み掛けた。

「俺が警察のスパイだという証拠を持っていたら、渡久地さんは皆に示すだろう」

令秀は何も答えられない。

「おい令秀、どうして渡久地さんはそうしなかったんだ」

「それは――、あんたは渡久地さんに脅されたんじゃないのか」

「脅されただと。まさか渡久地さんが、俺を恐喝していたとでも言うのか」

令秀の顔に困惑の色が浮かぶ。

「言っていいことと悪いことがあるぞ。お前は死者の名誉に泥を塗るつもりか」

「だって、それ以外に考えられないだろう」

「お前は映画の見すぎだ」

それだけ言うと、貞吉は再び踵《きびす》を返し、その場から立ち去ろうとした。

「待て」

貞吉が立ち止まる。

「僕が間違っているんでしょうか」

令秀の口調が突然変わる。

「それは自分の胸に聞いてみろ」

「だって、すべてが符合しているんです」

「俺が警察のスパイで、その確証を摑んだ渡久地さんを殺したと言うのか。冷静になって考えてみろ。それがどんなにナンセンスなことかを」

雨は小降りになっていた。令秀はずぶ濡れになったまま、そこに佇《たたず》んでいた。

「隼人さん」

「何だよ」

次の瞬間、令秀が駆け出した。

――刺されるか！

身構えようとした貞吉の胸に令秀が飛び込んできた。

「隼人さん、ごめんなさい」

「分かったなら、それでいい」

「隼人さん、僕はどうしたらいいんですか！」

「人を疑う時は、確証を摑んでからにしろ」

「そうじゃないんです」

「じゃ、何なんだ」

「僕は――、僕は隼人さんのことが好きなんです」

――なんだって。

貞吉は啞然とした。

――俺に甘えたかったのか。つまり最初から俺に否定してほしかったということか。

令秀は目をつぶって顔を上に向けている。

――どうしたらいいんだ！

予想もしない展開に貞吉は戸惑った。

――だがここは、絶対的な信頼を得るチャンスだ。

貞吉の公安の部分が命じる。

――仕方ない。

目をつぶった貞吉は、令秀の唇に唇を合わせた。

――俺はどこへ行くんだ。

だがどこへ行こうと、もはや引き返すことができないのは明らかだった。

貞吉は令秀を強く抱き締めた。

六

「まさか、本当にあんたが来てくれるとはね」

女はベッドから立ち上がると、うれしそうに言った。その少し弛緩《しかん》した肢体は、お世辞にも美しいとは言えない。

電気を消しているので、外のネオンの灯《あか》りが窓から入るだけだが、それだけでも十分に明るい。女が流しで体を拭いている。それを見ようでもなく見ながら、貞吉はベッドサイドのデスクの上においてある煙草に手を伸ばした。

「すまなかった」

「気にしないで。そんな時もあるわよ」

「あんた優しいんだな」

「えっ、何を言っているの。まさか私に惚《ほ》れたんじゃないでしょうね」

「よせよ。俺は――」

その後に続く言葉を貞吉はのみ込み、煙草をくわえると火をつけた。

「誰かいい人がいるのね」

体を拭き終わった女が、再びベッドに横たわる。だが貞吉は何も言わなかった。

今の貞吉には、彼女と呼べる存在はいない。こうした仕事をしていると、おおっぴらにデートもできないので、仕方がないと言えば仕方がない。

「何も言わなくていいのよ。あんたは寂しさを紛らわすため、ここに来た。それだけでしょ」

「まあ、そんなとこだ」

貞吉にとって、あれが機能しなかったことなど、これまで一度としてなかった。

「私に魅力がなかったからかしら」

「そんなことはない。すべて俺の方に原因がある」

「どういうこと。差し支えなければ話してよ」

貞吉は笑みを浮かべて首を左右に振った。

「そうだろうと思ったわ」

「いや、一言で言えば、自分が男だということを確かめたくて、ここに来たんだ」

「男かどうかって、あんた――」

「もういいんだ。俺にも分からなくなった」

女が貞吉のくわえる煙草を奪う。

「男としての自信を失うことがあったのね」

「自信か――」

貞吉が鼻で笑うと、女が突然まくしたてた。

「この島では、誰もが自分を見失う時があるわ。昨日まで地道に働いていた人が土地を取り上げられ、翌日には路上で酒浸りになっている。それがこの島よ。自分が拠《よ》って立つ基盤なんてないも同じよ。だから自分が何者かなんか、誰にも分からない」

「あんたも、いろいろ引きずってきているんだな」

「ええ、そうよ。深窓の令嬢ってわけじゃないけど、両親は畑を耕し、まっとうな暮らしをしていたわ。でも——」

女が煙草の煙を輪にして吐き出すと続けた。

「それも米軍による土地の収用で変わったわ」

——この女もそうだったのか。

米軍によって人生を狂わされた一人に、この女も入っていたのだ。

「ご両親は今どうしている」

「土地を取り上げられた父ちゃんは酒浸りになり、どこかへ行っちまった。母ちゃんは、その辺りで客を拾っているわ。もう年だから二束三文だけど、食べていかなきゃならないからね」

貞吉は女の身の上話を聞いたことを後悔した。

「時々、母ちゃんはうちの店にも来るのよ。『三日も食べていない』って言いながらね。余裕があれば、私もお金を上げていたけど、私だって生きていくのに精いっぱいだからね。こないだなんか『上げるお金はない』と言ったら、『親不孝者』と罵《ののし》られたわ」

女が辛そうな顔をする。

「でも小さい頃は私も幸せだった。でも、すべてはあっという間に変わってしまった」

——戦争はあらゆるものを引き裂いていった。それでも本土の連中は復興を成し遂げ、人並みの暮らしをしている。沖縄だけを置き去りにして。

本土の人々にとって、沖縄は戦勝国に捧《ささ》げた生贄《いけにえ》であり、思い出したくない存在なのだ。

貞吉はやり場のない憤懣《ふんまん》を持て余していた。

「何かを取り戻したくても取り戻せないのが、この島なんだよ。奪われたものは永遠に取り戻せない。でも母ちゃんも私も生きていかなきゃならないんだ」

女の声が震えたので女の方を見ると、ネオンに照らされた女の頬が濡れているのが分かった。

――こいつも悲しみを抱えて生きてきたんだな。そしてこれからも、そいつを抱えて生きていかねばならない。それが沖縄なんだ。

「こっちに来いよ」

「ありがとう。あんた優しいんだね」

女は煙草を灰皿にもみ消すと、貞吉の胸に顔を埋《うず》めて泣き出した。

「泣くなよ。俺も泣きたくなる」

「私は男が泣くのを何度も見てきたよ。私の胸で何人もの男が泣いていた」

「そうか。男は弱い生き物だからな」

男たちには、それぞれ泣きたい事情があったのだろう。それをこの女にぶつけ、女はそれを受け止めてやったのだ。

「今夜は、お前が泣けよ」

「いいの」

「ああ、構わない。俺の胸で気のすむまで泣けよ」

女はしくしくと泣き出した。

その嗚咽《おえつ》を聞きながら、貞吉はこの世の不条理に嘆息した。

七

昭和三十三年三月、真野の工作が実り始め、兼次との間に溝ができ始めた瀬長だったが、同月に行われる立法院議員選挙に向けて沖縄各地を飛び回る遊説《ゆうぜい》の旅に出た。どこに行っても瀬長の人気は絶大で、歓呼の声をもって迎えられた。

民連からは十八人もの候補が擁立され、民主党と社大党右派を凌駕《りょうが》する勢いだった。

だが選挙の結果、民連は最大の九万票を獲得したが、獲得できたのはわずか五議席で、社大党の九、民主党の七に及ばなかった。これは小選挙区制の弊害によるもので、得票数が特定地域に偏り、勝つ時は大勝、負ける時は競り負けという効率の悪い選挙となったのだ。また瀬長と兼次の分裂という内輪もめも、都市部での相次ぐ敗戦に影響していた。

しかも「瀬長の関係する政党の候補者が当選すると、那覇市と同じような目に遭《あ》う」という風評も飛び交い、それが足を引っ張った地域もあった。


こうした中、貞吉は朝英から手紙をもらった。そこには、朝英はすでに東京に帰っており、今は元気に働いていると書かれていた。またあの後、人民党本部に行き、瀬長にも会えたという。

──朝英よ、ここまではよくやった。

だが、朝英の働き掛けが芳しいものではなかったことを、貞吉は知っていた。

令秀によると、朝英は本土の共産党との共闘を申し出たが、瀬長は「事情が違う」ことを理由に、やんわりと断ったという。もちろん将来的な含みを持たせたようだが、共産主義者ではない瀬長が共闘を断るのは、至極当然なことだった。令秀によると、「日本から派遣されてきた方は、肩を落として帰っていきました」とのことだった。

その一方、砂川の捜査は着実に進んでいた。もはや琉球警察内部でも殺人事件として認識され、捜査にも多くの人手が割かれるようになっていた。事が殺人でなければ、ＵＳＣＡＲから琉球警察の上層部に手を回してもらい、捜査を打ち切ることができたかもしれない。だが殺人となると、下手に手を回して後でばれた時、民衆の大反発を食らうことになる。それゆえ貞吉らは、砂川の捜査を静観するしかなかった。

三人はマーカムの許《もと》に、捜査状況の報告に行くことにした。

「そこまで進んでいたのか」

マーカムが机の上に両足を投げ出したまま言った。レザーソウルの靴底がさほど擦り切れていないのは、内勤が多いからだろう。

谷口が弁解がましく言う。

「琉球警察の別の部門が捜査にあたっているので、手の打ちようがないんです」

「Who cares?」

マーカムは苛立《いらだ》ちを隠さず「そんなこと知るか」と吐き捨てた。

「お前らが担当しろ」

「それは組織的に無理です」

「では、もみ消せ」

「それもできません。捜査は着実に進んでおり、間もなく真相にたどり着きます」

マーカムが両手を広げて「ふん」と鼻を鳴らす。

「それがどうしたというのだ」

「こんなことが明るみに出たら、たいへんなことになります」

「たいへんなこととは何だ」

「島民の怒りが爆発し、基地反対運動が過熱します」

谷口が「Heat up」という語を使ったので、マーカムが鼻で笑う。

「何がHeat upだ。過熱したからといって、この島の民衆に何ができると言うんだ」

——この野郎。

マーカムを殴りたい衝動を、貞吉はかろうじて抑えていた。

「捜査の邪魔をしてでも、真相を突き止められないようにするのが、君らの仕事だろう」

「お待ち下さい」

真野が冷静な口調で言う。

「私たちの仕事は、殺人事件を隠蔽《いんぺい》することではありません」

「OK, Lady、では君らは、この件に全くかかわっていないとでも言うのか」

谷口が断固たる口調で言う。

「殺人にはかかわっていません」

「誰が人を殺した」

——とぼけるつもりか。

マーカムの真意が見えてきた。

「誰が人を殺したと聞いているんだ」

深い沈黙が垂れ込める。

マーカムは机から足を下ろすと、椅子《いす》を半回転させ、もったいぶった動作で立ち上がった。

「いいか。誰も殺しなんかやっていない。渡久地という男は、酔っぱらって海に落ちたんだ」

「Give me a break」

貞吉が呟いた「冗談じゃない」という言葉に、マーカムが反応する。

「何が言いたい」

「これがばれたら、あんたは終わりだ」

「何だと！」

谷口がかぶせるように言う。

「東、黙っていろ」

「待て、聞き捨てならん言葉だ。私がなぜ終わりなんだ！」

マーカムの瞳《ひとみ》が憤怒《ふんぬ》に燃える。だがその瞳には、怯《おび》えの色があらわだった。

「あんたは渡久地さんを殺すことを、兵士たちに命じただろう」

「命じてなどいない。私が命じたのは脅すことだけだ」

「どういうことだ」

三人が顔を見合わせる。

「私は脅せとだけ命じたのに、馬鹿どもが殴って殺したんだ。そして海に捨てた」

マーカムが椅子にどっかと腰を下ろす。その顔は追い詰められた獣のように強張っていた。

――つまり過失だったのか。

さすがにUSCARでも、殺人までは命じないとは思っていたが、やはりそうだった。マーカムは子飼いのMP（憲兵）に港の倉庫街で渡久地を脅し、場合によっては暴力を振るうことを容認したのだ。しかし馬鹿な米兵は手加減などできない。

「ミスター・マーカム、これが明るみに出た時、あなたは弁明できますか。実行犯の兵たちが『殺せと命じられた』と言ったら、あなたはどうするのです」

マーカムの顔に苦渋の色が浮かぶ。

「それは、われわれの内部のことだ。君たちには関係ない」

マーカムが虚勢を張るように、もう一度「It's not your business」と言う。

形勢が有利に転じたことで、谷口が冷静な口調で言う。

「それは分かっていますが、もはや隠蔽できないところまで来ているんです」

マーカムが唇を震わせつつ問う。

「担当捜査官を抱き込むことはできないのか」

谷口が答える。

「とても無理です」

「君らが説得しても無理なのか」

谷口が貞吉を見る。

——俺にその役をやれと言うのか。

「担当捜査官は警察官としての誇りを持っています。われわれとは——」

谷口と真野の視線を感じながら、貞吉は言い切った。

「違います」

「金と地位で釣れないのか」

貞吉はうんざりした。

「ミスター・マーカム、あなた方が沖縄人に残したのは、人としての誇りしかないんですよ」

マーカムが舌打ちする。

「たとえそうだとしても、そいつを抱き込まない限り、たいへんなことになる」

——それはお前にとってたいへんなことだ。

だがマーカムは平然と言ってのけた。

「君らも一蓮托生《いちれんたくしょう》だ」

マーカムは「You are in the same boat」と言ったので、貞吉は可笑《おか》しくなった。

──お前らのボートなどに、誰が乗るか！

その時、瀬長の顔が脳裏に浮かんだ。瀬長の船は沖縄人で常に満員だった。

谷口が困ったように言う。

「担当捜査官は筋の通った男なので、説得しても聞きません」

「金で解決できないのか」

「買収なんてとんでもない」

「家族はいるのか」

その言葉に、遂に貞吉が切れた。

「ミスター・マーカム、私に悪い言葉を使わせたいのですか！」

「何だと」

「This bastard」

貞吉が「このクソ野郎」と言ったので、谷口と真野の顔色が変わった。

「おい、よせ」

だがマーカムは深刻な顔のまま言った。

「分かった。その手は使わない。だが代わりに、君らが知恵を絞ってこの件をもみ消せ」

そう言うとマーカムは再び椅子に腰を下ろし、机の上に足を投げ出した。

それが「帰れ」という合図なのを、すでに三人は知っていた。

八

午後六時半過ぎ、いつものように「エメラルド」のドアを開けると、すでにスツールに座している男がいた。

——誰だ。見慣れない客だな。

その男は足が短いためか、足置き用のバーまで足が届かず、すり減った靴を交差させている。こうした店のスツールに座るには最も似つかわしくないタイプの男だが、その顔がゆっくりとこちらを向いた時、貞吉の体は凍りついた。

「よおっ」

丸眼鏡を鼻までずらして手を挙げたのは砂川だった。

——どういうことだ。

泉に視線で問うたが、泉はわずかに首を左右に振ると、目を落としてグラスを拭き始めた。

「こっちに用事があってね。その帰りに寄ったんだ。たった今聞いたんだが、君はこの店の常連だっていうじゃないか」

「ええ、まあ、そうですね」

泉が何かを目で合図する。それで泉が教えたのではなく、すでに砂川は知っていたと分かった。

「砂川君とは久しぶりだな」

どうやら二人で乾杯したらしく、泉の前にもグラスが置いてある。

「泉さんも水臭い。店を出したんなら教えて下さいよ」

砂川がニコチンで茶色くなった指でビール瓶を持つと、泉が置いてくれた貞吉のグラスにビールを注ぐ。

「だって砂川君、君が那覇署に転勤になったことを、俺は知らなかったからな」

「そういえばそうですね。泉さんが警察をやめたっていう実感が湧《わ》かなくて失礼しました」

「まあ、警察あっての俺だったからな」

二人が笑い合う。

砂川が丸眼鏡を拭きながら言う。

「いやね、こないだ捕まえたヤクザと雑談していたら、ここの店の話が出たんですよ」

どうやら砂川がこの店に来た経緯は、すでに泉には話しているらしい。

「ヤクザ、ですか」

貞吉はほっとした。だが人民党の事務所で令秀から「エメラルド」のことを聞いたとしても、隼人と貞吉は結び付けられない。泉も自分の過去の経歴を令秀に語ったことはないはずだ。

――だが、ここに令秀が来てしまったらどうする。

その時はすべてが明るみに出て、貞吉のミッションは中断され、令秀は深く傷つくことになる。

――すぐに砂川を連れ出さなければ。

だが慌てて連れ出そうとすれば、逆に疑われることになる。

――ここは少し雑談しよう。

苛立つ思いを抑え、貞吉が笑顔で問う。

「ヤクザって誰ですか」

「君のよく知る男さ」

砂川は煙草を取り出すと、悠然と吸い始めた。

動揺を覚られまいと、貞吉も煙草を取り出したが、図らずもテーブルの上に落としてしまった。それをすかさず拾うと、砂川が安ライターを近づけてくれた。ライターの火に照らされた砂川の眼鏡が光る。その奥にある双眸《そうぼう》は、猜疑心《さいぎしん》で満ち溢《あふ》れているように感じられる。

「よく知る男って言われても、ヤクザに知り合いはいませんよ」

ミスターKの顔が浮かんだが、厳密には、Kはヤクザではない。

「そんなことはないだろう。警察学校で教育係長となった大城賢治《おおしろけんじ》を忘れてはいないはずだ」

「ああ、そうでした。彼はヤクザになったと聞きました」

「それで泉さんも交え、前途を祝してここで乾杯したそうじゃないか」

大城の前途など祝していないが、今それを言っても仕方がない。

「そうでしたね。あの人、捕まったんですか」

「もう何度もしょっ引いたよ。でも微罪さ。奴はコザ派の下部組織の用心棒集団を率いているにすぎないからな」

この時代、暴力団は那覇派とコザ派に分かれて抗争を続けていた。コザ派は本を正せば戦果アギヤーをベースにした集団だったが、それが次第に組織化されてコザ派を形成した。彼らは主に特飲街（赤線と同義）のAサイン認定店舗（米軍認定店舗）の用心棒となってしのいでいた。だがここのところ縄張り争いが激化し、那覇派との間でトラブルが頻発し、逮捕者が続出していた。

泉が話題を変える。

「そうだ。今夜は団体さんの予約が入っているんだ」

――ああ、助かった。さすが泉さんだ。

令秀が来た時のことを危惧《きぐ》していたのは、貞吉だけではなかった。

「へえー、そいつはよかったですね」

砂川が大げさに驚く。どうやら泉の店の経営状況を聞き知っているようだ。

「もうすぐ来ると思うんだ」

そう言いながら泉が腕時計を見る。

「それにしても、こんな早い時間から団体さんが入るとは珍しい」

砂川が首をかしげる。

沖縄では、会社の宴会でも午後八時以降の集合になるのがざらだった。だから午後六時頃から開けている店は少ない。「エメラルド」は宴会前の一杯客を狙っているので、泉は午後五時半頃に店に出てきて六時には開けていた。

「今日のお客さんたちは、どうやら品行方正な人たちらしい。うちの常連さんの勤めている会社の人たちなんだけど」

「へえー、ここに集まるってことは、飯を食ってから来るんですよね」

「うちは食べ物類を出さないんで、その前か後だろう」

「どこの会社ですか」

例によって砂川はしつこい。さすがの泉の額にも汗が浮かんでいる。

——即興で嘘をついているな。

だとすると、さすがの泉も会社名など考えていないに違いない。

「砂川さん、ここでゆっくり飲むのはまたにして、今日は別の店に行きませんか」

「ああ、そうだな。泉さんの商売の邪魔になるからな」

「すまんね。こんなことは滅多にないんだがね。また来てくれよ」

砂川がスツールから下りる。

——よかった。

安堵感が波のように押し寄せてくる。

「じゃ、砂川さんの行きつけの店に行きましょう」

「えっ、こっちに来て日も浅いんで、行きつけっていうほどの店はないんだけどね」

「そうですか。砂川さん好みの太めの娘がいる店を、もう見つけているんでしょう」

冷や汗をかきながら、貞吉が冗談を飛ばす。

「まあな」と言いながら財布を取り出す砂川を、泉が制する。

「ビールの一杯くらい、俺のおごりだよ」

「すいません」

砂川は頭を下げると、汗染みのついた背広を片手に店のドアに向かった。その背後で貞吉が泉に黙礼すると、泉が視線で「よかったな」と言っているのが分かった。

「あれっ」

砂川がドアに手を掛けた時、ドアは外から開いた。

そこに立っている人物を見た時、背筋に焼き串《ぐし》を刺されたような衝撃が走った。

——なんてことだ。

そこに立っているのは令秀だった。

一瞬で衝撃から立ち直った貞吉だったが、この場を取り繕えるような言葉は出ない。

令秀がきょとんとした顔で言う。

「あれっ、刑事さんじゃないですか」

「君は確か――、人民党の事務所で働いている大学生だね」

「はい。妙なところで――」

砂川の背後にいるのが貞吉だと知った令秀が問う。

「お二人は知り合いなんですか」

「ああ、もちろんだよ。昔――」

砂川の言葉に貞吉が声をかぶせる。

「いや、刑事さんがちょっと事情を聞きたいと言うんで、外で立ち話をしようと思ってね」

砂川は何かを考えるように、貞吉と令秀を見比べている。

「ちょっと待って下さい。お二人は知り合いなんでしょう」

「そんなことはないよ。ねえ、刑事さん」

即座に事情を察したのか、砂川が言う。

「ああ、そうだよ」

だが令秀は鋭かった。

「でも、おかしいじゃないですか」

「何がおかしいんだ」

「だって、ほかにお客さんがいないのに、あそこにビールとグラスが置いてあるでしょう」

テーブルの上には、ビール瓶とグラスが三つ置かれたままだ。事情を察した泉が、さりげなくグラスを片付けようとしたが、もう後の祭りだった。

「ああ、そういうことか。俺は昔、暴力沙汰《ざた》を起こして、こちらの刑事さんにお世話になったことがあるんだよ。それで改心して働いていると言ったら、一杯奢《おご》ってくれたんだ」

「マスターも一緒にですか」

カウンターの中から泉が言う。

「ああ、そうだよ。刑事さんが俺にも『一杯飲め』と仰せなのでね」

「嘘だ――」

令秀が後ずさる。貞吉は慌ててドアが閉まるのを防いだ。

「令秀、何を言っているんだ。ねえ、刑事さん、われわれはそれだけの付き合いですが、乾杯くらいはしますよね」

砂川が致し方なさそうに言う。

「そうだよ。こちらの――、こちらの兄さんとは――」

「こちらの誰ですか」

砂川の口からため息が漏れる。貞吉の偽名を知らないのだから仕方がない。

――なんてことだ！

絶望がさざ波のように押し寄せる。

「刑事さん、この方の名前を言って下さい」

「――」

砂川が口を真一文字に結んだ。

「隼人さん、いや、あんたは隼人さんじゃない！」

「待て、令秀、話を聞け」

令秀が外に飛び出す。それを追う形で貞吉も外に出た。背後からは砂川と泉も出てきたようだ。

令秀が身構えつつ言う。

「何の話を聞けと言うんですか。やっぱり、あんたが渡久地さんを殺したんだ！」

砂川の顔がゆっくりと貞吉の方を向く。

「令秀、馬鹿なことを言うな。これには事情が――」

頭の中が混乱し、こうした場合にどうしたらよいのか、東京で習ったことを思い出せない。

「事情なんてありませんよ。あんたは僕をスパイにして人民党の情報を握っていたんだ。つまり僕は――」

令秀の顔から血の気が引く。

「僕は瀬長さんの足を引っ張っていたんだ！」

「それは違う。令秀、われわれは人民党の行き過ぎを警戒していただけだ」

――しまった。

慌てたあまり、貞吉は遂に本性を告白してしまった。

「やっぱり、そうだったんですね」

「だから――、そうだ。俺は警察の者だ。人民党の情報を握ることで、過激な行動を取らせないようにしていたんだ。党員の行動は瀬長さんの責任にされる。そうなれば瀬長さんは、また刑務所に入れられる。それを防がねばならないだろう」

それは半ば本音だったが、令秀が信じるわけがない。

「そんな詭弁《きべん》は通用しない。この下司《げす》野郎！」

令秀の怒鳴り声が繁華街にこだまする。それを抑えるように、泉が厳しい口調で言う。

「令秀、とにかく中に入れ」

気づくと、周囲には人だかりができていた。

――まずい。

これだけの会話で内容が把握できた人間はいないと思うが、貞吉の面が割れてしまえば、貞吉は公安としての活動ができなくなる。

「マスター、あんたもグルだったんだな」

泉がため息を漏らすと言った。

「事情は知っていた。それだけのことだ」

「刑事さんはどうして――」

「こんなことが行われているとは知らなかった」

砂川が冷静な声音で応じる。だがそこには、貞吉と泉に対する非難が感じられた。

「隼人さん、僕は人民党の裏切り者になっちまった。どうしてくれるんだ！」

「どうするかはこれから考える」

「嘘だ！　もう騙されないぞ！」

「とにかく待ってくれ」

泉が叱《しか》るように言う。

「令秀、店に入れ！」

「もうたくさんだ。もうこんなことはたくさんだ！」

令秀が走り出した。人だかりが左右に開かれる。

「待て、令秀！」

その後を貞吉が追う。

――今度も捕まえられる！

そう思った時、貞吉の心が自己嫌悪に囚《とら》われた。

――また抱いてキスすれば、元の関係に戻れるというのか。もうそんな偽善は真っ平だ！

突然、足が止まった。

令秀は瞬く間に闇の中に消えていった。

九

歩いて店の前に戻ると、すでに周囲は閑散としていた。

ドアを開けると、来た時と同じように砂川がカウンターのスツールに座っていた。

「泉さんからすべて聞いたよ」

貞吉も砂川の隣に座った。

「米軍もひどいことをするな」

「私もその片棒を担いでいます」

「おい」と泉が口を挟む。

「お前は人殺しなんかしていない。自ら罪をかぶるようなことを言うな」

確かに投げやりなことを言えば、砂川は貞吉から事情を聞かねばならなくなる。

砂川が苦い顔で煙草の煙を吐き出す。

「東君、これで渡久地さん殺しの捜査も店じまいだ」

いかに執念深い砂川だろうと、マーカムや直接手を下した米兵を逮捕することはできない。下手をすると、砂川でも離島の駐在にされてしまう恐れがある。

貞吉が自暴自棄になって言う。

「私は公にしていただいても構いませんよ」

泉がテーブルを叩くようにグラスを置く。

「おい東、何を言っているんだ。すべてが公になれば、沖縄の公安はおしまいだぞ」

「どのみち、令秀が人民党の仲間に告げれば、それでおしまいです」

その言葉に泉がため息をつく。

「砂川君、どうする」

「渡久地殺しに関しては――」と言って砂川が大儀そうに煙草に火をつける。

「証拠がなければ何も追及できません。ただ大衆は騒ぐでしょうね」

「それで、東のことが公になるかもしれないってわけか」

新聞社が本気になって動けば、貞吉に行き着くことは、さほど難しいことではない。

「しかし――」

砂川が紫煙を吐き出す。

「令秀は人民党の連中に歌うでしょうか」

歌うとは警察用語で「自白する」ことだが、この場合は「告げ口をする」という意味になる。

濃くなった顎髭《あごひげ》に手をやりながら泉が言う。

「そうか。奴は仲間外れにされたくないはずだ。つまり東のことを告げ口すれば、『間抜け』や『スパイ』と罵《ののし》られ、人民党の事務所からまた弾《はじ》き出される。瀬長さんも愛想を尽かすというわけか」

「そうなるでしょうね。東君、奴はどうすると思う」

貞吉も、すでにそのことを考えていた。

「おそらく」と言いながら、貞吉が震える手で煙草に火をつけた。

「奴は瀬長さんから失望されることを恐れ、何も言えないでしょう」

「だろうな」

　泉がうなずく。

「しかし」と言って砂川が首をひねる。

「奴は、もうここには来られない」

「おそらくな」

「つまり――」

――そうか。令秀は行き場を失うのか。

そのことに気づいた時、嫌な予感が胸の中を覆った。

泉が貞吉の動揺に気づいた。

「東、顔色が青白いぞ。どうした」

「はっ、大丈夫です」

　砂川が鋭い眼差《まなざ》しで問う。

「彼はどんな性格なんだ。馬鹿なことを仕出かすような性格じゃないよな」

「馬鹿なこと――」

　泉の顔にも疑念が走る。

「おい、砂川、万が一ということもあるというんだな」

「私は彼のことを知りませんから、何とも言えません。でも破れかぶれになるような性格だったら危険でしょうね」

貞吉が転げるようにスツールから下りる。

——あの時、なぜ追わなかったんだ。

後悔が波濤《はとう》のように押し寄せてくる。

「東、令秀のいく場所に心当たりはあるのか」

泉が苛立つように問う。

「まずは自宅に行き、在不在を確かめます」

「どうやって」

「奴の部屋に電気が点灯していればいます」

「それでいなかったら——」

「人民党の近辺や、初めて出会った場所などをあたってみます」

ほかにも思い出の場所はあるが、そこまで言う必要はない。

貞吉が店から飛び出そうとすると、砂川が言った。

「こんなことは言いたくはないが、衝動的に自殺する人間は何も準備しない。つまり——」

泉の声も上ずる。

「どこかからダイブすると言いたいんだな」

「そうです。喜屋武《きやん》岬、辺戸《へど》岬、万座毛《まんざもう》、摩文仁《まぶに》の丘といったところが自殺の名所です。明日になったら、近くの駐在所に電話して見回ってもらいます」

小さい村の駐在は交代制ではないので、夜間に見回りをしてくれと頼むことはできない。

「ありがとうございます。では俺はこれで——」

「おい、待て」と言って泉が呼び止める。

「何をしてくるか分からん相手だ。お前自身の身も守るんだぞ」

「分かっています」

そう言うと貞吉は店を飛び出した。

まずタクシーで令秀の自宅に向かうことにしたが、通りまで走る間、胸底から突き上げるように嫌な予感が襲ってきた。

貞吉は、子供の頃から直感が鋭いだけでなく予感もよく当たった。

――大丈夫、取り越し苦労だ。

そう自分に言い聞かせると、貞吉は繁華街の中を走った。

＋

頭の中が混乱し、何も考えられない。後部座席に共に座る真野凜子《りんこ》が、肩に手を置いてしきりに声を掛けてくれるが、言葉は一切耳に入ってこない。前屈《まえかが》みになり、両手を顔に当てているので、外の光景は何も見えない。ただ雨がボンネットを叩く音だけが空《むな》しく響く。

――俺はどうしたらいいんだ。

息が苦しい。呼吸ができない。咳《せ》き込んだことで、自分が泣いていると分かった。

――だが、まだ令秀とは限らない。

突然車が止まると、運転席に座る谷口の声が聞こえた。

「摩文仁に着いたぞ。東、どうする。行けないなら、われわれが確かめてきてやる」

「行きます」

そう言ってドアを開けると、激しい風が吹きつけてきた。

反対側のドアから車を降りた真野の声が、背後から聞こえる。

「東君、確認くらいは私たちでもできるから、無理しないでいいのよ」

「いや、俺の目で確かめる。それが最後にしてやれる――」

続く言葉は、風ではなく嗚咽にかき消された。

真野の差し掛ける傘が風で吹き飛ばされそうになる。それでも真野の思いやりが心に染みる。

すぐに巡査が駆けつけてきたので、谷口が所属を告げた。

「どうぞこちらです！」

巡査の案内で磯に下りると、烈風の中、コートを着た十人前後の警察官たちが動き回っていた。

その足元には、米軍の遺体袋のような「何か」が横たえられている。

それが目に入った瞬間、貞吉は足がすくんだ。

「東君、しっかりして」

「分かっている」

真野に支えられるようにして、貞吉は一歩ずつ歩んでいった。

そこにいる者たちが一斉にこちらを向く。その中には砂川の姿もあった。

谷口が琉球語で「お疲れ様です」と言うと、砂川は「ハイサイ（こんにちは）」と答えた。

警察関係者どうしの会話では沖縄言葉はあまり使われないが、砂川は頓着しない。

なおも二人は何かを語り合っていたが、すでに貞吉の耳には入ってこなかった。

「ご覧になりますか」

巡査が声を掛けても、貞吉はシートの前に立ったまま茫然としていた。それを見た真野が「お願いします」と返事をした。

米軍の遺体袋らしきもののチャックを下げると、青白い顔が現れた。十分に濡れた長髪は顔半分を隠しているが、それが誰なのかは明らかだった。

——ああ、令秀。

貞吉がその場に両膝をつく。

慟哭《どうこく》が波のように押し寄せてくる。

頭上から砂川の冷静な声が聞こえてきた。

「昨夜か今朝方、飛び込んだらしい。警察官が見回りに来て、流れ着いているのを見つけた」

貞吉は震える手で令秀の頬に触れた。

——冷たい。

その時、令秀が死んだことを初めて実感できた。

「東君、間違いなく島袋令秀君ですね」

真野が肩に手を掛けて問うたので、貞吉は震える声で答えた。

「間違いない。令秀だ」

これで確認は終わった。

谷口が砂川に問う。

「ご遺族には知らせたんですか」

「ああ、先に東に確認させるため、少し遅らせて連絡した。もうこちらに向かっているはずだ」

砂川が谷口を揶揄《やゆ》するように言う。

「東からすべて聞きましたよ。あなたもたいへんですね」

「私は——」と言い掛けて谷口が口をつぐんだ。おそらくその後には、「私は彼らを管理しているだけだ」と続けたかったのだろう。

「でも谷口さん、クリーニング屋の件もそうだが、これからどうするんだ」

「どうもこうもないですよ。われわれは米軍の指示通りに動くしかありません」

それについて砂川は何も言わない。いかに捜査の鬼と呼ばれた砂川でも、米軍ばかりはどうにもならないからだろう。

——令秀、苦しかったか。

令秀の顔は安らかどころではなく、激しい苦悶《くもん》の色を刻んでいた。

「令秀君、すべてを忘れて安らかに眠ってね」

いつの間にか、真野も傍らにしゃがんでいた。昨夜、心当たりを回った貞吉が署に戻ると、まだ真野が残っていた。砂川から自宅に帰っていた谷口に電話があり、連絡係として貞吉が戻るまで署にいるよう命じられたという。その後、谷口も署に出勤してきたが、砂川から再び電話があり、水死体が揚がったので、確認のために摩文仁の丘に来るように言われたという。

深夜に下宿に帰り、その連絡を受けた時は、目の前が真っ暗になった。

「俺が令秀を殺したんだ」

「何を言っているの。あなたは警察官としての仕事を全うしただけじゃない」

「本当にそうだろうか。未成年を巻き込み、こんな結末を迎えさせてしまったのは、やはり間違っていたんじゃないのか」

それについて真野は何も言わない。真野にも思い当たる節があるからだろう。

令秀の頰に触れていた腕を、真野がそっと引き離す。

「もういいの。何も考えずに休みましょう」

「休むとはどういうことだ」

それには谷口が答えた。

「どこかの米軍キャンプでゆっくりしてもらう」

「待って下さい。俺は――」

そこまで言った時、令秀を失った自分に仕事がないことに気づいた。

「俺はまた、どこかに閉じ込められるんですか」

「しばらくの間だ」

「東君」と真野が優しく語り掛ける。

「少しほとぼりを冷ますのよ。そうすればすぐに復帰できるわ。この事件は東君がいなければ、誰にも解明できない。つまりあなたはミッシングリンクなの。何カ月か姿を消せば、元の仕事に戻れるわ」

――確かにその通りだ。

貞吉がいなければ、渡久地の死と令秀の自殺も結び付けられない。

――そして、俺が自殺するのを防ごうというのだな。

だが貞吉にとって、米軍キャンプ内でなすこともなく過ごすのは地獄も同じだった。

「それしか方法はないのか」

「そうよ。聞き分けて」

谷口が付け加える。

「定期的に真野を面会に行かせる。本でも食い物でも、ほしいものは真野に届けさせる」

「東君、一週間に一度は行くわ。それならいいでしょう」

「谷口さん、期間はどれくらいですか」

「おそらくほんの一、二カ月だ」

「分かりました。それならお言葉に従います」

その時、皆が来た方角から警察官が一人駆けてきた。

「ご家族がいらっしゃいます」

砂川が険しい顔でその警察官に言う。

「検死があるなどと言って、少し待たせておけ」

「分かりました」と言うや、警察官は駆け去った。

「さあ、東君、行きましょう」

「分かった。令秀と最後のお別れをさせてくれ」

そこにいた者たちが距離を取ったので、貞吉は令秀の遺骸と二人きりになった。

貞吉は令秀の顔に付いた砂をハンケチで落とすと、続いて櫛《くし》を取り出し、令秀の髪を整えてやった。

――令秀、すまなかった。お前を騙すつもりはなかった。だが、こうするしかなかったんだ。

令秀の無邪気な笑顔が脳裏に浮かぶ。

――令秀は沖縄の未来を担うべき存在だった。それを俺が奪ったんだ。

絶望が再び襲ってきた。

「もう行きましょう」

気づくと、真野が腕を取っていた。

「すまない」と答えた貞吉は、何とか立ち上がった。

令秀の顔は相変わらず苦悶の色を浮かべていたが、先ほどより少しは安らいだ気がした。

——そうか。もう天国への階段を上り始めたんだな。あっちに行ったら、すべてを忘れて楽しく過ごせよ。

颪は依然として強く吹きつけてきていた。まだ気持ちは動揺していたが、頭の中の混乱は徐々に収まってきた。

——令秀の思いを引き継ぎ、瀬長さんを守っていくことが沖縄のためではないのか。公安の一員にあるまじき、そんな思いがわき上がってきた。

——さらばだ、令秀。

最後に一瞥《いちべつ》すると、令秀が微笑《ほほえ》んだ気がした。だが令秀は貞吉を許せないはずだ。

——笑ったのは、そう思いたいからだ。

自己嫌悪に囚われつつ砂塵《さじん》の中を歩き出すと、立ち話をしていた谷口と真野も後に続いた。

砂川が別れ際に言った。

「東、また会おうな。それまでは何があっても堪えるんだぞ」

貞吉が肩越しに返事をする。

「もちろんです」

砂川がなぜそんなことを言ったのか、貞吉には分からなかった。だがよく考えてみると、その意味が分かる気がする。

——もしかすると半年から一年、入れられるかもしれない。いや、待てよ。

米軍基地内に入れられてしまえば、貞吉の命などマーカムの手中にあるも同じだ。汚点を消し去るために、マーカムは貞吉を消すかもしれない。

――馬鹿な考えはよせ。渡久地さんが殺されたのは過失だったんだ。米軍将校が殺人を命じるわけがないじゃないか。

貞吉は己の妄想を否定した。

十一

昭和三十四年（一九五九）、一私人となった瀬長だったが、その影響力は増すばかりだった。すでに「カメジロー」という名は民衆の合言葉となり、土地問題が反米運動へ、さらに反植民地運動や核の持ち込みを拒絶する運動にまで盛り上がり始めていた。もはや米軍は沖縄を日本に返還するしかないところまで来ていたが、返還するとなると、本土の共産主義勢力と人民党の合体も危惧され、米軍としては運動の高まりを何とか抑えねばならないと思っていた。

こうしたことから米軍は、瀬長亀次郎という一人の人間さえ存在しなくなれば、沖縄とうまくやっていけると思っていた。

一般人となった瀬長は自由に沖縄中を飛び回り、各地を遊説して回った。瀬長は十人ほどしか住んでいない小さな村のために、山道を何里も歩いて村人に会い、それぞれの話に耳を傾けた。こうした地道な活動の結果、瀬長の人気は絶大なものとなりつつあった。

そんな六月三十日、信じ難い事件が起こる。

石川《いしかわ》市（現在のうるま市）の宮森《みやもり》小学校に米軍戦闘機が墜落し、十七人が命を落としたのだ（児童十一人、住民六人、重軽傷者二百十人）。機が直撃した校舎内で授業を受けていた子供たちは、火だるまになって水場に駆け込んだが、航空燃料は水では消火できないので、大人たちが慌てふためく中、子供たちは泣きながら次々と焼け死んでいった。その後、やけどの後遺症で死んでいった者や人生を変えられた者は数知れず、親たちの慟哭は島中に響き渡った。

これにより沖縄島民の怒りは頂点に達する。しかも操縦していたパイロットはパラシュートで脱出し、無事だったことも怒りに拍車を掛けた。本来なら数十秒で達する海上まで機を操縦した上で脱出すべきところを、パイロットは自分の命惜しさに、地上のことを顧みずに脱出したのだ。

沖縄中に米軍基地反対運動が巻き起こった。その運動の先頭に立つのが瀬長だった。

瀬長は激しく米軍を非難し、「飛行訓練の即時停止」を訴えて島民を一丸にさせた。

この事件は世界中に報道され、共産主義諸国でも、米軍の非人道主義の象徴的事件として扱われた。そして「セナガ・カメジロー」の名は、世界にも知れわたるようになる。


嘉手納《かでな》米軍基地での生活は一年半以上になろうとしていた。これまで当たり前のように自由に行動してきた貞吉にとって、いかに広いとはいえ行動エリアも制限される米軍基地内での生活には、堪え難いものがあった。それでも一週間に一度は面会に来てくれる真野のおかげで、何とか精神の均衡を保ってきたが、それも限界に達しつつあった。

谷口が真野と一緒に来た時などは、涙ながらに「離島の駐在で構わないので、ここから出してくれ」と嘆願したが、谷口は「それを決めるのがわれわれじゃないことくらい分かるだろう」と言って首を左右に振った。

ストレスを募らせた貞吉は、些細《ささい》なことで米兵とトラブルを起こし、営倉《えいそう》に入れられたこともあった。米兵たちも、この日本人が何のためにここにいるのか分からず、邪魔者扱いし始めるようになり、貞吉は居場所を失いつつあった。

「というわけで、当面は出してくれそうにないのよ」

真野が申し訳なさそうに俯《うつむ》く。

「どういうことだ。俺のことはマーカムも把握しているんだろう」

「ええ、もちろんよ」

「じゃ、なんで出してくれない。もう七カ月になるじゃないか」

カフェテリアの机を叩くと、遠くにいた米兵の顔が一斉にこちらを向く。胸ポケットに入れてあった煙草を取り出そうとしたが、一本も残っていないことに気づき、空箱を叩きつけた。

「落ち着いて。ここは米軍基地なのよ」

真野が周囲を気にしながら言う。

「それがどうした」

「米兵と喧嘩をした時のことを思い出して」

カフェテリアの角で米兵と肩が接触した貞吉は、「I'm sorry」と言ったが、相手は日本人と分かると「Watch out, Jap」と罵ったので口喧嘩になった。だが駆けつけてきたＭＰ（憲兵）は米兵には一指も触れず、貞吉に殴る蹴るの暴行を加えた。そのため貞吉は肋骨《ろっこつ》にひびが入り、一週間も寝たきりになった。

――確かに、あの時はまいった。

単なる口喧嘩にもかかわらず、貞吉が米兵に暴力行為を働いたことにされた上、簡易裁判まで開かれ、傷が癒《い》えてから二週間も営倉暮らしを強いられた。その時、運ばれてくる食事には、あからさまに唾が吐きかけられており、ある時は虫が埋められていた。

「お願いだからおとなしくしていて。そのうち出してもらえるから」

「本当にそうなのか。もしかすると俺は――」

さすがの貞吉も心が折れそうになる。そうなると妄想は悪い方、悪い方へと向かう。

「我慢して。自暴自棄になっても、何もいいことはないわ」

「分かっている。だがもう堪えられないんだ」

「そこを堪えるのよ。あなたならできるわ」

——真野の言う通りだ。

ここで精神に安定を欠いたら、米軍は貞吉を精神病棟に隔離し、拘束具で身動きを取れなくさせるかもしれない。

「分かったよ」

貞吉が落ち着きを取り戻したのを見た真野は、ほっとしたように小さなため息を漏らした。

「で、外の様子はどんな感じだ」

「新聞を見ていないの」

「こいつらの新聞は米本土のことばかり書いてある。沖縄の動静など興味も関心もないんだ」

「でも、ここに日本語の新聞は持って来られないのよ」

沖縄の新聞には米軍を非難する記事も載っているので、基地内への持ち込みは禁止されている。日本語が読めない者が大半なので問題はないはずだが、様々な悪影響を考慮してのことだろう。

「日本の新聞を置いていないから、宮森小学校のことを知らない米兵も多くいるんだ」

「どうしてあなたは、それを知っているの」

「ここで働いている日本人と雑談するからな」

米軍基地で働いている日本人は多い。そうした人々が年々増えていくことは、声高に基地反対を叫べなくなる人々の増加を意味した。というのも親族や地域の絆《きずな》が強い沖縄では、米軍基地で働く親戚や仲間を慮《おもんぱか》るからだ。また基地の外でも、令秀の兄のように米軍がらみのビジネスを行う者も多くなっていた。

こうしたことから瀬長と人民党の支持率の高さも、いつまで維持できるか分からない。

「知っているなら説明する必要もないわね」

「ああ、米軍にとって沖縄人は犬猫以下の扱いだ。それが沖縄の現実だ」

「その話はやめましょう」

真野の言葉を無視して貞吉が続ける。

「宮森小学校の件で、よく暴動が起こらなかったな」

「瀬長さんが止めたのよ」

「何だって。なぜなんだ」

「暴動を起こしても人が死ぬだけで現状が変わらないことを、瀬長さんは知っているからよ」

「どうしてだ。暴動になれば世界が目を向けるのに」

真野がため息をつく。

「瀬長さんにとっては、世界に注目されるために犠牲者を出すなんて真っ平なの。基地反対運動を行うにあたって、沖縄人の血を一滴も流させないつもりなのよ」

「それでは、いつまでもこの状態が続く」

「そんなに長くはないわ。沖縄が返還されたら、瀬長さんは国政に進出し、日本の国会で沖縄の問題を取り上げさせると言っているの。それで皆は何とか納得している」

——そうだったのか。

貞吉が考えるより、瀬長は大人物だった。

「だから瀬長さんは皆に隠忍自重を唱え、米軍から謝罪と賠償金を取ろうとしているの。それが暴動よりはるかに賢明だと知っているのよ」

貞吉は自分の小ささに恥ずかしくなった。

無言でいる貞吉に、真野が言った。

「そろそろ失礼するわ」

「もう行くのか」

その言葉に寂しさや未練が籠もっているのが、自分でも分かる。

真野は立ち上がると、紙袋に入れてきたものを貞吉に渡した。

「少し肌寒くなってきたから秋物を持ってきたわ。それと、下宿に行って郵便物もね」

郵便物といってもチラシのようなものばかりだが、プライベートなものなので、真野はすべて持ってくる。

「いつもありがとう」

「その一言で報われるわ」

「すまない」

真野は踵《きびす》を返すと去っていった。その香水の残り香が、貞吉に女を思い出させた。

その時、チラシの間に手紙が交じっているのに気づいた。

何の気なしにそれを取り出し、差出人の名を見た貞吉は驚いた。

差出人欄に恵《めぐみ》朝英と書かれていたからだ。

十二

米軍のジープに乗せられた貞吉は、米軍奥間《おくま》通信基地を目指し、名護町を経て大宜味村辺りの悪路を走っていた。

一週間前に移送命令が届いてから、貞吉は大急ぎで「あること」の準備をした。

貞吉は囚人ではないので、手錠も足枷《あしかせ》もない。だが大柄な米軍兵士が相乗りしているので、逃げ出すのは容易なことではない。

その米兵と少し雑談をしたところ、所用があって北部訓練場に向かっていると言ったが、一兵士が一人で行動することは少ない。どうやら貞吉の監視役のようだ。

やがて、かつて現金輸送車強奪事件のあった隘路《あいろ》に差し掛かった。ジープが急ブレーキを掛けて止まった。

——よし、段取り通りだ。

米兵が何事かと身構える。背負っていた銃をゆっくりと肩から外したところで、外から「Hey, I'll open it」という声が聞こえると、後部の開口部にある幌《ほろ》が引き上げられた。

現れたのは運転手の米兵だった。

「What the hell's going on?」

大男が「何があった」と聞くと、運転手は「Help me remove the stone（石を取り除《の》けるのを手伝ってくれ）」と答えた。

大男は貞吉に「It'll be over soon, so hang on（すぐ済むので、そこを動くな）」と指示すると車を降りた。もちろんライフルは背負ったままだ。

やがて二人の声が前方から聞こえてきた。悪態をついているところを見ると、容易には取り除けられないようだ。

——よし、行くか。

音を立てないように後部の幌を引き上げた貞吉は、一目散に駆け出した。

すぐに後方から「No chance to escape（逃げたってすぐ捕まるぞ）」という声と、空に向けて撃ったとおぼしき銃声が聞こえた。

それに首をすくめながら貞吉は、サトウキビ畑の中をジグザグに走って逃げた。

しばらく行くと目前に小さな村が見えてきた。その中央の路肩に「酒と食料　知念《ちねん》商店」と大書された小型トラックが止まっている。

「おい」と声を掛けると、運転席のドアが開いた。

「来たな、相棒！」

「当たり前だ」

二人の顔に笑みが浮かぶ。

「どうやら、うまくいったようだな」

「ああ、お前のおかげだ」

「アメリカはどうした」

「後を追ってきているようだ」

「じゃ、話は後だ」

助手席に飛び乗った貞吉は、朝英の覚束《おぼつか》ない運転に文句を言いながら南を目指した。

沖縄南部の海沿いの町で、ようやくトラックは止まった。

「ここにアジトがある」

朝英が得意げに言う。

建てつけの悪い戸を開くと、中は廃屋で、埃っぽい空気が充満している。裸電球をつけると、室内の様子がうすぼんやりと浮かんできた。

「こいつはひどいな」

家財道具の上には埃が積もり、部屋の隅には蜘蛛《くも》の巣が張っている。

「こんなところでも住めば都さ」

朝英に促されて腰を下ろすと、ようやく人心地ついた。

「これでお前もお尋ね者だな」

「ああ、警察官のまま指名手配ってことだ」

埃を気にせず大の字になると、自由の素晴らしさが込み上げてきた。

「うれしいか」

「もちろんだ」

朝英は背後の袋を探ると、いくつかの缶詰を取り出した。

「腹が減っているだろう」

「当たり前だ」

「その前にこれだな」

朝英が背後に置いてあった一升瓶を丸御膳《まるごぜん》の上に置く。「奄美」というラベルの貼られた黒糖焼酎だ。

「随分と手回しがいいな」

「当たり前だ」

笑みを浮かべた朝英が、二つの割れ茶碗に焼酎を注ぐ。

「いただくよ」と言ってそれを飲み干すと、故郷の味がした。

「島を思い出すな」

朝英も同じ思いに浸っていたようだ。

「そうだな。だが、もうあの時代は戻ってこない」

「その通りだ。今は前に進むだけだ」

二人は期せずして茶碗を合わせた。

「沖縄を取り戻そう」

「ああ、必ず取り戻す」

しばらく故郷の話に花を咲かせた後、貞吉は問うた。

「それで朝英、米軍は本気で瀬長さんを殺そうとしているのか」

「ああ、東京の共産党本部が摑んだ情報によると、米軍の右派は瀬長さんを殺し、沖縄の日本への返還を遅らせるつもりだ」

返還を一年でも遅らせることができれば、米軍は駆け込みで土地の収容をさらに進められる。

「そんなことをすれば、沖縄は怒りで沸騰するだろう」

「日本人に責任を押し付けるのさ」

「どういうことだ」

「日本人の馬鹿が銃撃したと見せかけ、そいつの口も封じるというわけだ」

「なんてことだ」

貞吉はあきれて物も言えなかった。

「世界の覇者となった米軍は、何をしても許されると思っている。お前は知らないと思うが、奥間通信基地には洗脳施設があるという」

米軍がケネディ大統領暗殺の濡れ衣《ぬれぎぬ》を着せたオズワルドを、洗脳したジャック・ルビーに殺させるのは、この三年後になる。

「何だって。俺が連れていかれる予定だった場所のことか」

「ああ、そうだ」と言って朝英が顔を曇らせる。

「ま、まさか俺は――」

「そうだ。その馬鹿はお前にされるはずだった。何と言っても射撃訓練を受けている上、お前は若いからな」

「冗談はよせよ」

「それが冗談じゃないのは、お前が一番分かっているだろう」

米軍ならやりかねないことは、貞吉にも分かる。だいいち米軍にとって貞吉と瀬長が同時に消えてくれれば、これほどよいことはないからだ。

――奴らは渡久地さんでさえ殺したんだ。この島では何をやっても許されると思っている。

怒りが沸々と込み上げてきた。

「だけどお前は、警察官の俺に、どうしてすべてを打ち明けたんだ」

「いいか」と言って朝英が刺すような眼差しを向けてきた。

「俺は共産党本部の命令により、陰に陽に瀬長さんを守る使命を帯びている」

「それは車の中で聞いた」

いわば朝英は、瀬長を守るために沖縄に派遣されてきたのだ。

「だが、一人でできることは限られている」

「だったら共産党の連中が、大挙して乗り込んでくればいいじゃないか」

「皆、マークされているので入国させてもらえないんだ」

「パスポートか」

「ああ、日本の警察も厳しくなったからな」

朝英はにやりとすると、焼酎を飲み干した。

「下っ端のお前ならノーマークってわけか」

「そういうことだ。本部は『お前しか沖縄に渡れない。どんな手を使っても瀬長さんを守れ』だとさ」

「それはいいが、なぜ警察官の俺にぶちまけたんだ」

「俺一人で何ができる。瀬長さんを守るには琉球警察の協力が必要だ」

「馬鹿なことを言うな。警察が手を貸すはずがないだろう」

さすがの貞吉も朝英の正気を疑った。

「もちろん一時的なことだ。つまり瀬長さんを暗殺者の手から守るという一点において、協力し合おうというわけだ」

「冗談はやめてくれ」

「何も琉球警察全体と手を組もうってわけじゃない。瀬長さんを守りたいと思っている者とだけ手を組みたい」

「そんな奴がいるはずないだろう。いたとしても巻き込むわけにはいかない」

貞吉の脳裏に様々な顔が浮かんだ。

「お前が瀬長さんを好きなら、同じように好きな奴もいるはずだ」

「そんなことは――」

確かに真野や砂川は協力してくれるかもしれない。

「プロが少なくとも五人はいないと、瀬長さんを守れない」

貞吉も素早く計算したが、プロが五人いれば何とかなる。

「だが身を隠しながら守るんだぞ。狙撃《そげき》されたらひとたまりもないだろう」

「狙撃か――。演説会場で狙われることもあるだろうな」

「だが近接した場所で殺すのは、もっと難しい」

「その通りだ。奴らの誰かが狙撃し、知恵を絞って日本人を犯人に仕立てるに違いない」

――なんて連中だ。

米国人の中にも正義の人はいる。だが一部の軍人の中には、共産主義者に対しては何をしてもいいと思っている連中もいる。

「おそらく」と朝英が紫煙を吐きつつ言う。

「明日の朝から、お前を探す捜査網が敷かれる。お前はすべてを知っているからな。そしてMPに見つかれば、その場で射殺される。琉球警察に捕まれば、米軍基地に拉致され、そのうち病死ということになる」

「つまりどちらに転ぼうと、俺の人生はデッド・エンドってことか」

「それでも奥間通信基地で、水を浴びせられ、寝られないようにされながら洗脳されるよりはましだぞ」

「俺は洗脳などされない」

「そういう意志堅固な奴は廃人にされる」

洗脳というものが精神も肉体もぼろぼろにするとは聞いていたが、それほどとは思わなかった。

「身を隠し続けるしか道はないということか」

「そうだ。そのうち連中もあきらめる」

貞吉が新聞社に駆け込むなどして「ばらさない」と分かれば、マーカムたちは捜索の手を緩めるに違いない。

「だがその一方で、瀬長さんを守り抜かねばならないんだな」

「ああ、そうだ。もちろんお前が身を隠していたいのならそれでいい」

「馬鹿を言うな。俺は瀬長さんを守る」

——それが令秀に報いる唯一の道であり、沖縄を取り戻すことにつながる。

貞吉は令秀の思いを受け継ぐつもりでいた。

「よし、その覚悟があるならいい。一緒にやろう」

朝英が握手を求めてきた。

——この握手は友人どうしのものでなく、共産党と警察の握手になる。

しばしの間、朝英の顔を見つめていた貞吉は、ゆっくりと手を出した。

「これでディールだな」

「ああ、少なくとも俺は力を貸す」

「それだけじゃだめだ。警察を巻き込め」

「分かったよ。やってみる。まずは那覇に行こう」

「もう行くのか。お前の面は割れているんだぞ」

「心配要らん。あの町は——」

貞吉は一拍置くと言った。

「俺の町だ」

それを聞いた朝英は、あきれたような笑みを浮かべた。

第四章　キジムナーの森

一

那覇《なは》の夜は独特だ。午後九時を過ぎたあたりから一種異様な興奮に包まれ始め、真夜中ともなると、そこにいる者たちは熱狂の坩堝《るつぼ》に放《ほう》り込まれる。

国籍不明の人々が行き交う国際《こくさい》通りには、英語と日本語が飛び交い、ここだけにしかない異国情緒あふれる雰囲気を醸《かも》し出す。

――俺《おれ》は、すでにこの町の一部だ。

車窓の外を過ぎ行く妖《あや》しいネオンの波を見つめながら、貞吉は自らの帰るべき場所を覚《さと》った。

朝英の運転する小型トラックが、国際通りの中心に差し掛かる。以前に比べてネオンの下を歩く人の数も多くなった。だがこんな夜中になると、歩道を闊歩《かっぽ》しているのは米兵か、ジャケットを肩に羽織って腹巻に手先を突っ込んだチンピラが目立つ。彼らは煙草《タバコ》をくわえて指を折りながら、米兵と何かの交渉をしている。

――ここはキジムナーの森なんだ。

キジムナーとは沖縄《おきなわ》に古くから住み着く妖怪《ようかい》のことだが、それが次第に転じ、作物や家畜を盗む野生の生き物や盗人を指すようになった。犯罪の温床の那覇には、様々なキジムナーが生息している。

——俺もキジムナーの一人だ。

「Souvenir」「Bingo」「Coca-Cola」「Bireley's」などと英語で書かれた看板が、次々と目に飛び込んできては通り過ぎていく。その光景は、米軍が沖縄経済に深く浸透し、麻薬のように沖縄を麻痺《まひ》させていることの証《あか》しだった。

——瀬長《せなが》さんに残された時間は、それほど多くはない。

沖縄人の大半が米軍経済に囚《とら》われる前に、少しでも沖縄のものを沖縄に取り戻しておかねばならない。

瀬長もそれを知っているだけに、生き急ぐように政治活動に邁進《まいしん》しているのだ。

——瀬長さんだけは守って下さい！

貞吉《さだよし》の中にいる令秀《れいしゅう》が、そう叫んだような気がする。

いつしか令秀は貞吉の中にもぐり込み、貞吉の一部になっているのかもしれない。

「何を考えている」

突然、運転席の朝英《ちょうえい》が問うてきた。

「沖縄のことさ」

「そうか」

それ以上、朝英は問うてこない。朝英にも、変わりゆく沖縄についての思いはあるのだろう。だがそれを語ったところで、貞吉の考える沖縄とは違うと分かっているのだ。

「朝英、瀬長さんをどう思う」

「沖縄の救世主だろう」

「だが瀬長さんは、共産主義者ではないぞ」

「政治的主義主張などどうでもいい。大切なのは何かを守ろうとしているかどうかだ」

「そうか。それが分かっているんだな」

「この島には、この島を米軍に渡そうとする連中もいる」

それが、保守派の政治家たちを指すのは間違いない。

朝英が憎悪を込めて続ける。

「奴《やつ》らは『日本は戦争に負けたんだ』『現実を直視しろ』などと言って、島を切り売りしようとしている。そんな連中の勝手にはさせない」

「そのためにも、瀬長さんを守らなければならないんだな」

「そうだ。離島出身の俺たちがな」

期せずして二人が笑う。

奄美《あまみ》諸島出身者は、沖縄では苛酷《かこく》な扱いを受けてきた。そんな出自を持つ二人が、沖縄の至宝・瀬長を守ることになったのだ。

小型トラックは、安里《あさと》十字路に近い北口と呼ばれる辺りで止まった。

「ここでいいんだな」

「そうだ。降りよう」

二人は「栄町《さかえまち》通り」と書かれたけばけばしいアーチをくぐり、小さな酒場が軒を連ねる通りに入った。早速、客引きの女が近寄ってくる。笑みを浮かべて「ごめんな」と言いながら女たちを振り払った二人は、暗い路地に入った。

「ここだ」

久しぶりに来た「カルメン」のドアを開けると、見知らぬ女がカウンターの中に立ち、煙草をふかしていた。客はいない。

「こんちわ。いつもここにいたあの——」

貞吉は馴染《なじ》みになった女の名を忘れてしまった。いや、初めから聞いていなかったのかもしれない。

「ああ、アケミのことね」

「多分、そうだな」

どうやらあの女は、アケミという記号に等しい源氏名《げんじな》で呼ばれていたらしい。

「あんたアケミのこれなの」

その瘦《や》せぎすの女が、細い小指を上に突き立てる。

「まあな」

「アケミなら死んだよ」

貞吉が息をのむ。

「ど、どうしてだ」

「あの子、ハイミナールをやりすぎてさ、アパートの三階の窓から飛び降りちゃったんだ」

ハイミナールとは睡眠効果のある精神安定剤の一種で、過度に摂取すると酩酊《めいてい》状態になり、切れてくると絶望感や嫌悪感が押し寄せてくる。それはひどいもので、誰《だれ》でも自殺したくなるという代物だ。ハイミナールには鎮痛効果もあるので、米軍が沖縄に大量に運び込んでいた。それが横流しされ、沖縄のヤクザや娼婦《しょうふ》の間に蔓延《まんえん》していた。

「アケミの母親と名乗る人が、この店にも度々来るんだけど、アケミの死を知らせても驚くでもなく、ひたすら金をせびるんだよ。『アケミは死んだんだから、あんたはもうこの店には関係ない』と言っても聞かなくてさ。『食べ物代だけでも恵んでくれ』と言って泣いて頼んでくるんだよ。オーナーは金をやると癖になるからやるなと言うし、こんな仕事、もう真っ平だよ」

そんな話を聞けば、この女もここに長くはいないということが分かる。

「あの子は無縁仏として葬られたよ。墓に行ってみるかい」

貞吉が首を左右に振ると、女は灰皿を引き寄せ、煙草をもみ消した。

「用がないなら行ってよ。これから忙しくなるんだからさ」

「今の話に出てきたオーナーとは、ミスターKのことだな」

女の顔に警戒心が走る。

「何だよ。そんな人はここにいないよ」

「俺たちはミスターKに用があるんだ」

「あんた何者――」

「ミスターKの知り合いだ」

「サツじゃないよね」

「サツと言えばサツだが、ミスターKを捕まえに来たわけじゃない」

女が全身をなめ回すように見る。

「分かったよ。あんたの名前は」

「浦添《うらそえ》のケンと言えば分かる」

「そこの人は――」

「相棒さ」

「ちょっと待ってね」と言うと、女が裏口から消えた。

朝英が背後から耳元にささやく。

「よろしくやっていた女がいたんだな」

「ああ、一度だけだがな」

その一度さえできなかったとは、朝英には言えない。

「その子は可哀想《かわいそう》な境遇だったらしいな」

「そんな境遇の女は、この島には掃いて捨てるほどいる」

――すべては米軍がもたらしたものだ。

だがそうした境遇の女に何の手も差し伸べられない責任は、琉球《りゅうきゅう》政府と日本にある。

突然、ドアが開くと女が言った。

「いいよ。でも、あんただけだって」

「俺はどうする」

朝英が初めて口を開く。

「相棒には酒を出して相手をするように言われたわ。あんたいい男だしね」

女が初めて笑った。

「分かった。貞吉、さっさと行け」

朝英がスツールに腰掛けると、女が「何飲む」と聞いている。それを尻目《しりめ》に、貞吉は例の事務所に向かった。

ミスターKは伝票のようなものをしまうと、貞吉に座るように指示した。最初に来た時と違い、手元のスタンドの灯《あか》りが点《つ》けられたままなので、ミスターKの顔に深い陰影が刻まれているのが分かる。

「指名手配されているお前が、まさかここに来るとはな」

ミスターKが吸いかけの葉巻を手に取る。部屋には葉巻の匂《にお》いが充満している。

「アケミのことは残念でしたね」

「ああ、可哀想な女だった。だがそんな女は――」

貞吉が言葉を引き取る。

「この島には掃いて捨てるほどいるんですね」

「そうだ。だから俺は代わりを雇っただけだ」

貞吉が本題に入る。

「ミスターK、どこまで知っているんですか」

「おそらく、すべてさ」

米軍にも情報ルートを持つミスターKなら、当然のことなのかもしれない。

ミスターKが葉巻を勧めてきたので、「いただきます」と言って一本取ると、ミスターKがライターを放ってくれた。

「お前は度胸があると思っていたが、まさか米軍を敵に回すとはな」

「成り行きです」

ミスターKがにやりとする。

「成り行きで敵にできる相手じゃない」

「成り行きじゃないと、敵にはできませんよ」

ミスターKが相好を崩す。

「さすがだな。それで何が聞きたい。いや、何をしてほしい」

「米軍が瀬長さんを殺そうとしています」

「どうやら、そのようだな」

ミスターKの顔が引き締まる。どうやらミスターKも、瀬長に好感を抱いているようだ。

「それを阻止したいんです」

「お前と相棒でか」

「今はそうです」

「無理だな」と言って、ミスターKがため息をつく。

「どうしてですか」

「単純な話さ。米軍には、うなるほど資金があるし人もいる。お前らには何もない」

「まあ、そういうことです」

「それでも勝ちたいんだな」

ミスターKが二つのグラスにブランデーらしきものを注ぐと、貞吉の前に一つを置いた。

「もちろんです」と言って貞吉が一気に飲み干すと、ミスターKが首を左右に振りつつ言った。

「奴らが本気なら、ずっと守り続けるのは無理だ」

「分かっています」

「だが、短期間なら守れるかもしれない」

「そこです」

貞吉はマーカムら米軍の右派の弱みを語った。

「クリーニング屋の親父《おやじ》殺しか。その証拠を摑《つか》み、善意の米軍当局に知らせるというのか」

「そうすれば暗殺を企《たくら》んでいる連中は、少なくとも本国に送還されます」

「つまりお前らが瀬長を守っている間に、しつこい刑事が尻尾《しっぽ》を摑むというわけか」

「そうです」

ミスターKが考えに沈む。

外の喧騒《けんそう》が窓越しに伝わってくる。

——沖縄は眠らない。

なぜかそんな言葉が浮かんだ。眠らない沖縄は味方であり、また敵でもあるのだ。

「分かった。ほしいのは情報だな」

「はい。敵の動きを逐次知りたいのです」

「いいだろう。明日から夜の十時に連絡を入れろ」

「分かりました」

「で、見返りは何だ」

貞吉は両手を広げると、「何もない」というポーズをした。

「だろうな。出世払いか」

「もう出世もしませんよ」

その言葉にミスターKが哄笑《こうしょう》する。

「すべてが落ち着いたら、俺の仕事を手伝うってのはどうだ」

「それも悪くありませんね」

「ははは、お前はたいした玉だ」

「では、よろしく」と言って貞吉が部屋から出ていこうとすると、ミスターKが「待て」と言って机の中から何かを取り出した。

「それは銃じゃないですか」

「M1911（ナインティーン・イレブン）だ。使い慣れているだろう」

「ええ、まあ」

「何かの時に役に立つ。貸してやるよ」

「すいません。でも返しには来られないかもしれませんよ」

「その時は、お前への餞別《せんべつ》としてくれてやる」

貞吉が拳銃《けんじゅう》と弾丸箱をポケットに捻《ね》じ込む。

「ありがとうございます」

「よし、米軍に一泡吹かせてやれ」

それに笑顔で応《こた》えた貞吉は、ミスターKの部屋を後にした。

外階段を下った貞吉は、ミスターKのいる部屋に向かって深く一礼した。

二

店のドアに「Closed」という札を掛けてからカウンターに戻った泉《いずみ》は、貞吉と朝英の前にグラスを置いた。

「来月には店を閉めようと思っていたのに、厄介な奴らが来ちまったな」

「申し訳ありません」

朝英が頭を下げたが、貞吉は平然と言った。

「泉さんは厄介事が好きなんでしょう」

「まあな。若い頃《ころ》から厄介事ばかり背負い込んできたんで、もう慣れちまったよ。だけど、これが最後の厄介事になるだろうな」

自分のものも含め、それぞれのグラスにビールを注《つ》いだ泉がグラスを掲げる。

「さて、何に乾杯する」

「再会を祝して」

「僕は初対面ですよ」

朝英が控えめに言う。

「じゃ、新たな出会いを祝して」

三人はグラスを合わせると、ビールを飲み干した。

「で、どうする」

「まずは真野《まの》に連絡を取りたいんですが――」

「もしも真野が公安の仕事に忠実なら、それで終わりだぞ」

確かに、その可能性は否定できない。

「事情をすべて分かってくれるのは、真野くらいしかいないんです」

「警察内部を動かせる奴が、ほかにいないのか」

「後は砂川《すながわ》さんくらいです」

少し考えた末、泉が言った。

「先に砂川に連絡すべきだろうな」

「やはり、その方がよさそうですね」

泉がダイアルを回すと那覇署の交換が出た。泉が取次を頼むと、砂川が電話口に出てきた。

「砂川君か。ここのところご無沙汰《ぶさた》じゃないか。うん、忙しいのは分かっている。そうだな。うん、うん。それでは今夜どうだい。昔の友だちもいるんでね」

泉が貞吉に視線を据える。しばしの沈黙の後、泉が言った。

「よし、三十分後だな。待っている」

泉が電話を置いた。

「ありがとうございます」

「盗聴の危険があるからな。慎重の上にも慎重を期さねばならん」

砂川のことだ。泉の「昔の友だち」という言葉にピンと来たに違いない。

「腹が減ったろう。だがお前らは、やたらと外には出られない」

「ええ、まあ」と答える二人のために、泉が冷蔵庫から何かを出してきた。

「この店では調理はしないが、サラミやチーズくらいはある」

「何とお礼を申し上げていいか分かりません」

二人は貪《むさぼ》るようにそれらを口に入れた。


約三十分後、砂川が姿を現した。砂川は貞吉と朝英の姿を見ても別に驚く風もなく、コートをコート掛けに掛けると、スツールの一つに座った。

「いつか姿を現すと思っていたが、意外に早かったな」

「どうして俺が現れると思ったんですか」

「俺もこの仕事が長いからね。いろんなところに知り合いはいる」

砂川が節くれだった指で、胸ポケットから煙草を取り出す。

貞吉が朝英を紹介する。

「君は人民党の事務所にいたね。共産党員なのか」

「はい。日本と世界の平和のために、自らの信じる道を歩んでいます」

「そうか。それはよかった。で、泉さん、どういうことですか」

「まあ、恵《めぐみ》君の話を聞いてからにしろよ」

朝英が自らの使命を語る。

「瀬長さんが米軍に狙われているのか」

「そういうことになります」

「東京の共産党は、どうしてそんなことを知ったんだ」

朝英がにやりとして答える。

「それはお互い様でしょう」

警察も共産党もスリーパーと呼ばれるスパイを、互いの組織にもぐり込ませている。それは事務員、電話交換手、掃除のおばさんや出入りの業者まで、とても防ぎきれない範囲に及んでいる。

「では、なぜ人民党に連絡せずに、われわれに話をするんだ」

「人民党の連中は素人です。瀬長さんを守れません」

「それもそうだな」

貞吉が話を代わる。

「目的は瀬長さんの命を守ること。それだけです」

「でも、いつまでも守ることはできないだろう」

「だから砂川さんには、われわれが瀬長さんを守っている間に、渡久地《とくち》さん殺しの動かぬ証拠を摑んでほしいんです」

「USCAR《ユースカー》のまともな連中にそれを突き付け、マーカムとやらを黙らせるということか」

「そうです」

砂川が渋い顔で煙草に火を点ける。

「そうは言っても、遺骸《いがい》は茶毘《だび》に付しちまったし、証人もいない」

「そこを何とかしてほしいんです」

砂川が何かを考えるように煙を上に吐き出す。その黒縁眼鏡の奥の細い目は、店の天井を見るでもなく見ている。考えているのだ。

「やってみよう。だが、博打《ばくち》と同じだ。あてにはするなよ」

「分かっています」

「それで、君らは次にどうする」

「瀬長さんに、当面の活動の自粛をお願いしてきます」

「そうだな。それがいい」と言うや、砂川が「よっこらしょ」と言いながらスツールを下りた。

「泉さんもたいへんですね」

「まあ、乗り掛かった船だよ」

「あんたはいつも泥船に乗る」

「お互い様だ」

二人が声を合わせて笑った。

店を出ていこうとする砂川をドアまで送りがてら、貞吉が問うた。

「真野はどうしていますか」

「ああ、折悪《おりあ》しく東京に行ったよ。谷口《たにぐち》によると公安部の研修らしいな」

「そうですか。それは残念です」

これで真野の協力を仰げなくなった。

落胆する貞吉に砂川が問う。

「瀬長さんの警護に人が要るんだな」

「そうなんです」

「じゃ、神里《かみざと》と喜《き》舎場《しゃば》に手伝わせよう」

「えっ、二人は大丈夫なんですか」

「当たり前だ。二人も生粋の沖縄人だ。喜んで引き受けるさ」

「申し訳ありません」

貞吉が頭《こうべ》を垂れると、朝英が言った。

「おい、貞吉、その神里さんと喜舎場さんが加われば四人だ。何とかなる」

「いや、五人だ」

その声に顔を上げると、泉が毛深い腕をまくっていた。

「久しぶりに腕が鳴る」

「泉さん、何と言っていいか――」

「お前のためじゃない。沖縄のためだ」

「ありがとうございます」

貞吉は皆の厚意に深く感謝した。

三

夏にもかかわらず窓を閉め切った人民党の事務所で、三人の男が向き合っていた。

貞吉が瀬長に洗いざらいぶちまけると、瀬長の顔色がみるみる変わっていった。

「まさか君が警察官とは驚いた」

「申し訳ありません」

「島袋《しまぶくろ》君は君に裏切られたから、自ら命を絶ったんだな」

「そうです。すべての責任は私にあります」

会議室には、瀬長、貞吉、朝英の三人しかいない。というのも、ほかの人民党関係者を入れてしまうと、貞吉の所在が漏洩《ろうえい》する危険があるからだ。

「渡久地さんも転落死ではなく、米兵に殺されたと言うんだな」

「はい」

「それで君は、米軍の手から私を守るために、すべてを告白した」

「その通りです」

瀬長にすべてを告白することで、肩の荷が次第に軽くなっていくような気がする。それだけ瀬長という男には、包容力があるのだ。

「だが、これらのことを黙っていろと言うんだな」

「当面はそうして下さい。いつか必ず、すべてを告白して罪を償います」

朝英が話を代わる。

「瀬長さんを殺そうとしている米軍右派を本国に送還するには、左派に対して交換条件が必要になります。渡久地さんの故殺を、それに使いたいのです。だから東《ひがし》がしゃべったことは内密にしていただけませんか」

瀬長が腕組みして考え込む。

「しかし遺族に申し訳が立たないな」

貞吉が身を乗り出すようにして言う。

「その通りです。しかし沖縄のために大局に立って下さい。カードがなければ交渉できません」

しばし沈黙の後、瀬長が言った。

「それは分かったが、渡久地さん殺しの証拠をどうやって見つける」

――問題はそこだ。

見つけられなければ、貞吉たちは瀬長をずっと守らねばならない。それは極めて難しく、警護が手薄になった時、瀬長は葬り去られるかもしれない。

「確かにそこが難しいのですが、琉球警察一の腕利きが密《ひそ》かに任に当たっています」

「ということは、あの刑事さんか」

砂川は聞き込みで人民党の事務所にも顔を出していたので、瀬長もよく知っている。

「そうです。砂川はベテランで――」

「分かっている。彼ならなんとかするかもしれない」

瀬長は短時間で砂川の能力を察していた。

「先ほどお話しした通り――」

朝英が話を代わる。

「共産党本部は瀬長さんの安否を気遣っています。本部の摑んだ情報によると、米軍の右派は、本気で瀬長さんを亡き者にしようとしています」

　腕組みを解いた瀬長が胸を張る。

「この瀬長亀次郎、凶弾など恐れてはいない。沖縄のために殉《じゅん》じられるなら本望だ。しかし
――」

　瀬長の口調が強まる。

「まだ殺されるわけにはいかない」

「その通りです。瀬長さんは沖縄のため、いや日本のために生きてもらわねばなりません」

「分かった。君らにわが身を託すことにする」

「ありがとうございます」

　朝英が遠慮がちに言う。

「では当面、政治活動を中止していただきたいのですが」

「渡久地さん殺しの証拠を摑むまでか」

「はい。しばしの辛抱です」

「それはできない」

　貞吉が問う。

「何か予定しているる活動でもあるのですか」

「ある。明後日の九月四日、琉球大学首里《しゅり》キャンパスで合同大演説会が行われる」

　昭和三十五年（一九六〇）、開学十周年を迎えた琉球大学では、様々な記念式典が行われていた。その一つとして「首里合同大演説会」と題し、沖縄各党が一堂に会した演説会と討論会を企画していた。

「おそらく殺し屋は訓練を受けた狙撃手《そげきしゅ》です。そんな場所では、とても守れません」

　首里城跡に造られた琉球大学は創立当初、石造りの本館のほかは、せいぜい三階建ての木造校舎が二、三棟建っているだけだった。しかしここ数年、米国の支援で鉄筋コンクリート造りの五階建ての校舎が中庭を取り囲むように建ち始めていた。

「米軍右派は日本人に罪を着せようというのか。だがこの沖縄で、私を殺そうなどという者はいないはずだ」

「いや、それは分かりません。食い詰めた兵隊上がりなら、金に目がくらんで引き受けるかもしれません」

「確かに銃を扱えるのは旧日本軍の兵士だろう。だが彼らもいい年だ。長らく射撃訓練もしていないはずだ。そんな者が的確に的を捉《とら》えられるのか」

　瀬長の言うことは尤《もっと》もだった。

　――だが相手は米軍なのだ。

「米軍なら、組織力を駆使して腕のいい日本人を連れてくるかもしれません」

「しかし捕まれば、米軍に雇われたと吐くのではないか」

「米軍は、自分たちが関与しているという証拠や痕跡《こんせき》を何も残さないはずです。つまり法廷闘争になっても、米軍は知らぬ存ぜぬを通すはずです」

　米軍は雇った狙撃手に口止めするはずだが、万が一にも備えているだろう。礼金は現金にして、もしかすると狙撃手の家族や恋人を人質に取っているかもしれない。

「つまり君たちは、私に家を出るなと言いたいのだな」

「そうです。どうしても外に出ねばならない時は、われわれが警戒にあたります」

もちろん暗殺は、擦《す》れ違いざまなどの近距離で行われることも考えられる。しかし前後左右を固めていれば、近距離での暗殺は防げる。やはり防ぐのが困難なのは、瀬長が壇上で一人になる演説会だ。

「私は政治家だ。これまで通りの活動を続ける」

「では、琉球大学に行かれるのですね」

瀬長が角張った顔をさらに強張《こわば》らせる。

「ああ、あの催しだけは行かねばならん。若者たちに沖縄の現状を語り、安易な妥協をしようとしている保守陣営を論破するのだ」

瀬長の決意は固い。

朝英が苛立《いらだ》ちを隠さず言う。

「少しの間の辛抱です。捜査の進展次第で、逃げ隠れする必要はなくなります」

「聞きなさい」

瀬長の顔が真剣みを帯びる。

「われわれは長年にわたり、何をされても黙って堪《た》えてきた。だが、もうたくさんだ。この沖縄で生まれた私が、どうして沖縄を堂々と歩けない。私がこそこそ逃げ隠れすれば、それは沖縄の同胞たちに伝わる。『瀬長は銃弾が恐ろしくて家に籠《こ》もっていた』とね」

貞吉が身を乗り出す。

「瀬長さんの決意のほどは分かりました。でも琉球大学での演説会だけは取り止《や》めにしていただけませんか。病気になったことにすれば、誰も不審に思いません」

「いや、そんな嘘《うそ》をつけば、私は一生、後ろめたさを抱いて生き続けねばならない。そんな男が、米国を相手に戦えるはずがないだろう」

——これは梃子《てこ》でも動かないな。

それだけ瀬長の意志は固かった。

「分かりました。少ない人数ですが力を尽くして守ります。朝英、いいな」

「仕方ありません。何としても守り抜きます」

瀬長が「ありがとう。よろしく頼む」と言いながら手を差し伸べてきた。

それを握ると、とてつもなく強い力で握り返された。

続いて握手を求められた朝英は、感無量といった体で瀬長の手を両手で包むように握っている。

「それで君らは何人いる」

「五人です」

「演説会場は五階建ての校舎に囲まれている。とても手が回らないだろう」

「やり方はあります」

警察にはこうした場合の防御法がある。

「人民党の連中にも手伝わせるか」

「いいえ。この件は公にできませんし、訓練を受けていない人間が足を引っ張ることも考えられます。この場は、われわれに任せて下さい」

「そうだな。餅《もち》は餅屋だ」

「では、今から交代で誰かが付くようにします。恵が日本の共産党員だということは、人民党の皆さんに知られていますが、私と残る三人も共産党から派遣された者として下さい」

残る三人とは、泉、神里、喜舎場のことだ。

「分かった。そうする」

「これでわれわれが、瀬長さんの側《そば》にいる理由ができました。今夜は恵が残ります」

「君はどうするんだ」

「これから連絡場所に戻り、捜査の進展状況などを探り、明日は琉球大学に行き、現況を確認します」

連絡場所とは泉のやっている「エメラルド」のことだ。

朝英が心配そうな顔で言う。

「だが米軍はお前を捜しているんだろう。見つかればおしまいだぞ」

「分かっている。だが俺の写真は、警察学校時代のものしか残っていないはずだ。アメリカ人は日本人の顔の判別がつかない。だから滅多なことでは見つけられない」

米軍右派は、警察学校の卒業写真集に収められた小さな写真を引き伸ばし、警邏隊《けいらたい》（パトロール）やＭＰ（憲兵）などに配布していると思うが、彼らに人定ができるとは思えない。

「瀬長さん――」

「何だね」

黙って中空を見つめていた瀬長の瞳《ひとみ》が、貞吉に据えられる。

「必ず守り抜きます」

「よろしく頼む」

沖縄の海のように澄んだ瞳に見据えられ、貞吉は身震いした。

四

「エメラルド」には「Closed」の札が掛かっていた。あらかじめ決められた変則的なノックをすると、泉が現れて中に招き入れてくれた。

スツールには、二人の男が座っていた。

「神里さんと喜舎場さんじゃないですか！」

「おう、来たぞ」

「お前とはチョーデー（兄弟）だと言ったろう」

神里が鋭利な顔をほころばせると、喜舎場は坊主頭の精悍《せいかん》な顔に満面の笑みを浮かべた。

「事情は砂川さんから聞いた。手伝わせてもらう」

「お二人とも、ありがとうございます」

「よかったな」

泉もうれしそうだ。

神里が言う。

「俺たちは名護《なご》が長かったんで、こちらでは面が割れていない。だから警察官とは誰も気づかないだろう」

「そうですね」

喜舎場がおどけて言う。

「でも、少しは変装するけどな」

「そうして下さい。近づいてくる者は前でガードし、背後から追いついてくる者は後方で防ぎます。つまり雑踏などでは二人体制で守ります。今、瀬長氏を守っているのはアマが一人ですが、人民党本部と自宅の間を自動車で移動するとのことなので、さほど心配していません」

喜舎場が口を挟む。

「お前の友人の共産党員のことだな」

「そうです。この件に限り、彼を信用して下さい」

「もちろんだ」と言って、二人が首肯する。

「問題は遠距離から狙撃された時です」

「それを砂川さんから聞いたので、東の要望するものを、警察図書館から借りてきた」

神里が合図すると、喜舎場がバッグの中から写真集のようなものを取り出した。

「琉球大学の見取り図と卒業写真集だ。この中には校舎全体の空撮写真もある」

「ありがとうございます！」

貞吉が飛びつくように見る。

貞吉は人民党の事務所から砂川に電話を入れ、これらの品を手配してくれるよう頼んでいた。

その時、貞吉は三人に演説会のことも伝えた。もちろん三人は口をそろえて「出させるな」と言ったが、「瀬長さんは死をも厭《いと》わない覚悟です」と言って納得させた。

琉球大学の見取り図と空撮写真は、打ち合わせをする上で最適のものだった。

かつての琉球王国の本拠首里城は、標高で百二十から百三十メートルの丘の上にあり、那覇市街を一望の下に見渡せた。東西は約四百メートル、南北は約二百七十メートルの楕円形《だえんけい》をしており、総面積は四万六千平方メートルに及ぶ。

沖縄戦までは琉球王国時代の遺構がほとんど残っていたが、沖縄戦の際に日本軍の司令部が地下に置かれたため、米軍の攻撃を受けてことごとく焼失した。その後、荒れ地と化していたが、昭和二十五年（一九五〇）に米軍の後押しで琉球大学が創設された。

当初は石造りの本館を除き、木造バラックの校舎が十棟ばかり建っている程度だったが、次第に建て替えが進み、今では鉄筋コンクリート造りの近代的な建物が、首里城時代の「後之御庭《くしぬうなー》」「御庭《うなー》」「下之御庭《しちゃぬうなー》」などの部分を囲むように建っていた。

「演説会は夜か」と泉が問う。

「そう聞いています」

神里が米国製の薄いフレームの眼鏡を拭《ふ》きながら問う。

「こちらの戦力は五人か。砂川さんを入れれば六人になるが」

「砂川さんは捜査に集中してもらいます」

喜舎場が思い出したように言う。

「砂川さんによると、そちらの方は、まず実際に手を下した米兵を特定することにし、米兵が行きそうなAサインバーや特飲街に聞き込みをかけると言っています」

「本来なら、そちらの聞き込みを神里さんと喜舎場さんにもやってほしかったんですが――」

神里が煙草を取り出しながら言う。

「とにかく演説会を凌《しの》ぐことが優先される」

「その通りです」

泉が皆のグラスにビールを注ぎながら問う。

「それで、作戦はどうする」

「演台近くに私が隠れ、双眼鏡で校舎を見張ります。それでどこかの窓が開いたら、近くにいる人が制圧に向かいます」

「銃は――」

「神里さんと喜舎場さんが一丁ずつ。そして私も――」

貞吉がミスターKから借りたM1911を見せる。

「四丁か」と泉がうなる。

「えっ、三丁では」

泉がカウンターの下から銃を取り出すと言った。

「令秀の置き土産だ」

その拳銃を見て、令秀のことを思い出した。

――心配するな。瀬長さんは必ず守る。

「四丁あれば大丈夫です。ただしできる限り狙撃手を撃たないで下さい」

三人がうなずくと、神里が問うた。

「連絡方法はどうする」

「警察のトランシーバーを借りられませんか」

「難しいな」

「そこを何とか」

「分かった。やってみよう。トランシーバーを使う捜査などはめったにないので、理由を考えれば、備品室から借りられるだろう」

――何とかなりそうだ。

瀬長を守る態勢は徐々に固められていった。

ふと時計を見ると、夜の十時十五分を指している。

――ミスターKに定時連絡を入れる時間だ。

「今日は、ここまでとしましょう」

「そうだな」

店を出ていこうとする神里と喜舎場に、貞吉が問う。

「真野は帰っていませんか」

「ああ、今日は姿を見ていない。まだ東京のようだ」

「ありがとうございます」

泉と二人になり、電話に手を伸ばそうとした貞吉は躊躇《ちゅうちょ》した。

「どうした。使っていいよ」

「いや、盗聴されていることも考えられます。外の電話を使うことにします」

「そうだな。それがいい」

公衆電話の場所を聞いた貞吉は勝手口から出ると、五分ほど歩いて公衆電話を見つけた。

二つ鳴っただけで、ミスターKが出た。

「もしもし東です」

「やっと掛けてきたか。もう帰ろうと思っていたんだぞ」

「すいません。それで米軍の情報は摑めましたか」

「血眼になってお前を捜している。お前の写真もだ」

「そうですか。私の写真は少ないので見つけられないと思います」

「だから米軍も躍起になっている。賞金を懸けてヤクザや愚連隊にまで探させている」

——そいつは厄介だな。

その手の連中にまで捜させているとなると、夜の町もろくに歩けない。

「私に懸かった賞金はいくらなんですか」

「五千米ドルだ。三千米ドルから今日上がった。それでも見つけられなければ、もっと上がるはずだ」

――その額なら、ヤクザどもは血眼になって捜す。

貞吉は気を引き締めなければならないと思った。

「それで、瀬長さんの暗殺計画の方はどうですか」

「どうやら米軍右派は、腕利きの狙撃手を確保できたらしい」

「となると暗殺方法は、近接ではなく遠距離からの狙撃ですね」

「どうやらそのようだが、近接でも警戒は怠るな」

「分かっています」

「渡久地さんを殺した米兵のことを、何か聞いていませんか」

「その件は何も入ってきていない」

「そうでしたか」

そこまで話した時だった。後頭部に激痛が走ると、意識が突然途切れた。

五

気が遠くなるほど長いトンネルを、貞吉は一人で歩いていた。その先には陽光溢《あふ》れる徳之島《とくのしま》の海岸線が見えている。だが、どうしてもそこには行き着けない。そこでは少年の朝英が手招きしている。

はるか彼方《かなた》に点でしか見えないトンネルの終端部の風景が、なぜか細かいところまで分かる。

——早くあそこに行きたい。

何かが足に絡みつくのを懸命に振り払いつつ、貞吉は朝英の許《もと》に走ろうとした。幸いにして絡みついていたものは外れ、全力で走れるようになった。

「朝英！」

ようやく陽光溢れるトンネルの端に着いた。だが朝英は先ほどとは打って変わり、背を向けて海の方を見ている。

「どうした朝英！」

近づいて肩に手を置こうとすると、朝英がこっちを向いた。

その顔は令秀になっていた。

「ああ、令秀——。許してくれ！」

貞吉はその場にひざまずいて許しを請うた。

次の瞬間、鼻をつくような汗と煙草の匂いが漂ってきた。何人かの男の笑い声も聞こえる。

——ここはどこだ。

顔を上げようとすると、ひどい頭痛がしているのに気づいた。

「おい、どうやら起きたようだぜ」

誰かの声が聞こえると、髪の毛を摑まれて顔を上げさせられた。それを振り払おうとしたが腕が動かない。背後で腕を縛られ、体は椅子に縛り付けられているらしい。立ち上がろうとしたが足首も縛られている。ひどく殴られたのか顔中が痛む。

突然、光が当たった。目の前には机があり、ライトのようなものが置かれている。

眩《まぶ》しくて顔を背けようとしたが、髪の毛を摑んだ手がそれをさせない。

——俺はどうしたんだ。

腫《は》れぼったい目で周囲を見回したが、男たちがいるだけで特徴らしきものはない。

「よう、刑事さん、久しぶりだな」

聞き慣れない声が聞こえた。だが相手は貞吉のことを知っているようだ。

「俺のことを忘れてはいないだろうな」

髪の毛を摑んでいた男が、背後から貞吉の顔の前にその顔を持ってきた。

——どこかで見た気もするが。

貞吉は思い出せない。

「俺たちはどうだ」

机を間にして立っていた二人の男が問う。一人は小柄で一人は坊主頭だが、貞吉はその二つの顔も思い出せない。

「どうやら忘れちまったようだぜ」

「じゃ、俺はどうだ」

壁際に座って煙草をふかしていた男が、暗がりから姿を現した。随分と大柄だ。

「あんたは——」

ようやく貞吉の記憶がよみがえった。

「大城《おおしろ》教官、ですか」

そこにいた男たちが、どっと笑う。

「兄貴、教官はよかったな」

「このボケ、昔に戻ったつもりでいるぜ」

大城がおどけた様子で言う。

「東君、どうした。具合でも悪いのか」

その教官然とした口調に、三人の男たちが手を叩《たた》いて喜ぶ。

――そうか。大城さんは警察をやめてヤクザになったんだ。

記憶が次第によみがえってきた。

――ということは、俺は捕まったのか。

「大城さん、これはどういうことだ」

口の中が切れているのか、血の味がする。

「まだ分からないのか。お前は捕まったのさ」

「誰に」

三人が腹を抱えて哄笑する。

「分かってないな。俺たち那覇大城会にさ」

「ど、どうして俺を――」

「決まってるじゃないか。お前には賞金が懸かっているからよ」

「じゃ、米軍に突き出すんだな」

貞吉は自分の人生が終わったことを覚った。

「いつかは、そういうことになる」

「いつか、だと」

「ああ、いつかだ」

「では、すぐには突き出さないんだな。なぜだ」

「教えてやろう。米軍はお前を躍起になって捜している。昨日、賞金も値上げした。もう少し待てば、また上がる」

――そういうことか。

賞金がつり上がったというミスターKの言葉が思い出された。

――そうか。ミスターKは異変に気づいているはずだ。それを朝英に伝えてくれないものか。

だが朝英が、「カルメン」の裏の事務所に行くかどうかは分からない。行ったところで貞吉がどこにいるかは、ミスターKでも知らないのだ。

泉も貞吉が戻らないことに不審を抱いているかもしれないが、まさか大城が拉致《らち》したとは思わないはずだ。

――たとえ、それに気づいたとて、この場所を見つけるのは容易ではない。

絶望感が波のように打ち寄せてくる。

「東、何を考えている」

「トイレに行かせてくれ」

その言葉に男たちが再びどっと沸く。

「その手に乗るか」

「じゃ、垂れ流すぞ」

「勝手にしろ」

――万事休すだな。

だが米軍が賞金額をつり上げてくれたおかげで、時間はある。大城らは欲の皮を突っ張り、数日間は粘るはずだ。

――演説会は明日の夜だ。何かいい手はないか。

気持ちばかり焦るが、名案は浮かばない。

――こいつらは交代制で見張るはずだ。その時にチャンスが来る。

案の定、しばらく雑談していた大城が、「そろそろ行くか」と言い出した。

「東、大人しくしていろよ」

「これじゃ、大人しくしているしかないでしょう」

「減らず口が戻ってきたな。その調子だ。生きたままお前を米軍に渡さなければ、賞金が出ないんでね」

――そうか。米軍は死体をもらっても処置に困るので、生きたまま俺を引き取り、その後に、ボートか何かで沖に運んで殺すつもりだな。

死体を運ぶのは意外に手間取る。そのためぎりぎりまで殺さないのが、こうした場合の常套《じょうとう》手段だ。

「それじゃ、最初の見張りは仲田《なかた》とタカシだ」

「えっ、俺ですか」

小柄な男が不平を漏らす。どうやら仲田というのが小柄の男の名らしい。

「当たり前だ。お前はいつも楽しているからな」

残る連中が笑う。

「おい、タカシも油断するなよ」

「は、はい」

初めて見る顔のタカシと呼ばれた若者は、まだ十代らしくおどおどしている。

「仲田、何があっても縄を解くなよ。トイレにも行かせるな。飯はお前が口に運んでやれ」

「分かりました。でも昼頃には帰ってきてくれますよね」

「ああ、必ず誰か寄越《よこ》す。だから寝るなよ」

「もちろんです。寝る時はタカシと交代で寝ます」

「それと、こいつとは絶対に口を利くな」

さすが元警察官だけあって、大城はこうした場合の禁忌《きんき》をよく心得ている。

「利きません。絶対に」

「それからこいつだ」

大城がジャケットの内ポケットから取り出したのは、貞吉がミスターKに借りた拳銃だった。

「二人とも射撃訓練をしたので使えるな」

「はい。任せて下さい」

仲田は関心がなさそうだが、タカシは初めて拳銃に触れさせてもらったのか、大切そうに撫《な》で回している。

「だが、お前らがこいつを使うことはないはずだ。縄を解かなければ絶対に逃げられんからな」

大城が冷酷そうな笑みを浮かべると言った。

「東君、私が昼頃に戻ってきたらまた訓練だ。楽しみに待っていろよ」

その言葉に配下の者たちが一斉に沸く。

「じゃあな。二人とも油断するなよ」と言い残すと、大城たちは行ってしまった。

それから一時間ばかり、悪態をつきつつ貞吉をいたぶっていた仲田だが、それにも飽きたのか、タカシに告げた。

「ちょっと用足しに行ってくる」

「でも大城さんは、二人で見張っていろと――」

「すぐに帰ってくるから心配するな！」

そう言い残すと、仲田はそそくさと出ていった。

――チャンス到来ということか。

貞吉は慎重に事を運ぼうと思った。

「タカシ、どこの生まれだ」

「――」

「口を利くつもりはないんだな。じゃ、話だけ聞いてろ」

貞吉は思いつくまま様々な話をし、故郷の歌も歌った。タカシが耳を覆うような仕草をしたので、貞吉は憐《あわ》れみを込めて言った。

「お前は忠実な犬だな。何でも大城に命じられるままか」

タカシが目を剝《む》く。

「仲田は口を利くなと命じられても、聞きはしなかった。あいつくらい図太くないと、いつまで経《た》っても末端で使い走りをやらされるぞ」

タカシが貞吉の襟を摑む。

「おお、犬でもかっとするのか」

貞吉が嘲笑《ちようしよう》すると、タカシが小声で呟《つぶや》いた。

「俺は犬じゃない」

――よし、これで突破口は開けた。

貞吉が心中ほくそ笑んだ時だった。痛烈な一撃が飛んできた。

六

何発か見舞われて、頭がくらくらしてきた。口の中が切れたのか、また血の味がする。だが殴られる瞬間、スリッピング・アウェイをしたので、さほどダメージは受けなかった。

スリッピング・アウェイとは、バーテン時代に米兵から教えてもらったボクシングの技の一つで、殴られる瞬間、パンチが飛んでくる方向に合わせ、頭を振ってダメージを軽減する動作のことだ。

タカシが息を切らしながら言う。

「どうだ、思い知ったか」

「ああ、効いたぜ」

応えた振りをするため、貞吉が呻《うめ》くように言う。

「お前のパンチはプロ並みだな。どこかのジムに通ってたのか」

どんな場合でも、相手を褒《ほ》めることは大切だ。東京の公安研修では、「作業員を相手にする時は、無地のシャツでも、黒い靴でもいいから褒めろ」と教えられた。

「俺はジムなんかに通ってない」

タカシが誇らしげな顔をする。

「そいつは凄《すご》いな。じゃ、誰に教わった」

「親父だ。荒くれもんで野垂れ死んじまったけどな」

――たいした親父じゃないな。喧嘩《けんか》もさぞ弱かったんだろう。

そんな心中をおくびにも出さず、貞吉は逆のことを言った。

「親父さんは、さぞ強かったんだろうな」

「つまらない男さ」

「どうしてだ」

「ヤクザと喧嘩してのされた拍子に、路肩に頭をぶつけてお陀仏《だぶつ》さ」

——やはりな。

子供に喧嘩の仕方を教えるような男の末路は、容易に想像できる。

「そんなことはない。運が悪かっただけだ。お前はいい男だけど、それは親父さん譲りだろう」

「どっちかっていうと、お袋かな」

こうした場合、相手に質問を畳み掛けることが大切だ。たいていの者は質問などしてもらったことがない。皆、自分にしか関心がないからだ。とくにタカシのような末端の使い走りは、誰にも関心を持ってもらえないからなおさらだ。

「お袋さんは、さぞきれいだったんだろうな」

「そうかもな。でも俺のお袋は、辻《つじ》のパンパンだったけどな」

終戦後、戦前から売春街だった那覇市の辻に集まった女たちは、最盛期で三万余もおり、そこで米兵相手に春をひさいでいた。だが競争が激しく、年増《としま》の中には餓死する者もいたという。

「あんな競争が激しいところで食べていけたとしたら、たいそうな美人だ」

「ああ、七年もいたってさ」

「たいしたもんだ。それでお袋さんは元気かい」

「ああ、今は年を食っちまったから、ここに流れてきた」

「ここって――」

「だからアカムヤーだよ」

「ああ、そうか」

――よし、これで今いる場所が分かった。

琉球語で「赤い森」を意味するアカムヤーとは、沖縄本島中部東海岸から太平洋に突き出た勝《かつ》連《れん》半島の先端部近くにある。乾燥した赤土が風に舞って松林を染めたことから、そう呼ばれるようになったという。アカムヤーには、那覇の中心地で食べていけなくなった老売春婦が集まってきていた。

――確かに、何かを隠すならアカムヤーは絶好の地だな。

そう思った次の瞬間、パンチが飛んできた。今度は隙《すき》を突かれたので、まともに食らってしまった。唇が切れて血が滴る。

「この野郎、俺から何かを聞き出そうってんだな！」

「ただの雑談だよ。お互い退屈だろう」

「うるせえ！」

再びパンチを繰り出そうとしたタカシだったが、何を思ったか躊躇した。

――よし、いいぞ。

自分に関心を持ってくれた貞吉に、情が移ってきたのだ。

「タカシよ、話くらいしたっていいじゃねえか」

「だめだ」

「どうせ俺は死ぬんだ」

貞吉が投げやりに言う。感情をあらわにして相手の同情を誘うのも、こうした場合のテクニックの一つだ。

タカシも可哀想だと思ったのか、もう殴ろうとはしない。貞吉も目を閉じて話をやめた。落ち着かない沈黙を作るためだ。

五分ほどして、沈黙に堪えきれなくなったのか、タカシから話しかけてきた。

「何か飲みたいか」

「それよりも腹が減った」

「ここには食い物なんてないよ」

「じゃ、コーヒーを淹《い》れてくれ」

タカシは何も言わずコンロで湯を沸かし始めた。その傍らには、米軍の横流し品らしい大きなコーヒー缶が置いてある。先ほどから「何かに使えないか」とにらんでいたものだ。

やがて湯の沸騰する音が聞こえてきた。

貞吉はあえて「腹が減った」と言うことで、飯が食いたいと思わせておいて、本命のコーヒーを淹れさせた。食い物は置いていないと踏んでいたからだ。むろんタカシが食い物を出してきても、食べた後に「コーヒーが飲みたい」と言うつもりでいた。

獲物は徐々に罠《わな》に近づいてきていた。だが仲田が戻ってきてしまえば、すべての努力は水泡に帰す。

——勝負は一度だけだ。

タカシがブリキのコーヒーカップにコーヒーを入れている。気温が高いのに湯気が立っているので、十分に熱そうだ。

「ほらよ」

タカシが貞吉の唇にコーヒーカップを寄せる。

「あちっ、あっちっち。お前のパンチで唇が切れたんで、痛くて飲めないよ」

「贅沢《ぜいたく》を言うな」

「カップを手に持たせてくれよ」

「だめだ」

タカシがもう一度、カップを寄せてきた。

――今だ！

カップが唇に当たろうとする寸前、貞吉は頭からカップにぶつかった。

「うわー、熱い！」

カップの転がる音と絶叫が聞こえる。下から突き上げたので、熱いコーヒーがタカシの顔にもろに掛かったのだ。そのまま体当たりを食らわせると、タカシは転倒した。続いて背中の椅子から思い切り倒れ掛かった。

「ああっ、痛い！」

その拍子に椅子が壊れた。古い木の椅子だったので、予想通りにばらばらになった。

タカシは、顔を手で押さえて言葉にならない泣き声を上げている。手探りで壁を探っているのは、目が見えないのだろう。

「この野郎、調子に乗りやがって！」

両手両足が縛られたままの貞吉の武器は頭だけだ。タカシに頭突きを何度も食らわせる。

やがてタカシは頭を抱え、壁際に身を寄せると嗚咽《おえつ》を漏らし始めた。

「目が――、目が見えないよう」

――急がないと、仲田がやってくる。

背後に縛られた両腕を足の先から抜いた貞吉は、まず足首の縄を解いた。続いて机の側まで行くと、ミスターKからもらったM1911を摑んだ。

「この野郎、殺してやろうか！」

貞吉はタカシの頭に銃口を押し付けた。

「ああ、嫌です。助けて下さい」

「じゃ、ナイフを寄越せ」

タカシがポケットに入れていたナイフを出す。いったん銃を置いた貞吉は、ナイフを逆手に持って手首に巻き付いた縄を切った。これでようやく自由の身となった。

――後はいかに逃げるかだ。

アカムヤーだとしたら、首里城にある琉球大学までは相当の距離がある。山に身を隠すことはできるが、そんなことをすれば今夜の演説会に間に合わない。

「タカシ、死にたくないんだな」

「はい。許して下さい」

「じゃ、眠っていろ！」

貞吉が銃床でタカシの後頭部を殴り付けると、タカシはおとなしくなった。

自分を縛っていた縄でタカシの腕を後ろ手に縛り上げると、タオルを口に捻《ね》じ込んだ。

――こうしておけば、他人の手を借りない限り、タオルを吐き出せない。

可哀想だと思ったが、腹を蹴《け》り上げて反応がないのを確かめると、貞吉は外に出た。

刺すような日差しが目を射る。それに慣れてくると、鬱蒼《うっそう》とした林の中に、売春小屋が点在しているのが見えてきた。

——どこに行けばいいんだ。

貞吉はアカムヤーには来たことがないので、全く土地勘がない。

ちなみにアカムヤーにはAサインの店はない。Aサインとは風俗店を対象とした営業許可制度のことで、梅毒などの性病持ちがいないことを米軍が認めた店を指す。だが元々、戦前の沖縄には性病などなく、持ち込んだのは米兵だった。それが米軍内に蔓延《まんえん》することで、米軍が娼婦《しょうふ》を差別するという皮肉に、怒りを通り越して言葉もなかった。健康で豊かだった沖縄は、米軍によって病んだ貧しい身に落とされたのだ。

貞吉が閉じ込められていた場所も、かつては売春宿だったらしく、振り向くと壁に「Coca-Cola」という文字やアメリカ国旗が描かれていた。こんな老婆しかいない売春宿にも、米兵は来ているのだ。

周囲を警戒しながらメインストリートらしき場所に出ると、一軒の店の壁近くに一台のオートバイが止められていた。

——「トライアンフ」か。

「トライアンフ」は排気量六百五十ccの二気筒エンジンで、パワーには比類ないものがある。

抜き足で「トライアンフ」に近づいた貞吉は、キーが付いているのを確認すると、それにまたがり、スターターを蹴った。だがコツがあるのか、なかなかエンジンが掛からない。

しばらくすると、建物の中から物音がした。

——何とか掛かってくれ！

ブルブルと振動した後、ようやく「トライアンフ」のエンジンが掛かった。

貞吉が発進した瞬間、売春宿の中から裸の黒人兵が飛び出してきた。

「What are you doing !」という叫びを上げながら黒人兵が行く手を遮ろうとする。それをかろうじてかわした貞吉は、メインストリートに飛び出した。

――どっちだ。

一瞬迷ったが、山のある方は行き止まりに違いない。そのため何もない方に向かった。背後から、黒人兵が汚いスラングを吐きながら追い掛けてきたが、瞬く間に小さくなっていく。

その騒ぎに気づいたのか、左右の宿から人が顔を出している。その中の一軒から路上に飛び出してきたのは仲田だ。仲田も裸で何か喚《わめ》いているが、「トライアンフ」のエンジン音にかき消された。

そのまま仲田を振り切ると、うまく八号線に出たようだ。左右にはサトウキビ畑が広がっている。

顔に受ける風が心地よい。

しばらく快適に「トライアンフ」を飛ばしていると、一台の車と擦《す》れ違った。背後で激しいブレーキ音が聞こえたので振り返ると、その車がスピンターンしているではないか。

――しまった。大城たちか！

「トライアンフ」は馬力があるので逃げられると思ったが、瞬く間に車が迫ってきた。ちらりとバックミラーを見ると「キャデラック・エルドラド」らしい。

――なんてこった！

「キャデラック・エルドラド」なら、優に「トライアンフ」を上回るスピードが出せる。

その時、銃撃音が轟《とどろ》いた。

貞吉は首をすくめながらアクセルを全開にした。だが大城たちは容赦なく撃ってくる。どうやら「トライアンフ」を狙《ねら》っているらしい。

カーブでタイヤを軋《きし》ませながら、エンジンを全開にして「トライアンフ」を飛ばす。だが無理してふかしたためか、エンジンが異音を発し、黒い排気を吐き出し始めた。それと同時にスピードも落ちてきた。獲物を見つけた肉食動物のように、「キャデラック」は十メートルほど後方まで迫ってきた。

——このままでは撃たれる。

貞吉はジグザグ走行をして弾丸をかわそうとしたが、そうなるとスピードがなおさら落ちるので、もう「キャデラック」は背後まで来ている。

「あっ！」

弾がタイヤに当たったらしい。ハンドルが振動すると、パタパタという音が聞こえてきた。

もはや残された手は一つだった。

——一か八かだ！

貞吉が「トライアンフ」を転倒させる。「キャデラック」の激しいブレーキ音が聞こえる中、自らは体を回転させながら右側の路肩まで転がった。

顔を上げると、「キャデラック」の車体の下に「トライアンフ」が挟まれているのが見えた。路面から火花が散り、大城たちの叫び声が聞こえる。

——これでお前も終わりだ！

「キャデラック」は貞吉がいるのとは反対側の路肩から落ちると、サトウキビ畑に突っ込んでいった。

すぐに車体は見えなくなり、人の身長ほどもあるサトウキビがなぎ倒されていくのだけが見えた。ようやくそれが止まったかと思うと、すぐに爆発音が聞こえ、炎が上がった。

複数の叫び声がしたが、もはや助けに行っても無駄だろう。

――大城教官、これで午後の訓練は終わりですね。

痛む体を引きずりながら道路に上がった貞吉は、次の交通手段を探すべく周囲を見回した。

七

――間に合ったか。

ヒッチハイクで車を乗り継ぎ、何とか琉球大学に着いたのは夜になってからだった。

あらかじめ集合場所に決めていた教職員事務所に駆け込むと、メンバーが一斉に振り向いた。

「遅いぞ！」と泉の叱声《しっせい》が飛ぶ。

だが腫れ上がった貞吉の顔を見た四人は、次の瞬間、驚きに包まれた。

「いったいどうしたんだ！」

朝英が駆け寄ってくる。

「ヤクザに捕まったが何とか逃げ出した。詳しい話は後だ。それで瀬長さんは――」

泉が煙草を取り出し、貞吉に与えながら答える。

「出番はまだだ。今は控室にいる」

「よかった」

泉から差し出された煙草を吸うと、人心地ついた。

皆が輪になっている中央には、大学の見取り図が広げられている。

「ここがメインステージで、この周囲に校舎が取り巻いている」

神里が冷静な声音で説明する。

それによると仮設舞台の背後の本館だけは死角となるので除外できるが、それ以外の建築物の大半から、瀬長を狙《ねら》える。

日曜なので講義は行われていないものの、自主的に勉強しにくる学生もいるので、校舎は出入り自由になっている。各校舎を封鎖するには、警察から手を回して学長や理事会を説得する必要がある。だが追われる身ではそんなことはできないし、だいいち時間がなかった。

「泉さん、神里さん、喜舎場さんの三人は、この辺りに立って下さい」

校舎は一号館から七号館まであるので、それぞれの校舎の前に、三人をほぼ等間隔で配置した。

「俺と朝英の二人は、仮設舞台の袖《そで》から校舎を見張ることにします」

朝英が言う。

「俺もどこかに配置してくれ」

「だめだ」

射撃訓練を受けていない朝英が狙撃手のいる場所に真っ先に駆けつけても、撃たれるだけだ。だいいち人数分の拳銃はない。

——そうなると少なくとも一人が、二つないしは三つの校舎をカバーせねばならない。

「どうする」

泉が問うてきたが、貞吉にも答はない。

「とにかく打ち合わせ通り、各校舎の入口付近を張って下さい」

「お前はどうする」

「もう一度、瀬長さんにお願いしてみます」

皆が顔を見合わせてうなずく。

「トランシーバーのチェックをしよう」

喜舎場の説明で、各自がトランシーバーのオペレーションを確かめる。

「それでは配置に就いて下さい。とくに学生には見えない怪しい奴が校舎に入ってきたら、構わず連絡して下さい」

「よし、性根を入れて掛かるぞ！」

泉が最後に気合を入れ、三人は持ち場に散っていった。

それを見届けた後、貞吉は朝英に言った。

「お前は双眼鏡で見張っていてくれ。俺は瀬長さんの控室に行ってくる」

朝英にそう言い残すと、貞吉は舞台の背後に設《しつら》えられた控室に向かった。

いつものように少しぶかぶかな背広を着た瀬長亀次郎は、目を閉じて座っていた。裸電球の下、傍らに置かれた薬缶《やかん》と安茶碗《やすぢゃわん》が、清貧を貫く瀬長の人生を象徴しているかのように見える。

「瀬長さん」と声を掛けると、瀬長が大きな目を見開いた。

「ああ、君か」

「講演の前に申し訳ありません」

「構わない。舞台に上がれば集中できる」

瀬長が力強くうなずく。その顔には不安など皆無だ。

「われわれは人数が少ないので、とても万全とは言えません。もちろんベストを尽くしますが――」

「相手は米軍だ。私も覚悟はできている」

――瀬長さんは殺されるつもりなのか。

瀬長は殉教者になることで、沖縄人を奮起させ、反米運動に火を点けるつもりかもしれない。だが、そのような形で運動が盛り上がったとしても一時的なことで、次第に米軍の落とす金の中に、沖縄は取り込まれていくだろう。やはり瀬長を生かすことで、抵抗の灯を絶やさないことの方が大切なのだ。

だがここで再び説得しても、結果は見えている。それゆえ貞吉は迂遠《うえん》な質問から入った。

「瀬長さん、沖縄が返還されたら、まず何をしますか」

「そうだな」と呟きながら、瀬長が薬缶の水を茶碗に注ぐ。

「もしも私が生きているうちに返還されたら、国政に参画したい。沖縄の窮状を日本国民に伝えたいからだ」

瀬長は沖縄人だけの力では、もう米軍が出ていかないことを知っていた。だからこそ国政の場で沖縄の窮状を訴え、日本国民が一丸となって米軍を追い出さねばならないと思っているのだ。

「その通りです。瀬長さんには国政に参画し、日本から沖縄を変えていってもらわねばなりません。ここで殺されるわけにはいかないのです。だから最後のお願いに参りました」

「最後のお願いか」

瀬長が笑う。貞吉がその意味を理解しかねていると、瀬長が自嘲《じちょう》するように言った。

「政治家にとって最後のお願いとは、選挙運動ができる最後の日に使う言葉だ」

「そうでしたね」

「君の言いたいことは分かっている。だが私は舞台に上がる」

「どうしても、お聞き届けいただけないのですね」

瀬長が茶碗の水を飲む。その痩せた喉仏《のどぼとけ》に水が伝っていく。

「私はここで死ぬつもりはない。だが演説の途中で舞台を下りるつもりもない。そんなことをすれば、皆は私が米軍を恐れたと思うだろう」

「瀬長さん、そんなことはありません」

瀬長に迷いはなかった。

「令秀君も、きっと私の気持ちを理解してくれる」

「いや、令秀は瀬長さんに生きて戦い続けてほしいと思っているはずです」

「そうかもしれん。だがいつかは私も、誰かにこの戦いを託す日が来る。それが早いか遅いかの違いだ」

瀬長は覚悟を決めていた。

「分かりました。では、私たちが舞台の袖から合図をしたら、演説の途中でも舞台を下りていただけませんか」

「いや、たとえ何があろうと、演説の途中では下りない。私が舞台を下りるのは、演説が終わった後だ」

瀬長の意志の強さに、貞吉も根負けした。

「そのお覚悟に応えられるよう、われわれもベストを尽くします」

「ありがとう」と言うと、瀬長が笑みを浮かべた。

「君は立派な警察官になれる」

「警察官に――」

「そうだ。道を見失うな。君の中にある正義を貫くのだ」

瀬長は、敵に等しい警察官の道を貞吉に歩ませようとしていた。

「そうなれば、私が瀬長さんを取り締まるかもしれませんよ」

「それでも構わない。職務に忠実でありながら、正義を貫くこともできるはずだ」

――そうか。警察の仕事に忠実であることと、瀬長さんを支持することは矛盾していない。

貞吉の胸に清新な風が吹き抜けていった。

「分かりました。私は正義を貫きます！」

「そうだ。共に沖縄のために頑張ろう！」

瀬長が差し出してきた手を、貞吉は強く握り返した。

その時、進行係が入口から顔を出した。

「瀬長さん、五分前です」

「分かった」

瀬長がうなずく。

「では、出陣だ」

「何があっても守ります」

「よろしく頼む」

瀬長は使い込んで伸び切ったネクタイを絞ると、「よし」と声を上げて立ち上がった。

瀬長の控室を出ると、水滴が顔に当たった。

――雨か。

雨は視界を悪くする。視力のいい貞吉でも、不穏な動きを見逃してしまうリスクが高くなる。

――本降りにならないでくれ。

そう祈りつつ舞台袖の監視場所に戻ると、朝英が双眼鏡をのぞいていた。

「どうだ」

「今のところ、怪しい動きはない」

「代わろう」と言って双眼鏡を受け取った貞吉は、校舎の窓を見回した。

――とくに動きはないようだな。

心中に一瞬、「今夜は狙われないかもしれない」という思いがよぎる。

――油断してはだめだ。

貞吉が気持ちを引き締める。

その時、万雷の拍手が聞こえてきた。

――いよいよか。

瀬長が壇上に上がったのだ。

「雨が降ってきたようだな」

朝英が呟く。

「ああ、でもたいしたことはなさそうだ」

「瀬長さんは辛《つら》いだろうな」

「今までの演説会でもそうだったが、こうした時は誰かが横から傘を差し掛けるから、横殴りの雨にでもならない限り大丈夫だ」

「今夜は狙ってくるだろうか」

「これほどの機会はない。必ず狙ってくる」

貞吉の直感がそれを教える。

「そうだな。そう思っていないとだめだな」

雨音がする中、瀬長の朗々たる声が断片的に聞こえてくる。

「われわれは——、あきらめは敗北です——。いつか沖縄を取り戻し——」

二人の緊張が徐々に高まってきた。

「貞吉、やはり何かありそうだな」

「ああ、俺もそう思っていた」

こうした時に感じることは正しい。

スピーカーの向きが悪いためか、瀬長の演説の中身はよく聞こえない。それでも次第に熱を帯びてきたので、最初よりも内容が理解できるようになってきた。

「だからこそ、あきらめてはいけないんです。借地料の一括払いに応じたら、それは土地を売ったも同じことです。土地は命も同然です。目先の金に目がくらみ、土地を売ってはいけません」

会場の聴衆から、「そうだ、そうだ!」という声が上がる。

瀬長の必死さが伝わってくる。だがかつてのように、ユーモアを交えて聴衆に語り掛けるような余裕はなくなってきているように感じられる。

——米軍の沖縄経済への浸透が深まるに従い、瀬長さんの人気は陰りを見せ始めているからだ。

それを瀬長も十分に承知しているに違いない。

「米軍がいる沖縄は――、本来の沖縄ではありません」

瀬長の声が高まる。

だが時が経つに従い、米軍のいる沖縄が、本来の沖縄になってしまうかもしれないのだ。

その時だった。

――あれは何だ。

左手の建物に異変を感じた。目を凝らすと、最上階の端の部屋で何かが振られている。

――まさか、カーテンか！

カーテンだとしたら、窓が開け放たれたことになる。だがそれだけでは、単に学生が演説を聞こうとしているだけとも考えられる。

しかし次の瞬間、そこから長いものが突き出されるのを見て、貞吉は愕然《がくぜん》とした。

――あれはライフルだ！

「どうした」

緊張が伝わったのか、朝英が寄ってきた。

「あれを見ろ。左手の三号館の三階の端だ」

そう言って双眼鏡を渡すと、貞吉はトランシーバーを手に取った。

「おい、あれはライフルじゃないか！」

朝英の声が終わらないうちに、貞吉はトランシーバーに向かって語り掛けていた。

「三号館の三階に向かって下さい。最上階の左端の部屋です！」

貞吉が銃とトランシーバーをポケットに押し込む。

「朝英はここにいろ。何かあったら連絡を入れる」

「よし、分かった。くれぐれも注意しろよ」

「心配するな。俺もプロの端くれだ」

朝英の肩に手を掛けてそう言うと、貞吉は走り出した。仮設舞台の裏を通り、本館の前を駆け抜ければ、すぐに三号館だ。

三号館の下の配置に就いていた喜舎場の姿が見えない。先に階段を上ったのだ。泉と神里が走ってくるのが遠方に見えた。だがそれを待たず、貞吉は階段を駆け上った。

三階に上がると、長い廊下の彼方から喜舎場の声が聞こえた。だが反響がひどく、何を言っているのか分からない。

廊下を駆け抜け、ようやく端の部屋に入ると、喜舎場と狙撃手が対峙《たいじ》していた。だが、狙撃手の手に握られているものを見た時、貞吉は啞然《あぜん》とした。

「動くな！」

喜舎場は腰をためて銃を構えていた。

一方、窓際に立つ狙撃手が手にしているのは長箒《ながぼうき》だった。その男は黒縁眼鏡を掛け、学生服を着ている。ほかに人はいない。

「喜舎場さん、落ち着いて下さい」

背後から穏やかな声で言ったが、喜舎場の緊張は解けない。

「相手の持っているのはライフルではありません」

その時、背後に気配がすると、泉と神里がやってきた。

「犯人はこいつか！」

「みんな、落ち着いて！」

喜舎場の傍らまでゆっくりと進んだ貞吉は、喜舎場の腕に手を置いて、銃を下ろさせた。

「君は武器を持っていないだろう」

「ああ、うう」

震える学生に近づいた貞吉は、学生を近くにあった椅子まで導くと、そこに座らせた。

「君はここで何をやっていた」

ようやく学生が答えた。

「僕は頼まれただけです」

「頼まれた――。何を頼まれた」

「この部屋の窓を開け、箒の柄を突き出すように頼まれました。それをすれば十ドルくれると言うんです」

「誰が――」

「学校の外にいた米国人です」

「何だって！」

四人が顔を見合わせる。

「つまりこいつは――」

泉が唇を震わせる。

「囮《おとり》か！」

貞吉らは米軍の陽動に引っ掛かったのだ。

「落ち着いて下さい！」

貞吉がトランシーバーで呼び掛ける。

「朝英、聞こえるか」

「ああ、聞こえる」

「どうやらはめられた」

「どういうことだ！」

「説明している暇はない。双眼鏡を見ているか」

「ああ、見ている。待てよ――」

四人の間に緊張が走る。

「あれは何だ」

「どうした」

「たいへんだ！」

「何か見えるのか！」

「反対側の七号館の最上階の窓が開いた。あっ、そこから――」

四人は固唾《かたず》をのんで次の言葉を待った。

「あれは銃だ。間違いなくライフルだ！」

貞吉が心を落ち着けて言う。

「よし、分かった。われわれが今から向かう」

だが七号館は、三号館とは広場の対角線上の端で最も遠い。しかも会場には椅子が設置されているので、大きく後方を迂回《うかい》せねばならない。

――しまった。

全力で走っても五分は掛かる。

トランシーバー越しに朝英の声が聞こえる。

「お前らじゃ間に合わない。俺が行く！」

朝英の場所からは直線になるので、全力疾走すれば一分ほどで着く。

「おい、待て。お前は丸腰だろう」

だがトランシーバーからは、何の返答もない。

「朝英、行ったら殺されるぞ！」

「東、とにかく行こう！」

泉の声でわれに返った貞吉は、その場から駆け出した。

「あのう、僕はもういいんですか」

背後から学生の声が聞こえたが、返事をする者はいなかった。

八

三号館から飛び出すと、先ほどより激しく雨が降ってきていた。だが四人はそんなことに構わず、ひたすら七号館を目指した。途中、七号館の窓を見ると、確かにカーテンがはためき、ライフルのような筒先が顔を出している。

――もう間に合わない！

七号館の入口に飛び込むと、貞吉は跳躍するように階段を駆け上がった。その時、黒い足跡が続いていることに気づいた。朝英の付けた跡に違いない。

――あの馬鹿！

三階に上ったところで方向感覚を失った。

「どっちだ！」

「こっちだ！」

誰かが進むべき方角を示したので、それに従った。

部屋に飛び込むと、朝英が両手を上げていた。その向こうにいた人物が誰か分かった時、貞吉は茫然《ぼうぜん》とした。

「マーカム――」

「くそ、思ったより早かったな。どうして俺たちの動きが分かった」

マーカムは銃口を朝英に向けていた。

「俺たちを侮《あなど》るな！」

マーカムが口惜《くや》しげに言う。

「こんなこともあろうと思って、学生を囮に使ったが無駄だったか」

その時、マーカムの傍らにもう一つの人影があるのに気づいた。

――あいつが狙撃手か。あっ、女だ！

その後ろ姿は明らかに女性だった。その女性狙撃手は振り向きもせず、ターゲットに集中している。

窓の外からは瀬長の演説が聞こえてくる。次の瞬間、銃口が火を噴くことも考えられる。

マーカムが狙撃手を促す。

「Shoot, quickly !」

女性狙撃手が英語で答える。

「傘が邪魔になって撃てません」

その声を聞いた時、貞吉はそれが誰か分かった。

「真野――、まさか真野か！」

だが女性狙撃手は何も答えない。

マーカムが笑い声を上げげた。

「ようやく気づいたか」

「何をやったんだ！」

「洗脳施設に入れたのさ」

それですべてが分かった。真野は東京に出張したのではなく、米軍の洗脳施設に連れていかれたのだ。

「この女は警察で射撃訓練を受けているだけではなく、アメリカにいる頃、クレー射撃もやっていたという。これほど適任な者はいない。お前にしないでよかったよ」

泉の声が背後から聞こえる。

「東、真野を撃つぞ！」

「待って下さい」

貞吉は右手を上げて泉を押しとどめると、ゆっくりと前に進んだ。

マーカムが喚く。

「それ以上近づいたら、お前を撃つ！」

貞吉の足が止まると、勝ち誇ったようにマーカムが言った。

「真野、早く撃て！」

「傘が邪魔で撃てません」

今度は神里の声が聞こえた。

「真野がお前の命令しか聞かないのなら、お前を撃つ」

「ははは、琉球警察が米国軍人を撃ったら国際問題に発展するぞ。米国政府は態度を硬化させる。つまり日本への返還が遠のくってわけだ。しかもお前らは生涯、刑務所から出られなくなる」

それが強がりなのは、マーカムの声が震えていることから分かる。だが事実はその通りなので、誰も撃つことはできない。

すでに両手を下ろしている朝英の傍らを通り過ぎる時、貞吉は机の上に銃を置いた。それを素早く朝英が摑む。これで貞吉を除く全員が、誰かに向けて銃を構えることになった。

貞吉が自分の持っていた銃を朝英に託したのは、マーカムは朝英を知らないので、射撃訓練を受けている警察官の一人だと思い込むに違いないからだ。

「真野、俺だ、東だ」と呼び掛けつつ、貞吉は一歩ずつ真野に近づいていった。だが真野は振り向きもしない。

「真野、銃をゆっくりと下ろせ」

「ははは」とマーカムの笑い声が再び聞こえる。

「真野は洗脳されているだけじゃない。催眠術にかけられている。つまり私の命令しか聞こえないんだ」

——何だと。

貞吉の足が止まる。

「後ろにいる警察の連中も聞け。私に銃口を向ける君らは、アメリカ合衆国に逆らっていることになる。それがどんなに重い罪か分かるな。だから今すぐここから立ち去れ」

「うるさい！」

泉の声に、神里と喜舎場もうなずく。

その時、足音がしたので、泉らの顔が入口付近を向いた。

「ミスター・マーカム、そろそろ出番かと思いました」

「谷口さん――」

そこにいる者全員が啞然とする。

「神里と喜舎場は銃を置いて下がれ。泉さんもそうしていただけますかね」

貞吉の怒りが爆発した。

「谷口さん、あんたが真野を差し出したんだな！」

「ああ、そうさ。誰が米軍とＵＳＣＡＲに逆らえる。お前らの動きを察知して伝えたのも俺だ」

「この犬め！」

「何と呼ばれようと構わんさ。この島では米軍とＵＳＣＡＲが法律、いや神なんだ」

谷口が威圧するように続ける。

「俺は琉球警察を代表している。皆、俺の言うことを聞くんだ」

神里が叫ぶ。

「あんたは殺人を幇助《ほうじょ》しているんだぞ！」

「殺人がどこで行われるんだ。俺は知らん。俺は上から命じられたことを行うだけだ」

その言葉で、谷口が琉球警察の上層部の命令で動いていると分かった。

――なんてことだ。

貞吉たちは完全に追い込まれた。

マーカムが真野に「何をやっている。早く撃て！」と言った時だった。背後の廊下を複数の人間が歩いてくる音がした。

マーカムの顔色が変わる。

——どういうことだ！

貞吉が振り向くと、現れたのは砂川とMPだった。MPは将校一人と兵が二人もいる。

「あっ、ジョーンズ少将」

「マーカム大佐、さっさとこの茶番を終わりにしろ」

「どういうことですか！」

「すべては、この警察官から聞いた。その女に射撃命令を出すな」

「つまり、すべては——」

「ああ、二人の兵がクリーニング屋殺しを自白した」

ジョーンズが兵士の名を告げる。

「ど、どうして——」

茫然とするマーカムを尻目に、砂川が英語で言った。

「時間がなかったんでね。神父さんを当たったんだ」

「何だって！」

「君らには、懺悔《ざんげ》すれば罪が許されるというおかしなルールがあるからね。もちろんジョーンズさんから聞いてもらったんだがね」

——そういうことか。

状況は一瞬にして逆転した。それでもマーカムは抵抗した。

「ジョーンズ少将、それでも奴だけは撃たして下さい」

「何を言っているんだ。そんなことをすれば殺人罪に問われるぞ」

「私にも味方はいます」

「味方だと――」

ジョーンズの顔に焦りの色が浮かぶ。

どうやら瀬長の暗殺は、上層部の米軍右派から命じられていることらしい。

その時、真野が声を上げた。

「雨が上がりました」

――何だと！

皆の顔が一斉に窓の外に向くと、真野が冷静な声音で確かめた。

「撃ちますか」

マーカムが何か言おうとするのを制すように、ジョーンズが言う。

「マーカム、黙っていろ！」

雨の音が止んだためか、突然瀬長の声が耳に飛び込んできた。

「どうです、皆さん。雨が上がりました。上がらない雨などないんです。雨の後は必ず晴れます。沖縄の空にも、いつの日か晴れ間が広がります」

その時、朝英が叫んだ。

「もうだめだ。真野を撃つ！」

「やめろ、朝英！」

「瀬長さんを撃たせるわけにはいかないんだ！」

朝英がトリガーに手を掛ける。

――撃たせてはだめだ！

「よせ！」と叫びつつ、貞吉が真野の背に飛びついた。

射撃音が立て続けに聞こえた。

――間に合ったか！

真野が撃った弾は、空《むな》しく夜空に吸い込まれていった。

「うっ！」

だが次の瞬間、背中に激痛を感じた。

「貞吉！」

朝英の声が聞こえた。

「あっ、東君！」

一緒に倒れた真野が起き上がる。だが貞吉の体は、首から下が全く動かない。

――撃たれたのか。

薄れてきた意識が、それを教える。

皆が駆け寄ってきた。

泉が「東、しっかりしろ！」と叫んでいる。少し離れた場所では「喜舎場、電話を探して救急車を呼べ。神里は医務室に行って止血剤を持ってこい！」という砂川の声が聞こえる。

「貞吉、すまなかった。お前を撃つつもりはなかったんだ！」

「あ、朝英か」

「そうだ。俺だ」

その背後からは、英語と日本語の激しいやりとりが聞こえてきた。どうやらＭＰによって、マーカムと谷口が拘束されたようだ。

「瀬長さんは無事か」

「無事だ。聞こえるか」

拡声器を通しているが、瀬長の朗々とした声が聞こえてくる。

「だから皆さん、一緒に沖縄を取り戻しましょう」

――ああ、よかった。

貞吉は涙が出るほどうれしかった。

「東君――」

真野がのぞき込む。

「真野も無事か」

「もちろんよ。私は何をしていたんだか分からないわ」

「それは後で聞いてくれ。皆、無事でよかった」

激しく咳《せ》き込むと、口から血が噴き出した。

――そうか。俺は撃たれたんだ。皆、無事ではないんだな。

次第に意識が遠のいていく。

朝英が喚く。

「貞吉、しっかりしろ！」

砂川の声も聞こえた。

「東、すぐに救急車が来る！」

朝英と泉の顔が間近に見える。その横では真野が泣いている。

「みんな、ありがとう」

その時、四人の頭の間から、令秀がのぞいているのが見えた。

――そうか。令秀、俺は死ぬんだな。

だが令秀は何も答えず、茫然と貞吉を見下ろしていた。

「朝英――」

かろうじて声が出た。

「何だ！」

「覚えているか」

「何をだ」

「あの時、お前は引き返してきた」

「あの時って――、何の話だ」

再び血を吐いた。徐々に体の力が抜けてきた。もはや口も利けなくなっていた。それでも貞吉は最後の力を振り絞って言った。

「みんなで、お、き、な、わを――」

「沖縄を何だ！」

「と、り、も、ど、してくれ」

次の瞬間、貞吉は灼熱《しゃくねつ》の太陽の下に立っていた。

エピローグ

貞吉《さだよし》は両手を上げ、その場に立ち尽くしていた。

そこに米兵が近づいてくる。

「Hey boy, what did you do?」

若い兵隊が貞吉の背をつつく。

――殺される。

アジャ（父）やアマ（母）の顔が脳裏に浮かぶ。

――こんなところに来るんじゃなかった。

悲しい気持ちが、じんわりと込み上げてくる。

「お前の友だちは、お前を置いて逃げちまったな」

米兵たちがどっと沸く。

貞吉は英語など分からないが、嘲笑《ちょうしょう》されたことで、何を言っているのかおおよそ分かった。

――きっと朝英《ちょうえい》が、ワンを見捨てて逃げたことを笑っているんだ。

口惜《くや》しさが込み上げてくる。

「Hey, are you scared?」

気づくと小便が漏れていた。

それに気づき、また米兵たちが沸く。

その時だった。

──ま、まさか。

漁師小屋の陰から、一つの影がとぼとぼとこちらに向かってくる。

「Oh, your friend is coming」

「You have a good friend」

──朝英、戻ってきてくれたんだな。

貞吉はうれしかった。

やがて両手を上げた朝英が近づいてきた。その顔は蒼白《そうはく》だ。

「朝英、何で戻った」

「ヤァ（お前）を見捨てぃらるんまー（見捨てられるか）！」

「一緒に殺されるど」

「ヤァと一緒なら構わん。ヤァとワンはドゥシ（友だち）じゃが」

「ドゥシ、な──」

輝く太陽を見上げながら、朝英が繰り返した。

「うん。だから殺されても構わんど」

「朝英──」

その時、米兵が明るい声で言った。

「OK, boys. Go over there」

驚く二人に米兵が笑顔で答える。

「You can go」

何のことだか分からなかったが、米兵が「あっちへ行け」という手ぶりをした。

「行っていいわけ」

「そうみたいじゃ」

米兵たちが笑みを浮かべて戻っていく。最後に若い米兵がガムを放《ほう》ってきた。

それを受け取った朝英が片言の英語で言う。

「サ、サンキュー」

米兵は軽く手を上げて去っていった。

「朝英、ワキャ（俺たち）殺されんかったぞ」

「ああ、殺されんかったや。米兵たちなんち――」

朝英が紫色の唇を震わせていった。

「米兵たちなんち大したことないどー！」

「やったや、朝英！」

「おう、ガムまでもらったど」

「戦利品じゃ」

「うん、戦利品どー。日本は負けても、ワキャ勝ったんど！」

「行きゅんど！」

二人が駆け出した。足は痛むが気分は最高だった。

「貞吉、ここはワキャの島じゃ」

「ああ、ワキャの土地だ。誰《だれ》にも渡さん！」

「ずっと――、ずっとそうじゃ！」

「当たり前ど。ずっとそうじゃ！」

足の裏が熱くなるのに堪《た》えながら、二人は砂浜を懸命に走った。
徳之島《とくのしま》を取り巻く海は限りなく青く、頬《ほお》に当たる風は優しかった。
貞吉は、これまでにないほど幸せな気分に包まれていた。

【参考文献】

『新装版 公安警察スパイ養成所』島袋修　宝島社
『沖縄県警察史』第一巻〜第三巻　沖縄県警察史編さん委員会　編
『刑事課長の備忘録』石垣栄一　新星出版
『「米軍が恐れた不屈の男」瀬長亀次郎の生涯』佐古忠彦　講談社
『不屈 瀬長亀次郎日記』第1部〜第3部　琉球新報社編　琉球新報社
『沖縄 だれにも書かれたくなかった戦後史』佐野眞一　集英社インターナショナル
『沖縄アンダーグラウンド 売春街を生きた者たち』藤井誠二　講談社
『沖縄現代史 米国統治、本土復帰から「オール沖縄」まで』櫻澤誠　中央公論新社
『沖縄現代史 新版』新崎盛暉　岩波書店
『日本にとって沖縄とは何か』新崎盛暉　岩波書店
『沖縄から貧困がなくならない本当の理由』樋口耕太郎　光文社

『沖縄闘争の時代１９６０／７０——分断を乗り越える思想と実践』大野光明　人文書院
『新ゴーマニズム宣言ＳＰＥＣＩＡＬ沖縄論』小林よしのり　小学館
『戦後沖縄の政治家たち 人物列伝』仲本安一　琉球新報社
『沖縄独立宣言——ヤマトは帰るべき「祖国」ではなかった』大山朝常　現代書林
『戦後の沖縄を創った人 屋良朝苗伝』喜屋武真栄　同時代社
『沖縄現代史への証言』上下巻　新崎盛暉　沖縄タイムス社
『写真記録 沖縄戦後史』沖縄タイムス社
『改訂増補版 写真記録 沖縄戦後史 １９４５—１９９８』沖縄タイムス社
『沖縄・米軍基地データブック』高橋哲朗　沖縄探見社
『戦後沖縄教育運動史—復帰運動における沖縄教職員会の光と影—』奥平一　ボーダーインク
『沖縄・奄美《島旅》紀行』斎藤潤　光文社
その他、各都道府県の自治体史、論文・論説、事典類等の記載は、省略させていただきます。

【謝辞】
本書は、徳之島出身の東裕久《あずまひろひさ》様及び徳之島料理「大吉《だいきち》」の大吉平造《おおよしへいぞう》様の協力なくして書き上げることはできませんでした。この場を借りて、御礼申し上げます。

伊東 潤

沖縄ことば監修／藤木《ふじき》勇人《はやと》
徳之島ことば監修／一三《いちぞう》・勇千尋《いさみちひろ》・富由《とみゆ》香里《かり》

この作品は、月刊「ランティエ」二〇一九年四月号～
二〇二〇年四月号までの掲載分に加筆・訂正したものです。

著者略歴

伊東潤（いとう・じゅん）
1960年、神奈川県横浜市生まれ。早稲田大学卒業。『黒南風の海――加藤清正「文禄・慶長の役」異聞』（PHP研究所）で「第1回本屋が選ぶ時代小説大賞」を、『国を蹴った男』（講談社）で「第34回吉川英治文学新人賞」を、『巨鯨の海』（光文社）で「第4回山田風太郎賞」と「第1回高校生直木賞」を、『峠越え』（講談社）で「第20回中山義秀文学賞」を、『義烈千秋　天狗党西へ』（新潮社）で「第2回歴史時代作家クラブ賞（作品賞）」を受賞。近刊に『覇王の神殿 日本を造った男・蘇我馬子』（潮出版社）『北条五代』（朝日新聞出版）がある。
伊東潤公式サイト　https://itojun.corkagency.com/
ツイッターアカウント　@jun_ito_info

Kadokawa Haruki Corporation

伊東潤

琉球《りゅうきゅう》警《けい》察《さつ》

*

2021年7月18日第一刷発行

発行者 角川春樹
発行所 株式会社 角川春樹事務所
〒102-0074 東京都千代田区九段南2-1-30 イタリア文化会館ビル
電話03-3263-5881(営業) 03-3263-5247(編集)
印刷・製本 中央精版印刷株式会社

ISBN978-4-7584-1385-5 C0093
http://www.kadokawaharuki.co.jp/